平安文学の謎解き

―物語・日記・和歌―

後藤祥子 著

風間書房

目次

目次

物語とその周辺

二条后物語の成立

伊勢物語を彩る業平と高子の恋を、史実として真向から信じてかかる立場には、私どもは既に立ち得ない。しかし一体、どのような状況から物語が生み出されていったかが明らかでない以上、一概に一切を虚譚として片付けるわけにもいかないであろう。かつて、角田文衛氏は、精緻な高子伝によって、この恋を事実と見る立場から検証を試みられた。(1) そして二人の恋愛の時期を、清和朝貞観元年（八五九）十一月の大嘗会に五節舞姫として高子が登壇したのち（古今集目録）、翌春の梅の盛り（伊勢物語四段）頃までの間に想定されている。高子十八歳、業平三十五歳。期間の長短は措くとしても、この時期の高子に、入内の支障となりそうな恋愛事件を想定することは、たしかにこれ以後の高子伝を説明しやすいものにしている。高子が実際に清和朝後宮に入り、女御に列せられるのは、これより八年後の貞観八年（八六六）十二月のことであり、清和天皇の元服はそれより二年前の六年正月七日（十五歳）、当時既に芳紀二十三歳であった高子にとって、遅きに失したうらみこそあれ、躊躇する理由はない筈であるのに、ほぼ三年も入内を見送ったのは、この醜聞をよしとしない反対勢力を、高子の後見者であり入内推進者でもあった摂政良房が、流石に押し切れなかったからであるとの読みである。そして高子に先立って、というより清和帝の元服を待って間髪を入れず添臥に上ったらしい女御多美子（良相女）こそ、良房に拮抗する同母弟良相と、これを後援する五条后順子の切札であり、その強力な連帯をくじいたのが応天門の変であったと角田博士は衝く。応天門の火災が貞観八年閏三月十日、そして事件は政変として意外な展開を遂げ、伴善男失脚配流という形での解決が八月、そして高子が女御となるのが同年十二月となると、筋立はまことに呑みこみやすい。

しかし、松田喜好氏は、高子の入内の遅れを角田氏と同じく順子・良相勢力の牽制にあると見、応天門の変が彼らの力を殺いだと見る点で賛意を表されながら、高子入内の支障となったものが業平との恋であったとは見ていない(2)。良房の息のかかった、しかも五条后順子の庇護下にある（四・五段）高子に、五節舞程度の契機で、業平がやみくもな恋を仕掛けるのは、事実としては無稽にすぎようとの読みである。高子入内に批判的な五条后の心意を、松田論は高子の年齢と良房の政策の強引さに見ようとする(3)。

業平との恋を事実と見ない点で、拙論も松田説と同じ立場をとることになる。ただし、高子入内の出遅れはもともと高子本来の位置づけと見る。しかもそのハンディは恐らく、終生尾を引いたのではないかと思われる。

一体に、高子ほどその生涯が徹底的に醜聞にまみれた後宮も珍しい。和泉式部のような女房風情なら兎も角、皇太后となり国母ともなった人が、子の帝位剥奪に加え、自ら空前の醜聞の種となり、廃后として名誉回復ならぬままなくなっている。これはどうしたことか。知られるように、晩年の醜聞の主なものは二箇条あって、それぞれ次のようである。

〔寛平御記〕寛平元年九月四日条
去月陽成君母后不豫。而今或蔵人等言曰。娠善祐之児臨其期。雖非有他事。毎聞此事悶慟無限。○願文集（史料大成本『歴代宸記』による）。
〔扶桑略記廿二〕寛平八年九月二十二日条

陽成太上天皇之母儀皇太后藤原高子。與二東光寺善祐法師一。竊交通云々。仍廢二后位一。至二于善祐法師一。配二流伊豆講師一。（『新訂増補国史大系12』による）。

前者は高子四十八歳、後者は五十五歳の時のこと。同じ相手との醜聞が七年も隔てて処分の対象とされていることからして、角田氏は一旦、元年が八年の誤写ではないかとの疑問を呈されながら、同じ「悪質のデマ」でも五十五歳よりは四十八歳の方が「懐妊」の噂ももっともらしかったであろうとして、このままの形を認められている。後者は「伊勢集」にも、

せきう法師の伊豆の講師に流されける頃、みな人の歌よみけるに

わかれてはいつあひみんと思ふらんかぎりある世の命ともなし　（歌仙家集本二一八）

と見える折のことである。さらに角田氏の引かれるように、善祐の師と思しき名僧幽仙にも高子との次のような伝えがある。

〔扶桑略記〕昌泰二年十二月十四日条

律師幽仙任二延暦寺別当一。依二光定和尚例一也。而登山間。宿二月林寺一。其夜入滅。世謂。先レ是竊通二高子皇后一云々。

この記述は時間経過のままではなく、幽仙の実際の入寂は翌三年二月廿七日のことになるが（『僧歴綜覧』所引『僧綱補任』）、「世謂」以下はさらにそれよりも事実から遠い巷間伝承の付載であろう。幽仙が延暦寺別当に補されたのは、弟子と思しき善祐が伊豆に流され、高子が廃された寛平八年の三年後のこと。高子との醜聞はその補任に影を落していない。高子の醜聞はこのように伝承も扱いもまちまちなのである。

頽齢の后の懐妊という奇態な噂はそれとして、三代実録の陽成紀劈頭には、まことに異様な一文が載ることも知ら

れる所である。陽成の母后の出自をのべたあとで、それはこう続ける。

　后兄右大臣藤原朝臣基経。初夢。后露二臥庭中一。苦二腹脹満一。頃之腸潰。気昇属レ天。即便成レ日。其後后以レ選入二掖庭一。遂有レ身焉。

三代実録は序によれば、延喜元年八月二日の日付で、基経の長子左大臣時平と、実際上の制作責任者であった大外記大蔵善行が名を列ねている。ちなみに延喜元年は、高子廃后の措置がとられた五年後のことで、高子六十歳。夢想自体が事実とするなら、それは恐らく文徳朝末期、基経と高子二人の父権中納言長良が志半ばにして亡くなった斎衡三年（八五六）から数年間のことではあるまいか。長良の薨じた年、高子十五歳、基経二十一歳。夢にしても、これ以上若い妹に対して抱くイメージではないだろう。ところで、この夢想譚に対して、次のような読みが可能である。一つは、この時点で高子の将来は必ずしも人々の眼に、開かれたものとして映っていなかったこと。入内、立后が容易に予想されるような姫君に対して、誰もこの様な奇異な夢想を抱くことはない。権中納言の姫君が入内するのは一向に無理でも不自然でもない筈（現に長良の同母弟良相の女多可幾子が女御となったのは、良相がまだ参議正四位下の時であった）だが、長良は高子の異母姉達二人の処置に対しても、弟の良房や良相の様な入内の方針をとらなかったらしい。すなわち長女有子[4]は、後に大納言・清和帝坊時東宮大夫となった平高棟の妻となり、自身典侍として文徳・清和朝に仕え、従四位上に至っているし、今一人の淑子は右大臣氏宗室となり、自らも尚侍として宇多帝養母の栄誉に与ったことは知られる通りである。つまり后妃でなく上級女官の路線である。母を異にするとはいえ、男子の場合も、良房猶子となった基経は別として、基経の同母兄弟とされる高経や清経と、母を異にする国経や遠経との間に、位階官職の進捗の点で格別な差は見出しがたい。女子の方でも同様、高子が異母姉たちと同じく、女官としての出発を期待されたのではないかと思うのは、古今集目録にいう清和大嘗会の五節舞出場と、それに伴う従五位下の授位の事実である。女御としての入内に先立って五節舞姫に出、あるいは従五位下に叙爵された例は他に見ない。もっとも、五節の事実は六国史でなく古今集目録によって偶々知られるのであって、そうした資料に現われない場合が他にもあるだろうと云われるかもしれない。また正五位下の女御があることも事実である（三代実録、元慶三年三月七日条、源喧子・藤原佳珠子・源宜子）。しかし何よりも、この叙位が女御への階梯であることを疑わせるのは、貞観元年というこの時期である。時に皇太子惟仁親王（清和）は十歳。元服までには更に五年待たねばならなかった。一体に女御の叙位は、无位のまま女御となってしかる後に授位されるか、たとえ女御宣下より前に授位があったとしても、せいぜい一二ヶ月先だって従四位下などに叙されるのが普通であって、入内見込の五六年も前から宮女のように授位して待つという例はない。従って、貞観元年十一月に従五位下を賜わった藤原高子は、高級女官としての第一歩を踏み出したとすべきではあるまいか。基経の夢想は、そういう立場にある妹の上に、女御から皇后・国母への将来を見通したということになるだろう。つまり、この夢想譚が明らかにすることの今一つは、高子の運命を左右するこの予兆が、他ならぬ基経によって見据えられていることである。皇妃への道に基経が導き、役目を終えた時点で基経が幕を下ろす。生殺与奪を握っているのである。伊勢物語六段の後注がいみじくものべるように、基経こそ高子の運命の、良くも悪くも決定者なのだった。さらに今一つは、この夢想譚の持つどこか淫靡な、いかがわしげな雰囲気である。帝王や偉人の誕生に瑞兆を語るやり方は内外に少なくないが、この話では陽成帝の出生よりは高子の予想外な出世に話の中心があり、またその異様なイメージに中心があると思われる。後に引く多美子らの薨伝にみられるような、人格への親愛は微塵もなく、あたかも怪異説話を語るような生々しい語り口も異様である。こうした高子に対する印象は、宇多宸記や扶桑略記のそれと正しく重なるものであろう。それはまた、三代実録の陽成紀から仄見える高子の見られ方、忌避のされ方とも繋ってくるものと思われる。

陽成朝は、その始まり方からして異様であった。まず受禅日の記述。

(貞観十八年)十一月廿九日壬寅。受レ譲為レ帝。時年九歳。是日。出レ自二染殿院一。御二鳳輦一帰二東宮一。百官供奉如レ常。諸衛警陣。異常厳密。

譲位という大事に対して、固関など一連の非常態勢がとられるのは例のこと。ここで「諸衛警陣。異常厳密」というのは恐らくそれではない。歴代天皇の即位譲位について、特にこういう記述は見ないからだ。陽成即位については、何か異常事態を警戒しなければならないような事情があったものか。あるいは又、この時の監督者の過剰な警戒に周囲が異様の思いをするといったようなことだったか。とすれば、この時の最高責任者は摂政基経である筈だが、その基経は翌十二月一日、例によって摂政辞状を奉っている。理由の第一は、摂政の前任者すなわち養父良房(忠仁公)が先帝(清和)の外祖父であって、摂政が当然であるのに対して、陽成朝において自分はこれに匹敵する関係にないこと(生母と同腹の伯父という関係は決して不適切なものではない筈なのだが)、加えて自分は生来童蒙でその任に耐えない、というこれはありきたりの謙辞。この辞状は当然受けられなかったが、四日、基経は重ねていう。

……臣謹検二故事一。皇帝之母。必升二尊位一。又察二前修一。幼主之代。太后臨レ朝。陛下若宝二重天下一。憂思幼主一。則皇母尊位之後。乃許二臨レ朝之義一。……

すなわち幼帝が補佐を要するというなら、母后がその任に当るべきだと。これも結局許されずに終ったが、八日には山蔭が中将の官の辞状を出し、廿一日には中納言兼右大将良世（良房同母弟）が両官の辞状を呈している。しかも山蔭は太上天皇（清和）へ奉仕を滞りなく続けたい為だといい、良世は、兼官の皇太后宮（明子）大夫をそのままに、との条件を出している。いずれも許されなかったものの、新朝廷とこれら高官との最初からギクシャクした関係を窺わせる記事ではある。山蔭はその後も閏二月三日、十五日、廿七日と辞状を出し続け、結局そのままに、元慶三年十月、参議となるまで右中将の任を退けなかったか、先朝（清和）及びその生母明子や外祖父良房に対する彼らの忠節は、高子・陽成母子にすんなりとうけ継がれる性質のものでなかったことを明らかにしている。この年にはこのあとも、それぞれの理由であろうが辞状の提出が頻る。五月十四日には式部卿時康親王（後の光孝天皇）が式部卿を、六月八日・廿二日には参議民部卿冬緒が一切の公職を、さらに七月二日には基経が再び摂政を退きたい旨の辞状を出して返されている。

　高子の孤立的な立場がより明確に表われるのは元慶三年三月七日の、太上天皇自らの勅によって、高子を除く、多美子以下十一人の女御・後宮の季料が停められたこと。応天門の変後の良相一統の勢力失墜(5)にも拘らず、多美子は清和帝の信愛を一身に集め続け、この時も筆頭女御として清和太上皇の謙退の姿勢に同調しているばかりか、同年五月八日、太上皇の落飾に殉じて尼になったらしい。三代実録の仁和二年十月二十九日条に見える多美子薨伝はまことに美しい。

廿九日甲戌。正二位藤原朝臣多美子薨。右大臣贈正一位良相朝臣少女。清和太上天皇之女御也。性安祥。容色妍華。以㆓婦徳㆒見㆑称。貞観五年冬。授㆓従四位下㆒。六年春正月朔日。天皇加㆓元服㆒。此夕以㆑選入㆓後宮㆒。有㆓専房之寵㆒。少頃為㆓女御㆒。是年秋進㆓従三位㆒。九年加㆓正三位㆒。元慶元年授㆓従二位㆒。七年至㆓正二位㆒。徳行甚高。為㆔中表所㆓

依懐㆒焉。　天皇重㆑之。増寵異㆓於他姫㆒。天皇入道之日。出家為㆑尼。持斎勤修。晏駕之後。収㆓拾平生所㆑賜御筆手書㆒作㆑紙。以書㆓写法華経㆒。設㆓大斎会㆒。恭敬供養。奉㆑酬㆓太上天皇不訾恩徳㆒也。即日受㆓大乗戒㆒。聞而聴者莫㆑不㆓感歎㆒。熱発奄薨。

持って生まれた「安祥の性」といい、「徳行」の高さといい、天皇からの重んじられ方といい、亡夫帝に対する懇切な哀悼の意の表わし方といい、まさに貞女の鑑というべきで、后妃像として悪女高子の対極にあるのが多美子である。清和後宮はこうして、清和上皇の季料停止の勅に象徴される様に、高子一人を孤立させて、多美子を中心に強力なまとまりを示していた。実際、季料停止の勅を伝える元慶三年三月七日条に掲げられた十一名の後宮、すなわち藤原多美子・嘉子女王・兼子女王・忠子女王・平寛子・源済子・源厳子・藤原頼子・源暄子・藤原佳珠子・源宜子というのは、この時点で確認される清和女御のすべてであって、[6]角田氏はこの他に、清和の皇子女を挙げたり寵を得た女性として十二人を検出されているが、高子に拮抗する女御グループとしては、右の十一名に限られる様である。[7]高子の孤立、あるいは清和後宮における異端性を証すに充分であろう。

後宮としての異端性という点で、古今集詞書に見える、「二条の后の春宮の御息所と聞えける時」は注目に値する。知られる様に、それは次の四箇度に上る。[8]

春上―八　二条后の、春宮の御息所と聞えける時、正月三日、御前に召して仰せ言ある間に、日は照りながら雪の頭にかかりけるをよませ給ひける

（文屋康秀　春の日の光に当る我なれど……）

秋下―二九三・二九四　二条后の、春宮の御息所と申しける時に、御屏風に竜田川に紅葉流れたる形を描けりける

を題にてよめる
（素性　紅葉ばの流れてとまる港には・
業平　千早振神代もきかず竜田川）
物名—四四五　二条后、春宮の御息所と申しける時に、めどに削り花挿せりけるをよませ給ける
（文星康秀　花の木にあらざらめども咲きにけり……）
雑上—八七一　二条后の、まだ春宮の御息所と申しける時に、大原野に詣で給ひける日よめる
（業平朝臣　大原や小塩の山も今日こそは……）

古今集で詞書に後宮の名が出るのはこのほかには、寛平后宮歌合（歌番号省略）・仁和中将御息所歌合（一〇八・一一四）・尚侍満子主催定国四十賀屏風（三五七〜三六三）および染殿の后（五二）である。つまり高子以前には、父大臣が后の局でこれをもてはやす場合（五二）や、女房の侍所へ天皇が渡ってこれに歌を詠ませること（九三〇　三条町思ひせく）などはあっても、后妃自身が天皇や後見者をさしおいて、或いはそれらの不在の場所で、侍臣を召し出して歌を詠ませるというような、主体的な行為は見ることができない。あるいはまた、寛平后宮や仁和中将御息所にしろ、尚侍満子にしろ、歌合や屏風歌という行事の主催者として名が出るのであって、高子が業平や素性や康秀を即興的に召し出して、即詠させて興じるのとは、全く位相を異にするであろう。高子はこうした場面で、あたかも文徳朝後宮で文徳帝が典侍たちに即詠を求めたと同じやり方で、女だてらに廷臣に歌を詠ませたのだということになる。古今集の清和朝は、帝が後景に退き后が異様にせり出してくる。後宮の女主人の、社交文化に対するこうした積極的なかかわり方は、一旦路線が敷かれてみると、その後の後宮文化を一新する起爆剤であったにはちがいない。宇多朝の

温子後宮などは、温子自身が高子のように派手に振舞ったのではないが、それだけの内実を備えた後宮とするために、温子の代役というべき伊勢の御という佳人の存在を不可欠のものとした。五条の后順子や染殿の后明子の後宮とはちがった味――端的にいえば伊勢の生きて見せた彩り豊かな脱線気味の生――を孕みこむことを、その後の後宮は求められてきた、ということである。

高子の異端性や孤立性は、そのまま陽成朝の問題でもあった。陽成朝には見られるように、一人の女御も入内していない。これはまことに奇怪なことである。後代、人も知る狂気の帝であった冷泉後宮にさえ、内親王以下有力な貴族の娘が競って入内しているのに、陽成帝の元服から退位に至る足掛三年の間、ただの一人も后がねの娘を入れる貴族はなかったのである。陽成退位にまつわる、穏やかならぬ風聞からして、(9)陽成をつねづね凶暴な危険人物視していたのだとの見方もあろうが、陽成の退位後に宇多が妹綏子内親王（釣殿の皇女《みこ》）を婚《あわ》せていることからしても妥当ではない。また、しかるべき貴族に適齢の娘がいなかったとも思われない。現に基経は、陽成退立の四年後、十七歳の温子を宇多後宮に納れているのである。これを要するに、陽成朝は最初から見放されていたのである。即位のはじめから、これをどういう形で廃位に持っていくかが基経の課題であったにちがいない。光孝擁立の前後について、大鏡などは単純に、基経の光孝天皇（時康親王）に対する日頃の敬愛から、迷わず白羽の矢を立てたようにいうが、扶桑略記によると、基経自身の決定の経緯もさほど単純なものではなかった。すなわち扶桑略記巻二十の「亭子親王伝」というものによれば、

于時摂政太政大臣属二心於先春宮坊恒貞親王一。往年入道。法名恒寂。率二右大臣左近衛大将源朝臣多等一。陳二於楽推之志一焉。於レ是親王悲泣云。内経厭二王位一而帰二仏道一者不レ可二勝数一。未レ有下謝二沙門一而貪二世栄一者上焉。比盖修業之邪

縁也。乃不レ薦二斎湌一三四箇日。将二入滅一。由レ是即日更議迎二一品式部卿時康親王一。授二於神璽一矣。巳上伝文経納言作。

基経は右大臣多らを伴って、恐らく嵯峨大覚寺にあった恒貞親王を訪ね、還俗即位を乞うたというのである。半世紀前、承和の変の犠牲として廃坊の憂目を見た運命の皇子である。基経がこの挙に出るには、恐らく長年にわたる摂関政策、いわゆる後宮政策の、宮廷社会における暗々の成果（不成功）を見極めてのことに相違ない。藤氏摂関家は、文徳・清和・陽成と三代にわたって、幼親王の立坊、即位を繰り返して来、人心の離反を回復するに、その出発点すなわち承和の変の過誤修正にまで立ち戻らなくてはならなかった、ということである。仁明皇子時康親王の即位は次善の策であった。九世紀末、元慶八年（八八四）の時点において、半世紀前の承和の変が生々しくよみがえってくる。いささかアナクロニズムではないか、という気もする。しかし三代実録には承和の変の爪跡がまことに生々しい。例えば貞観十二年（八七〇）二月十九日の、参議春澄善縄の薨伝では、彼が恒貞親王の東宮学士であり、承和の変の余波で周防権守に左遷の憂目を見たことに触れる。薨伝の末尾には善縄の家風を継いだ子女の名を挙げるが、そこには長女典侍洽子があがっている。古今集春下題知らず歌（一〇七　散る花の泣くにし止まるものならば我鶯に劣らましやは）の作者である。当時の後宮には、こうした生き証人たちが五万と居て、摂関家後宮政策の成り行きを見守っているのである。しかも洽子は、三代実録元慶元年二月廿二日条によれば、陽成即位に伴って中宮（皇太夫人）となった二条后高子の諱に憚って高子から改名した者の一人である。即位直後のこの時期、先述した上級官僚の辞表提出と並んで目につくのは、高子を名乗ってきた女官たちの改名の記録である。これも他の后妃、例えば順子や明子にもあってよさそうだが、高子だけに集中する現象といえる。改名が異様に強制的であったか、もしくは改名に世間が批判的に過剰に反応した結果であろう。こうした女官たちは決してすべてが高子・陽成の腹心であった筈もなく、悪くすると、後年、宇多帝の身辺で囁かれた高子醜聞の火種にもなり兼ねない存在であったろうことは論をまたない。

このように見てくると、高子や陽成の不人気は、高子の入内前の恋の火遊びや、陽成帝の無分別な悪戯に原因するといったようなものでなく、積年の摂関政策に対する批判を一身に背負った形の高子・陽成という存在、それを一旦利用しようとして失敗すると見るやすかさず棄て去り、老獪な立て直しをはかる同母兄弟の冷酷、後宮での孤立無援な空しさから軟派な遊芸に身をゆだねる破滅的な高子の前衛ぶり、という救いのない図式として理解されてくる。高子が業平との恋をさかれ、政治的に利用しようとした兄や叔父に対して、初恋を貫くことで復讐を遂げたのだとする小気味よい見方は、浪漫物語の女主人公像としてはまことに魅力的であるけれども、現実の高子はもっと悲惨で、相手にしようもない暗黒と向かわせられていた様に思われる。

「伊勢物語」二条后関係章段の後注を、後人添加でなく当初からの一連のものとする読みが、近時有力的である。最も系統立ったものとして阿部方行氏の論[10]に大いに啓発される所があった。六段の後注の本文的安定性、不可欠性、かつ三～五段との整合性、九段東下り章段中の「その人」との強い関連性、六五段の敬語による女の身分の暗示。これらはそれぞれに相まって、二条后物語の朧な、その実仄めかしたくてたまらなげな輪廓を形作っている。伝承だから不明確なのでなく、虚譚をまことめかしく語る方法がこれだったのだ。二条后を恋多き女に仕立て上げ、業平の相手に持ってくるには、高子廃后のあった寛平八年（八九六）まで待つ必要はないかも知れない。元慶四年（八八〇）五月の業平の死をもって、解禁とされたかも知れない。寛平元年の高子懐妊の醜聞は、高子に関する無根の噂話が全くタブーでなくなっていた事情を語るだろう。業平自身が姪の女御との醜聞を書き残される色好みである（伊勢物語七十九段）。后の名にあるまじき恋多き女として人々の間に増殖し続ける二条后像にとって、恰好の相手と云わねばならない。それにしても、宇多宸記などの語る醜聞と、伊勢物語の恋愛譚との位相の違いは、文学作品とそれを形成する精神の何たるかを痛感させずにおかないものがある。長恨歌と長恨歌伝の湿と乾の開きよりも更に飛躍的な転換がそこには見られる。生々しい醜聞を恰好の餌としながら、似ても似つかぬ純愛物語を生み出した源泉は、伊勢物語のもう一方の主要モチーフである惟喬関係章段へのまなざしと同根の精神であるだろう。

ところで、古今集撰者にとって、伊勢物語の虚構は無論、自明のことであったに違いない。二条后にしろ、斎宮にしろ、物語にはそれとしか読めない実名スレスレの書き方をしながら、古今集では口を拭っている。虚譚を百も承知した仕わざである。伊勢物語・古今集成立の基盤が通底した世界であってこその、したたかな書き分けといわねばならない。

注

（1）角田文衛「藤原高子の生涯」「陽成天皇の退位」『王朝の映像』（昭和45　東京堂出版）。また順子が高子を監督中、業平との恋を許したとする説に、由良琢郎『伊勢物語人物考　藤原高子と惟喬親王』（昭和54　明治書院）がある。

（2）松田喜好『伊勢物語攷』（平成元・9　笠間書院）。一八六～一八七頁。

（3）注（2）前掲書一八八～一八九頁。

（4）雨海博洋氏はこれを、大和物語一五九段などに見える業平説話で有名な染殿内侍に擬されている（『大和物語の人々』　笠間書院）。

（5）注（1）角田著書。
（6）うち三名（藤原頼子・源厳子・喧子）は三代実録で女御宣下が確認できないが、頼子は一代要記に見える。
（7）清和女御に今一人、源貞子があるが、貞観九年十二月に女御となり、十五年正月薨じているので、元慶度季料の記事には含まれるべくもない。
（8）最後の八七一番歌の次が遍照の五節舞姫を歌った「天つ風」の歌である。古今集目録の伝え（高子の舞姫選任）が、この配列にヒントを得たものであることも考えられないではないが、今は事実と見ておく。
（9）陽成退位に先立つ三ヶ月前の元慶七年十一月十日、帝の乳母紀全子腹の源益が殿上で格殺された事件（三代実録・扶桑略記・日本紀略）。
（10）阿部方行「勢語・二条の后物語の注記ははたして後人注か―伊勢物語論序説―」（『国文学　言語と文芸』一〇六号平成2・9）。

（『日本文学』一九九一・五）

伊勢物語成立の意義

標題の意図する所は、歌物語の皓歯として伊勢物語が誕生したことによって、後続の歌物語が族生したこと、すなわち伊勢物語の驥尾について男一代記をかたどった「平中物語」や、ジャンルとして物語には加えられないが、女一代記の相貌を呈する「伊勢集」（冒頭三十首の独立した歌群が「伊勢日記」とも称される）、あるいは家集の形で恋愛の行き方を問うた「一条摂政御集」や「本院侍従集」、さらに、古今・後撰時代の歌語りの集大成と云うべき「大和物語」などの輩出を促した功績を云うに尽きるであろうが、この際、すでに定説化したそれらの功績は措いて、あらたにこの機会を与えられたことに対して、日頃感じている一二点を付け加えてみたい。それは以下に述べるように、「権威の相対化」という視点の創出、「伊勢物語歌語」というべき特殊語彙の創出と継承といった問題である。

一　権威の相対化

まずは、本書（補注）巻末に清水婦久子氏による周到な源氏物語への影響論・比較論が用意されていることを承知の上で、あえて『源氏物語』「絵合」から話を始めることをお許しいただきたい。

そこでは、藤壺中宮御前での絵合において後番の最後に中宮自身が『伊勢物語』に軍配を上げ、二番勝負を引き分けにしている。源氏方が竹取と伊勢を、頭中将（この時は権中納言）方がうつほと正三位を出して争った結果、一番はうつほが勝ち、二番も「正三位」の近代的な豪華さに「伊勢物語」があわや気圧されそうになるのを、「兵衛の大君の心高さはげに捨て難けれど、在五中将の名をば、え朽たさじ」とのたまはせて、宮「みるめこそうらふりぬらめ年経にし伊勢をの海士の名をや沈めむ」。

と藤壺が判歌を詠んで引き分けにしたというのである。右引の歌に続く部分は

かやうの女言にて、乱りがはしく争ふに、一巻に言の葉を尽くして、えも言ひやらず、ただ浅はかなる若人どもは、死にかへりゆかしがれど、上のも宮のも片端をだにえ見ず、いといたう秘めさせたまふ。

というのだから、ここでの藤壺の発言は、同座の女房たちに意外なインパクトをもって受け止められた節もなく、むしろこの場に居合わせられなかった殿上・後宮の女房・女官の関心の高さにこそ話題の中心はある、という文脈なのだから、一見、物語の中でそれほど大きな影響力を持ったものではなかったかに見える。いわば六歌仙として高名な歌人業平に花を持たせた裁定として、読み流して済む箇所なのかも知れない。かつて「伊勢・源氏往還」(1)を物された伊藤博氏はこの箇所について、

帰京後、政界枢要の座に帰り咲いた光は若き日の恋人藤壺宮の御前での物語絵合に左方として竹取につづいて伊勢物語を提出したが、作者は左方の女房をして伊勢を「世の常のあだごと」を超えた「ふかきこころ」をもった作品と評価させ、判者藤壺も「在五中将の名をば、え朽たさじ」と勢語を擁した光方につよく荷担する。

と評しつつ、さらに

この後帝の御前での絵合では光の須磨の旅日記が提出されて人々に深い感銘を与えたことが語られているが、藤

壺の発言は「在五中将」に託して流謫をくぐり抜けた光への思いを吐露したものでもあろう。そもそも光の都落ちは藤壺との秘密の胤冷泉のための捨身行としての意味を持っていた。

とまで源氏と藤壺・業平と二条の后の相似形を言外に潜ませながら、藤壺の発言のきわどさにはあえて触れず、

しかしながら帰京後の光の栄花を語る物語は勢語的世界の志向からは大きく逸脱してゆくのであって……

として、勢語七十六段の翁、今や「春宮の御息所」となって時めく后に対して、もはや対等な男女関係ではなくなった「昔男」（すなわち勢語の行き方）と、片や時の権力者となり果せた源氏との対比に注意を喚起された。けれども私はここで、勢語の秘め事に思い切った荷担を示す藤壺の造型にこそこだわってみたい。原型伊勢物語が成立してから(2)おおよそ一世紀余、「歌物語」の皓歯として名のみ高かった伊勢物語は、源氏物語の出現によってはじめて正嫡を得ることが出来た、と思う故である。それは他でもない、伊勢物語が軟派な色好みに韜晦して、当時誰もがなしえなかった権威の相対化を計り、作品化に成功したことを云う。あらためて云うまでもないが、伊勢物語は業平と二条の后高子を彷彿とさせる不倫関係を若気の純情として描き出し、皇権の象徴である伊勢斎宮恬子への業平の冒しをほのめかし、いわば皇権をないがしろにした色合いを持つことに異論はあるまい。だがこうした皇権への冒瀆は当時の一般的志向であったかというと決してそうではなく、あくまで伊勢物語の特権であって、同時代の他作品に引き継がれることは無かった。同種後続の歌物語である「平中物語」しかり、「大和物語」とて同様である。「竹取物語」はわずかに、天人と帝の力比べにおいて皇威を相対化したと言えるが、それは天上と地上との決定的な対比であって、地上の君主と臣下との対比ではなかった。伊勢・竹取と源氏の間に位置する大作「うつほ」についても、事情は同様である。皇位継承問題が作品後半のモティーフとして大きな位置を占めるとは云え、それによって、危うくも勝者となり

得た側の権威が冒されることはなかった。即位出来なかった側が実は優れていたのに、などと云った問題発言はどこにもしていないのである。まして「うつほ」の中には、少年忠こそと梅壺御息所（嵯峨更衣）との親昵な関係（「忠こそ」巻）や、左大将正頼の承香殿女御への憧れ、さらには右大将兼雅の仁寿殿女御への懸恋、はては彼女たちの入内前と思しき恋文の返信を大政治家兄弟が秘蔵して争う（「尚侍」巻）など、後の源氏物語「帚木」巻を彷彿とさせる後宮の恋愛模様が色どりを添えるが、それらは決して皇権秩序を冒すような危険性をはらんでいたわけではなかった。それに引き替え、源氏物語の貴女冒しの設定はきわめて大胆であり、その先蹤としては云うまでもなく、伊勢物語を措いて他に無い。さらに、この異例な事態を巷間では、すでに源氏物語の成立したまさにその時代、すなわち寛弘八年（一〇一一）の一条天皇崩御におよんで、実事としてひそかに了解していた節さえある。(3)そのような不敬の書がどのようにして成立することができ、また古典的歌物語の名作として不動の価値を占めて行ったのだろうか。

伊勢物語の場合、原型の成立が古今集以前であるとして、そこに描かれる男女は当初、実在の業平や二条の后を暗示こそすれ、決して明言されることはなかった。そして、暗示された二人の男女に実名を当てるようになった時点では、二条后の国母という最高権威はすでに地に墜ち、現政権（光孝以後、とりわけ陽成上皇の権威の残滓と真っ向から渡り合ったのは宇多帝）の足元を脅かす物ではなくなっていた、という事情がある。後嗣相続にとって不安の種であったはずの二条の后が既に廃后となっていた上に、儲生の陽成天皇の廃位後、その後継者（元良親王）も皇位相続権からは遠ざけられていたからである。その代償として元良親王は稀代の色好みとして造型されることになった。順当に皇位に即いていれば当然のこととして公認されるはずであった多くの後宮の代わりに、相当数の愛人(4)、それも普通であれば冒しがたい貴女、元良親王の場合で言えば宇多天皇の配偶者京極御息所褒子までもが、愛人の数に加えられたのである。すなわち天下の勅撰集である「後撰和歌集」巻十三恋五に次のように載る。

　　こといできて後に、京極御息所につかはしける

960　わびぬれば今はたおなじ難波なる身を尽くしてもあはむとぞ思ふ

ここに、皇位継承権者の理不尽な交代と、その代償としての貴女冒しの原型が見て取れることは誰の目にも明らかである。そして同時にこの時代、すなわち宇多から醍醐にかけては、より重要で本質的な皇位継承問題のゆがみ(5)が生じた時代であった。いわゆる菅公左遷にまつわる、本命斉世親王を排しての醍醐天皇（敦仁親王）即位を云う。この場合、斉世親王の子源英明は、元良親王のような放埒な色好みは示さなかったが、斉世に引け目を持ち、その代償として英明を可愛がった醍醐天皇に狎れて、目に余る振る舞いがあったと伝えている。こうした時代的な裂け目がこの場合、伊勢物語のような皇室権威の相対化という文学形象の出現を許す余地があったと考えられるのではあるまいか。この場合、光孝朝の出現自体が半世紀前の恒貞親王廃立に対する補償作用であったわけだから、皇権の交代は二重三重に権威の絶対視を阻んでいる。伊勢物語はまさに、そうした時代の申し子として誕生しえた希有の作品と云うことが出来るであろう。二条の后事件のみならず、伊勢物語には有名な、斎宮冒しの六十九段があり、また別種の権威冒しとして百四段の斎宮批判や百十四段の光孝天皇への軽い揶揄も混じる。絶対的ではない皇権のあり方を点描出来る下地を見ることができる。

　では源氏物語の時代的背景はどうか。云うまでもなく、村上朝以後の継承権のゆがみ、すなわち、本命・第四皇子為平親王を排しての第五守平親王（円融天皇）の即位を云う。（栄花物語ではその前に、第一皇子広平親王（民部卿元方女腹）

を飛び越えての第二皇子憲平（冷泉）の即位に元方父娘の恨みが大きかったことを描くが、以後それ以上の影を落として居ないので、今は措く）。同じ安子中宮腹の皇子でありながら、傍目にも傑出した英才と見なされた為平が排されて凡愚な守平が即位したのは、知られるように、為平が婚家として源高明と結ばれたからだが、為平落としの影響は後代まで相当に大きかった。それは単に、当時、安和の変として歴史的一大事を画したというに止まらず、次世代の行動に大きく作用し、また世間がそれを黙認したことを云う。すなわち為平の二男源頼定は、比較的順調に官職を経ながら、三条妃綏子（兼家女）を冒し（栄花物語「鳥辺野」）、さらに一条天皇の死後、妃元子（顕光女）にも通っている。「枕草子」が「かたちよき君たちの弾正の弼にておはする、いと見苦し。宮の中将などの、さもくちをしかりしかな」（四二段「にげなきもの」）と評しているくだりにも、世が世ならという女房たちの密かな同情と共感が見て取れ、頼定の貴女冒しはいわば、天下御免の相貌を呈している。

云ってみれば、頼定の人も無げな権威冒しの行動に対する、世間の見て見ぬ振りは、為平流の皇位継承権を奪った円融朝への密かな批判ということに他ならないが、一見平穏な治世に見える円融朝が、その実、陰で、厳しい批判に晒されていたことを次の史料は語っている。

『天満宮託宣記』「永観二年六月二十九日御託宣」の一部にこういうくだりがある。

……延喜御後皇胤不変。是只依法王深御契、所守護也。但我心不安。仍安和帝王生而無益。今上乍居其位、已無皇威。只臣下之最也。度々去城交人民間。不足皇道。……

永観二年は群書類従本が傍注するように円融朝であるが、筑紫安楽寺では、このような現政権批判が託宣の形で存在し得たことを物語る。そうした価値観はいずれ、何かの道筋で都へも伝わり、密かに伝播したであろうが、例えばそのような権威に対する相対的な価値観を、誰しもが文学作品に投影しうる物ではあるまい。限られた資質、限られた立場のみに顕現しうる事柄であって、それがたまたま、伊勢物語という作品から、時代を隔てて源氏物語で顕現し得た、ということになる。そして云うまでもないことだが、伊勢物語の行き方は、源氏物語の実現にとって、限りなく大きな力であったに相違なく、それが先の「絵合」巻の叙述にもなったと思われる。それを小気味よく支持する読者があり、またあえて封じ得ない世相があった、ということである。

二　伊勢物語語彙の創出と継承

伊勢物語六十九段に見える「われて会はむ」の「われて（強いて）」の語彙は、後続の作品には散文に類例を見ることが少ない。それが崇徳院の「滝つ瀬」に限らず、「三日月」などと組み合わされて恋歌に登場するのは古今六帖以後になるが、(6) それに限らず、伊勢物語語彙に対する注目は、院政期歌書において看過できない数値を示している。仮に「袖中抄」を例にとれば、古今集をはじめとする勅撰集は別として、物語類で見ると、「伊勢物語」二十四段二十九例（古今集との重複を含むが）に対して「大和物語」八段九例、源氏物語四巻五例、と云った具合で、群を抜いていることが分かる。それだけ歌人たちにとって気になる物語だったのであり、自作に読み込んでみたい歌語だったと云ってよい。例えば初段の「みやび」、二段の「雨のそぼ降る」、三段の「ひじきもの」、六段の「芥川」、十段の「三芳野のたのむの雁」といった具合である。歌中の語、詞書中の語取り混ぜて、王朝歌人の必須歌材であったことが分かる。

加えて近時、陣野英則氏は、源氏物語の一節を構成する詞の組み合わせが、順序こそ違え伊勢物語のある部分と合致し、多くの場合、物語の設定の近似や登場人物の役割の逆転など、意識的に取り込んでいる形跡のあることを指摘された(7)。陣野氏はそれを、「奇妙にねじれたり、ずれたりしながらも、ある種の照応関係が認められなくもない」と云い、例えば源氏物語「行幸」巻で左大臣の妻大宮が出世した源氏を目の当たりにして「ありしにまさる御ありさま、いきほひを見奉り給ふ」のくだりに伊勢物語四十段の「出でていなばたれか別れの難からんありしにまさる今日は悲しも」との関連を、古注釈「異本紫明抄」から「紫明抄」「河海抄」「岷江入楚」までもが引くことを挙げて、近代注がこの注記を退けることに疑問を呈している。陣野氏はこれに類する古注釈の指摘をさらに「紅葉賀」の弘徽殿の源氏に対する呪詞「うけはしげ」と伊勢物語三十一段の一致から、さらに近接する「罪」「あた」にも注意を喚起し、伊勢物語の当該章段が持つ話の色合いが「紅葉賀」の設定に通底することを云う。こうした現象を私どもはいったい、どう解したらよいのだろうか。読者に謎解きを迫るような悪戯心で意図的に伊勢語彙をちりばめて場面構成を計ったということなのだろうか。あるいはまた、源氏狂の「更級日記」作者が「おのづからなどは空に覚え浮かぶを」と告白した類か。いずれにせよ、伊勢語彙が強烈な力で歌詠みと源氏作者に感化を及ぼしたことは問違いない。

注

（1）伊藤博氏『源氏物語の基底と創造』（平成六年　武蔵野書院）所収。
（2）伊勢物語の原型が延喜五年成立の古今和歌集に確実に投影していることを論証された片桐洋一博士の定説に拠っていることは云うまでもない。

（3）一条天皇崩御に際して、次期東宮を立てるのに定子皇后の遺児敦康親王を考えていたのに対して、君側に侍した行成が、定子の生母高階氏の中興の祖高尚が斎宮恬子儲生の業平の子だとの風聞があるという理由から、敦康親王の立坊が皇大神宮の怒りを買うであろうとの理由で押しとどめたことが知られている（『権記』寛弘八年六月二十三日条）。なお、系譜の詳細を明らかにする史料は院政明の『江家次第』まで下る。

（4）元良親王の愛人の多かったことは、後撰集巻九恋一の「あひ知りて侍りける人のもとに返事見んとてつかはしける」と言葉書きした「来や来やと待つ夕暮れと今はとて帰る朝といづれまされる」の一首が「元良親王集」の劈頭を象徴的に飾り、「陽成院の一宮もとよしのみこ、いみじき色好みにおはしましければ、世にある女のよしと聞こゆるには、会ふにも会はぬにも文やり歌よみつつ遣り給ふ。監命婦のもとより帰り給て」とあって、後撰集の返歌（作者は藤原かつみ）「夕暮れは待つにもかかる白露のおくる朝や消えは果つらん」とは異なる返歌「今はとて別るるよりも高砂のまつはまさりて苦してふなり」を挙げ、さらに三首目にはまた親王から「いとをかしと思して人々にこの返しせよとのたまへば」と慫慂された某女の「夕暮れは頼む心になぐさめつ帰る朝ぞ侘びしかるべき」、四首目にも「又かくも」と詞書きして「今はとて別るるよりも夕暮れはおぼつかなくて待ちこそはせめ」のように、様々のバリエーションが記録され、後代の「栄花物語」や「古本説話集」では一時代後の本院侍従までもが相手役に登場する仕儀となった。

（5）拙稿「光源氏の原像―皇統譜のゆがみと漢文世界―」『王朝文学史稿』21　一九九五年三月。のち植田恭代編『源氏物語2』（若草書房　日本文学研究論文集成）再録。

（6）「宵の間に出でて入りぬる三日月のわれても物を思ふ頃かな」（古今六帖三五三）「三日月のわれては人を思ふともよに二度は出づるものかは」（同三五四）。三五二番歌に「やかもち」とするが（万葉巻九―九九九家持）、古今六帖の常として、三五二の作者表記は三五三以下には及ばない。

（7）　陣野英則氏「『伊勢物語』と『源氏物語』をつなぐ古注釈」『平安文学の古注釈と受容』武蔵野書院　二〇〇八年九月。
（山本登朗編『伊勢物語　虚構の成立』）二〇〇八　竹林舎）

補注　右論は掲載書の末尾に清水婦久子氏の解説（源氏物語への影響論）が用意された。

光源氏の原像

和辻哲郎の(1)「原源氏《ウル》」という考え方は、源氏入門当時の私にとって衝撃的であった。いわゆる「帚木巻」の発端の語り口の特異さについて、「『読者が既に光源氏を知れることを前提として書かれたもの』と認むべきではなかろうか」と云い、

……光源氏についての（或は少くとも「源氏」についての）物語が、既に盛んに行なはれてゐて、紫式部はたゞこの有名な題材を使ったに過ぎぬと見るのである。臣下の列に下る皇子がすべて源氏であったとすれば、源氏は常に恋の英雄たるべき地位にゐる人であって、この頃には既に二百年の伝統を負ってゐた。かの恋の英雄として有名な業平の如きも二世の源氏皇孫にして臣下の列に下った人である。こゝに「源氏」の重ね写真がいくつかの伝説的な姿として結晶することは極めて自然だと云はれなくてはならぬ。

とも云って、『河海抄』の「或説」「此物語をば必光源氏物語と号すべし。いにしへ源氏といふ物語あまたあるなかに光源氏物語は紫式部が製作也云々」をある形をなした素材として首肯したのである。この問題提起は、成立論（いわゆる執筆の順序）や文体論（「かたりくち」の問題）に大きな実りをもたらしたばかりでなく、もちろん源泉論にとって最大の起爆剤であった。小林茂美博士は、(2)「題材」や「伝説」よりさらに明確な書承の作品を想定して次のようにも述べておられる。

臣籍に降下された賜姓の皇族・大貴族一門の物語――いわゆる「男源氏の物語」「女源氏の物語」などは、現存の源氏物語以前に幾筋もあって語りつたえられ、独立した短篇の物語としても読まれていたものと考えられる。（『源氏物語論序説』）。

ここに具体的な小作品として「某源氏の物語」を想定するかしないかの違いはあるが、賜姓皇族の歴史的な堆積に源氏像の形成基盤を見ようとするのは、今や私どもの共通理解である。その観点からする成果もすでにおびただしいが、それらの驥尾についてふたたび、いささかの駄目押しをしておきたい。本稿の意図する所は、「皇位継承のゆがみ」を歴史記述者ないしその周辺がどのように表現してきたか、という点にある。ここにいう「ゆがみ」とは、他でもない、桐壺帝が正統の継承権者を源氏と信じつつ、それを断念して朱雀帝を立坊させた類の理想と現実の齟齬をいう（無論、どちらの選択が正しかったか、ではなく正しいと意識されたか、あるいはそのように書き残されたか、であるが）。云われるように、歴史上そうした「錯誤」はしばしばあって、それが時としてさまざまな位相の作品や記録に表面化していくのだが、それらを正史として記録する歴史記述者（いわゆる漢学者）と、私世界の憂悶のはけ口として詩作品に委ねるその類同者の表記、そして輪郭のはっきりしない雰囲気として伝えようとする仮名作品という三様の位相において眺めてみようというものである。

一　恒貞親王

主人公源氏の源泉論に、源高明・菅原道真・聖徳太子があげられて来たのは周知であるが、今は措く。(4) ただ、聖徳太子源泉論の依り所が他の二者と違って、それ自身皇位継承権者であったこと、「即位すべくして、即位せずに畢った王」の造形の原点に位置することは、いわずもがなのことながら、この際確認しておかなくてはならない。「若紫」巻、北山の送別の場面にはまだまだ注目すべき問題が予想されそうである。帰京する源氏に対して僧都から贈られる聖徳太子の数珠、聖から贈られる独鈷、それらはそれぞれに現世の皇権を凌駕する王としての資格の付与が暗示されているのだろうという。[5] ただし形の上では仏法世界の価値意識が世俗の価値を超越したということなのだが、しかし実際、(道鏡問題に揺れた奈良時代はともかく)平安時代の歴史の中で、世俗の価値の頂点に位置する皇権を仏法の世界が凌駕したことなど一度もなかった、というのが私共の歴史認識であろう。たとえば天皇の上に上皇たる法皇が位置することはあっても、それはあくまでも天皇の父祖としての上下関係なのであって、仏法が王法を凌駕したという性格のものではなかったことは改めて言うまでもない。従って、北山の僧都や聖による源氏の卓抜性の保証は、たとえ王権を暗示する隠喩が認められたとしても、それが現実世俗の王権につながる権威とは理解されにくいいたみがあった。しかしここに一度だけ、皇権が出家者にひざまづいた歴史がある。陽成天皇退位、光孝即位の歴史のはざまに、瞬間的に存在した空白の時間である。普通、私共は『大鏡』基経伝の記述に従って、基経が何のためらいもなく、その時をかねて待ち構えてでもいたかのように、従兄弟の皇子時康(光孝)の人品を見定めておいて即位の事を運んだという風に思い込んできたのであるが、事はそう単純ではなかった。『扶桑略記』巻廿(陽成)の巻末、元慶八年(八八四)二月四日、陽成退位の事に続けてこうある。

「亭子親王伝」に云く。時に摂政太政大臣(基経)、心を先春宮坊恒貞親王(往年入道、法名恒寂)に属く。右大臣左近衛大将源朝臣らを率い、楽推の志を陳ぶ。ここに親王、悲泣して云く。内経に王位を厭うて仏道に帰する者、勝へて数ふべからずといへども、未だ沙門を謝して世の栄えを貪る者有らず。此れ蓋し修業の邪縁也と。すなわち斎食を薦めざること三四箇日、将に入滅せんとす。是に由りて即日さらに議して一品式部卿時康親王を迎え、神璽を授く。

基経は一足飛びに時康親王（光孝）を選んだのではなかった。光孝は次善の策だったのである。本命は恒貞親王、陽成退位の半世紀も以前、承知の変で廃立、出家を余儀なくされた淳和皇子、祖父帝嵯峨の寵をほしいままにした期待の稟質である。「亭子親王伝」は紀長谷雄の作、「恒貞親王伝」の名で続群書類従に収める。[6] 皇統譜は仁明朝の当初の皇太子恒貞を廃して文徳を立てた。

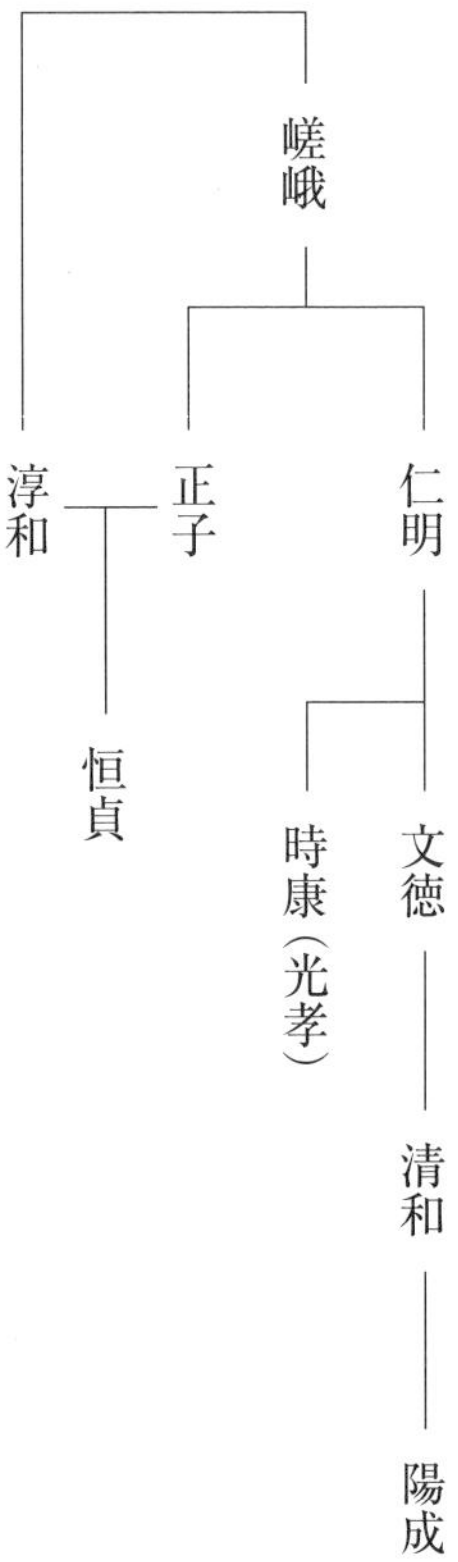

恒貞は承和九年（八四二）七月二四日廃太子、嘉祥二年（八四九）三品を授けられ、ほどなく出家。貞観十六年（八七四）嵯峨大覚寺を創建し、元慶八年（八八四）九月二〇日、六〇歳で入寂した。基経の薦めを絶食して拒んだその年の秋

である。承和の変というものがなく、明王嵯峨の敷いた路線のままに世が動いていたなら、文徳以下三代の出る幕はなかった。長谷雄の書き残したかったのはまさにその事にある。そして、基経が血を分けた甥、陽成の退位を自ら仕組まねばならなかったのも、結局はこの文徳以下三代の治世で溜りにたまった識者の忿懣の緩和を求めたからに他ならなかった。陽成退位の直接の原因を国史は、陽成の粗暴で異常な行動に求めている（『三代実録』元慶七年十一月一日条）が、陽成の退位後に光孝王朝が綏子内親王（釣殿の皇女）を納めていることからしても、過大に受け取るべきではあるまい。むしろ、陽成の粗暴さのあらわれともいうべき退位後の行動に対して宇多が決定的な態度に出られなかった所にこそ、それらの行動と皇位与奪との緊密な因果関係が見てとれるというものである（粗暴さが退位の原因なのではなく、廃位こそが異常行動の原因だという意味で）。(7)

ところで扶桑略記は「亭子親王伝」の引用を、光孝即位前紀の位置には置いていない。光孝が次善であったというような記事を即位前紀の位置に据えるのを憚ったという事であろうか。しかし後にのべるように、扶桑略紀のような私史でなく、れっきとした正史でさえ、即位立坊の不適をその帝王の即位前紀で述べる事もある。ここは、扶桑略紀成立当時（十一世紀）はもとより、前後を通じて皇統が光孝系以外のなにものでもなかった事への配慮と思われる。繰り返すようだが、光孝即位を基経の最初からのねらいとして描く『大鏡』（仮名散文の世界）は、恒貞廃立に臍を噛み、皇統譜のゆがみに憤った承和の変へのこだわりとは無縁の産物である。数十年にわたってその事を記憶し続け、『亭子親王伝』に書き残した漢学者流の反骨、またそれを許す伝統が、『源氏物語』において兄朱雀を凌駕する源氏の造形を可能にしたのであろう、という見通しをあらかじめ述べておく。

二　常康親王と惟喬親王

仁明皇子、常康親王が父帝の殊寵を得たことは国史に知られる如くである。すなわちその出家を記す『文徳実録』仁寿元年二月二十三日条に、

无品常康親王落髪して僧と為る。親王者、先皇第七子也。母紀氏。少にして沈敏、風情察すべし。先皇、諸子之中、特に鍾愛。親王先皇を追慕し、悲哽すでに無し。遂に仏理に帰して冥救を求むる也。

という。「賢木」巻で父帝を喪った源氏が雲林院籠もりをする記述に、雲林院親王と呼びならわされた常康親王が古注以来引き合いに出されるのは、ただに雲林院という舞台からの連想ばかりでなく、先皇殊寵の皇子が父帝亡き後の政治世界に生きなづんで寺入りする姿に「賢木」巻の源氏の先蹤を見ているのであろうし、射程はさらに親王の人物評、「少にして沈敏、風情察すべし」にも及んでいるとみるべきであろう。それにしても、親王宣下を受けた仁明皇子八人のうち、父帝の格別な評価を記しとどめるのは、常康と夭逝した成康のみである。(8) 成康の場合は父帝の崩後わずか三年で夭逝（おそらく十歳前後）しているので、記録者にはそうした顧慮がはたらいたかも知れない。このような評言がかならずしも皇位継承の妥当性に結びつくわけではないが、これまた仁明帝の信頼厚い蔵人頭で、崩御と同時に姿を消し、やがて親王の籠もる雲林院に身を寄せた遍昭、良岑宗貞との莫逆の関係を思い合せるならば、仁明天皇は親王の見るべき所を見ていたのだといえるであろう。所でこの親王評を記す『文徳実録』は陽成朝、元慶三年（八七九）の成立である。皇統からいえばまだ、常康を僧洞に赴かせた文徳皇統の裔なのだ。しかし序文署名の筆頭に

名のあがる右大臣基経も陽成朝に批判的であり、さらに編纂の実質的責任者はその次に名を連ねる菅原是善。文徳皇統批判にも成りかねない常康賛美に支障はなかったと見える。是善の子、道真と親王との格別な交流を思えば、これまた是善自身の親王評価もおのずと想像できるというものである。(9)

常康の甥で従兄弟、惟喬親王の場合はもっとあからさまである。『三代実録』劈頭の清和即位前紀は、生後九か月で立坊した清和を風諭して流行った童謡（わざうた）で幕をあける。「大枝を超えて、走り超えて、我や守る田にや、探り漁り食む鴫や、大い鴫や」。「識者」はこれを解して、「大枝は大兄」すなわち第四皇子の惟仁（文徳）が三人の兄たちを超えて立坊したことを天が諭しているのだと解いたという。「識者」とはいうまでもなく、こうした謎解きをよくやる江談抄がそうであるように、漢文世界のそれに他ならない。この時、超えられた三兄の筆頭が惟喬親王である。次兄惟条も惟喬と同母（紀名虎女静子）、第三兄惟彦だけが滋野貞主女であったが、本命が惟喬だったことは、惟喬が清和帝終生のトラウマだったらしいことからも察せられる。貞観十六年九月二十一日、清和天皇は兄惟喬親王の出家生活の足しにと封百戸を加えようとした勅の中で、「朕庶兄惟喬親王は先皇の鍾愛する所なり」と述べている（『三代実録』）。翌十月十八日、惟喬親王は結局この封戸を辞退するのであるが、それは天皇をいたく傷つけたに相違ないのである。勅にせよ、辞状にせよ、それらを草した漢学者たちの間では、清和天皇の引け目は忘れられる事がなかったであろう。このような事情はさしも惟喬びいきの伊勢物語も伝えてはいない。仮名文学にいうべき事柄ではないからである。そしてこの惟喬親王もまた、道真と近い所にあった。『菅家文草』巻十一「願文」上（川口氏注六四一）所収「為弾正尹親王先妣紀氏修功徳願文」（貞観十年八月二十七日）がそれである。母更衣静子の供養願文を道真が代作している。これらは親王の立場で書かれるから、親王賛美や不遇への共感同情を記すことはできないが、親王と御用学者の密接な交流は必然的にそうした心性を養わずにはおかなかったに相違ない。

三　斉世親王と源英明

その道真にとって掌中の玉というべき皇子が、女婿斉世親王であったが、それは同時に命取りの危険な珠玉でもあった。斉世親王は宇多天皇第三皇子、寛平二年生まれだから醍醐天皇の五歳弟になる。参議橘広相女を母に持ち、兄斉中が夭逝したので広相女腹の長子的役割を意識させられたであろう。阿衡の紛議で広相を弁護し、宇多天皇の信頼を得た道真が親王を女婿に迎えたのはまことにもっともなりゆきである。道真は宇多にも女を納れ、その所生になる順子内親王（菅原の君）が忠平に降嫁して小野宮実頼をあげた事は有名であるが、今一人の女を、醍醐後宮に納れずに五歳年少の斉世を婿としてむかえたのである。『源氏物語』でいうなら、葵の上を朱雀後宮に納れずに源氏を迎えた左大臣の選択を地でいったことになる。ただし、源氏は臣籍降下して彼自身の皇位継承の可能性を断っていたが、斉世はそうではなかった。そこに道真左遷事件の起こる契機がある。延喜元年（九〇一）道真の太宰府左遷に際し、十月二日親王は出家して法名真寂を名乗る。園城寺宮と号し灌頂を受けるが、同八年、父宇多帝より再度灌頂を承け、真如親王の再誕と称せられたと『本朝高僧伝』にいう。真如親王（高岳）もまた、平安初頭、薬子の変で運命を狂わされた悲劇の皇太子、出家入唐してさらに天竺をめざし、途次、客死した逸話がさまざまな風説を生んだ人物として知られる。斉世親王が高岳の再来とされたのは、仏門での傑出した修業の成果ばかりではあるまい。道真左遷がいみじくも明らかにしたように、斉世が醍醐の皇位を脅かす存在であったからに他ならない。『寛平御遺戒』で宇多が醍醐に言い聞かせているのは、醍醐立坊に関して道真がいかに醍醐を推したか、である。逆にいえば、醍醐の地位は必ずしも歴史の必然でなく、ひとえに道真の判断あるいは心寄せにかかっているのだと云っていることになる。その道真が、女を醍醐後宮に入れず弟の斉世を婿に迎えていることは、醍醐にとってこの上ない脅威であったに違いない。つまる所、まかり間違えば宇多から皇統は斉世の方へ行ってもおかしくはなかった。その可能性をさらに推し進めていくとどうなるか。

宇多 ─┬─ 醍醐
　　　└─ 斉世親王（母橘広相女） ─┬─ 源英明
　　　　　　　　　　　　　　　　└─ 庶明 ── 広幡御息所

斉世には出家以前に、道真女との間になした二人の男子があった。英明と庶明である。庶明は公卿に上り、村上朝後宮随一の床しさを賞された広幡御息所[10]の父として知られる所があるが、英明については、『扶桑集』に残る詩作をめぐって、漢詩人としての関心が持たれているに過ぎない[11]。その略歴について大曽根章介氏は、「天慶二年春に卒去したが（慈覚大師伝）、行年は不明」とされている。そして近世の漢学者林鵞峰の説（本朝百人一首）に従って、薨時三十五六歳かと云い、誕生は延喜四、五年か、とされた。没年は『大師伝』奥書にいう「英明朝臣去春卒去」をさすが、続群書類従本奥書に「天慶二年十一月三日」とする日付に異文があるのか、『近衛府補任』[12]にはその卒時を天慶三年二月二十五日卒として掲げる。いずれにせよ、弟庶明か延喜三年の生れらしいので（公卿補任）英明も遅くも延喜二年の誕生か。延長初年右中将、五年蔵人頭となり、承平五年左に転じたかとされる（近衛府補任。吏部王記による）。扶桑集に橘在列（橘才子、出家して尊敬。敬公と呼ばれた）との唱和詩が見える。(13)『西宮記』には延長四年菊花宴に「折花香盈把」詩の佳句により勧盃を賜った事を伝え、物語流に云えばいわゆる「講師もえ読みやらず句ごとに誦じののしる」（花の宴）とか「いかで、かうしも足らひ給ひけん」（賢木）などの喝采を博する場面に相当するのであろう。詩文集に『源氏小草五巻』があったという（散逸。尊経閣蔵『桑華書志』所載「菅原家撰者目録」）。曾祖父広相と祖父道真の血を引き、左遷事件のほとぼりが冷めて帰京した外伯叔父たちによる薫陶のあったことは想像に難くない（林鵞峰）。『古本系江談抄』には、英明が若くから小野宮殿（実頼）に「相戯狎凌」する故に、「蔵人頭を渡されず」という逸話が残る。実頼は道真女を母に持つ宇多皇女の腹だから、英明は実頼の母内親王と従姉弟同志なのだが、年齢では実頼が数歳年長で、しかも頭職においては英明が先んじた。延長八年正月、英明と平時望が頭を去り、実頼は半年後の八月に補されていて、前任者からの直接の受け渡しらしくないのが、江談抄にいう「渡されず」の真意であろうか。江談抄にはその記事に先んじて、英明が檳榔毛に乗って法性寺の国忌に参会した際、(14)公卿以外でこれに乗る事を朝成に咎められ、そうした決まりがあるかと詰問した話が載る。たしかに成文にはないらしいのであるが、檳榔毛はとかく地位の象徴になりやすい車なのではあった。英明に毛車中将のあだ名があったことは『慈覚大師伝』の奥に載せる系図の注記にも見えていて、身分不相応な伊達者ぶりが目についた事を窺わせる。世が世ならの自恃や欝屈が英明の場合、檳榔毛に形をとったということであろうか。この時、咎めた朝成は醍醐の母方の従兄弟に当る。醍醐外戚の位置にありながら政治世界では比較的穏やかな存在に見える勧修寺系の中にあって、朝成はとかく威勢のよい逸話に事欠かない人物であるが、醍醐・斉世の皇位継承争いの後遺症という観点から見ると、毛車事件は新たな相貌を呈してくるのである。もっとも英明が醍醐天皇に抱いていた感情は、むしろ敬愛に近いものであったと思われる。在列との唱和詩に見える「竜怨鼎湖、遂隠雲」の措辞は、単に君主の死をいたむというばかりでなく、それによって自分の命運も閉ざされてしまったとの悲哀をともなうからである。延長八年正月、英明は頭を去るが、頭中将という顕職を経た後、参議に上らなかった経緯について大曽根氏は、「政務に忠実でなかったためか、さらに憶測を逞しうすれば、官人としての能力に乏しかったためではなかろうか」と推測しておられる。そしてそれに続けて、「彼は当時の人々が注視をする様な貴公子、いな伊達男としての性格を持ち振舞をしてゐた」として、毛車中将の逸話を紹介されるのである。蔵人頭に補された一事をもってしても「官人としての能力に乏しかった」とは云えないであろう。「政務に忠実でなかった」か否かは推量の手がかりがないが、むしろ公務以外の場で毛車事件に類する出自を恃んだ不遜さや、時人の心を逆撫でするような示威行為が、不穏当なものとして忌避されたということであろう。それは朱雀朝の始まりにおいて特に顕著に意識されたのだと思われる。醍醐が云わず語らずの中に斉世一族に注いでいた贖罪のまなざしが、その死とともに消滅したということであろう。

そうした英明を同時代人がどう見ていたかをいうのに、前掲『扶桑集』所載の橘在列との唱和詩の在列の言辞がある。在列は莫逆の詩友であり、英明に流れている橘氏に連なる血筋への親近感にも格別のものがあった筈で(15)、朝成など批判派のちょうど逆の立場に位置するのであるが、その在列の詩句に「…為君更詠柏舟什、莫使風流俗客聞」というのである。この「柏舟」の語は『詩経』邶風篇に出、同篇の序に「言仁而不遇也、衛頃公之時、仁人不遇、小人在側」と見えること、これも大曽根氏の指摘にある。蔵人頭に至りながらほとんど当然のように約束される筈の台閣入りを果たさず朽ち果てるのを惜しみ、君側に小人のある嘆きを暗示した語句ということになる。醍醐から朱雀への時代の閉塞感は仁明から文徳へのそれとよく似ている。痛みを知る帝王から知り得ない幼帝への交替、失意の王族と文事・隠逸への傾斜、こと英明にとどまらず、まことにありがちな型と云えるが、それがもっとも典型的な形で痕をとどめているという意味で、賢木の源氏像に重ねられることはいうまでもあるまい。

「賢木」巻の源氏は、父帝の崩後、再び藤壺に忍ぶ不埒者である。藤壺の厳しい忌避に遭って、「秋の野も見たまひがてら雲林院に詣でたまへり」ということになる。

故母御息所の御兄弟の律師の籠りたまへる坊にて法文など読み、行ひせむと思して二三日おはするに、あはれなること多かり。

というのである。桐壺巻を読む時、私共は更衣に兄弟のあったことを知らされないが、ここへ来て、仏門への傾斜が源氏にとってきわめて身近な世界であったことを知る。当時の権門家が大勢の兄弟のうちからしかるべき末弟を仏門入りさせるのもめずらしいことではないが、桐壺更衣の唯一の後見たるべき男兄弟が、女所帯を見捨てて仏門入りを果たさなければならなかった事情は想像をかきたてるものがあろう。卑母か病弱、貴族社会に交わる事を可能にしない事情があったとしなければならない。さて物語は、

法師ばらの才あるかぎり召し出でて論議せさせて聞こしめさせたまふ…。六十巻といふ書読みたまひ、おぼつかなき所どころ説かせなどしておはしますを、山寺にはいみじき光行ひ出だし奉れりと、仏の御面目ありと、あやしの法師ばらまで喜びあへり。……寺にも御誦経いかめしうせさせたまふ。あるべきかぎり、上下の僧ども、そのわたりの山がつまで物賜び、尊きことのかぎりを尽くして出でたまふ。…黒き御車の内にて、藤の御袂にやつ

れたまへれば、ことに見えたまはねどほのかなる御ありさまを世になく思ひきこゆべかめり。

と続く。雲林院場面の導入に使われた、藤壺の同情を引くという目的はどこへやら、源氏の迎えられ方はまさしく、恒貞親王の再誕をうたわれた斉世、遍昭を心酔させた常康さながらに、高僧伝や国史に讃えられる皇子の相貌を呈している。そうした世界に光輝をもたらす皇子像を漢文世界はとうに書き馴染んできたのである。

注

（1）和辻哲郎「源氏物語について」『思想』大正11・11、（『日本精神史研究』所収、三省堂『国語国文学研究史大成4源氏物語下』所収）。

（2）小林茂美氏『源氏物語論序説』（桜楓社、昭和五三年）。

（3）鷲山茂雄氏「物語作中人物論の可能性―源氏物語藤壺宮を例に」（『静岡女子大学研究紀要』22 平成二年三月）。鈴木日出男氏「文献としての源氏物語―和辻論文の視座から―」（『いま「源氏物語」をどう読むか』平成7）「……すべてが設定されたところから語り出されているのではない。あくまでもその心情を主眼としながら、その都度都度にその具体的な状況が付加されるような形式で語られていく。しかも、そのように付加される新事実は、あたかも既成の事実であるかのように、きわめてなめらかな形で文脈にくいこんでいる。…いかにも読者の想像力を刺激してあまりある文体であるといえよう」。

（4）源高明を源泉として論じた大著に、小山敦子氏『源氏物語の研究』（武蔵野書院、昭和50）があり、物語成立当時の貴族層に底流する歴史観を追究する。菅原道真については主として須磨・明石両巻の詩文引用という観点から、今井源衛氏に「菅公と源氏物語」「菅公の故事と源氏物語古注」（『紫林照径』角川書店、昭和54）があり、私もその驥尾について源氏還都の造形面から考察したことがある（『源氏物語の史的空間』）。聖徳太子については『伝暦』の引用という視点から松本三枝子氏「光源氏と聖徳太子」（『へいあんぶんがく』創刊号　昭和42・7）、堀内秀晃氏「光源氏と聖徳太子信仰」『講座源氏物語の世界』（有斐閣　昭和55）など。

（5）河添房江氏が、聖徳太子の数珠の授与をもって王権授受の喩とみなされた事は記憶に新らしいが、その記事に先立つ聖の独鈷授受に同様な意味合いを読もうとするのは、平成七年度の中古文学会春季大会の発表要旨に佐藤敬子氏の呈示されたもので（「北山聖の独鈷伝授―若紫巻の王権レガリアと伊勢物語―」）、北山の聖が源氏に与える独鈷は「即位灌頂」との関連が云えるという。もっとも、実際の発表資料では即位灌頂の要素が消えて「伝法灌頂」に限定されたのは、源氏物語成立当時の認識を勘案されたものであろう。

（6）今井源衛氏は「恒貞親王伝」の意義に触れて、藤原氏の陰謀を看破した如き口吻に注目し、親王に対する賛美は「政治的立場の強い国史伝にはいかにも許され難いものであろう」とされる（『王朝文学の研究』六〇頁。角川書店　昭和40）。即位を促した藤原氏の大臣を良房とされるのは基経の誤認であろう。

（7）田中隆昭氏『源氏物語　歴史と虚構』（勉誠社　平成5）は、河原院の怪異説話について、融生前の宇多との関係、あるいは光孝・宇多皇統の対陽成意識に触れ、寛平御記逸文（これも扶桑略紀所引）の神経質な筆致が、陽成・融いずれに対しても大威張りで帝王の座にあぐらをかくわけにはいかない宇多の心意を反映したものと分析しておられるのは示唆に富む。

（8）『文徳実録』仁寿三年四月十八日の成康親王の薨伝にこうある。「親王幼くして岐嶷、成人之志あり。天皇殊に之を奇愛」。

（9）常康親王には洞中小集と名付ける漢詩集（散逸）があり、貞観九年、道真はその序を草したという（『菅家文草』巻七「書序」。川口久雄校注『菅家文草　菅家後集』五五三）。蔵中スミ氏『歌人素性の研究』五六頁）。なお、雲林院親王と漢詩文の関係をいうのに、蔵中氏は十一世紀初頭の詩人、源道済の「冬日於雲林院西洞」詩（本朝麗藻下。川口久雄・本朝麗藻を読む会『本朝麗藻簡注』73）に見える「定闍梨」を「初来為主」の文辞から常康親王以前の住寺者として「たとえば光定（天台座主）か」

とされ、その詩が著書「伝述一心戒文」に収められる所から、親王以前（淳和・仁明朝）の雲林院の漢詩文学的空気を想定されている。道済詩の「定闍梨」はその後『箇注』によって、「定覚か」と注され、『小右記』天元五年（九八二）二月四日条および永祚元年（九八九）六月二十四日条に見える定覚阿闍梨と分る（今浜通隆氏のご教示による）。雲林院の寺院化は遍昭の度々の奏上文に見えるように常康をもってしてよいであろう。むしろ漢詩世界としてなら、そもそも紫野院といった当初からここは詩人天皇淳和の離宮であって、蔵中氏も述べられるように、藤原関雄が壁書した伝えなどをもってすれば十分であろう。

（10）村上帝が後宮のセンスを試そうとして「逢坂もはては行き来の関も居ず」の沓冠歌を贈り、広幡御息所のみが合わせ薫物の正解を贈り届けてきた話は有名（栄花物語「月の宴」）。

（11）大曽根章介氏「源英明と橘在列」『国語と国文学』昭和三十八年十月。

（12）市川久編『近衛府補任』第一。平成四年十二月、続群書類従完成会。

（13）田坂順子編『扶桑集　校本と索引』（櫂歌書房　一九八五）三一一～五三。

（14）年代的に「法性寺御国忌」は誤伝らしい（『古本系江談抄注解』）。

（15）加えて、英明自身の母も橘氏であった公算が大きい。弟庶明の母を公卿補任に橘公廉女とする。公廉は広相の男。斉世は母方の従兄妹を妻としたのである。

（『王朝文学史稿21』（小林茂美博士古稀記念特集）初出。植田恭代編『日本文学研究論文集成7』「源氏物語2」収載）

中川の宿―「帚木」巻読解―

源氏物語「帚木」巻には、梅雨の晴れ間の源氏の方違え先として、家司紀伊守所有の中川の別邸が描かれる。中川は『拾芥抄』に「近衛北、京極東」と云い、『河海抄』に「旧記曰く、京極川二条以北を中川と号す」とある。『河海抄』は同時に、「栄花物語云、中川辺に御堂を建てらる（細字注―法性（ママ）寺東北院）とも言う。法性寺はもとより法成寺の誤り、また「中川辺に御堂を建てらる」は『栄花物語』の本文そのものではないが、巻十七「音楽」に描く道長の御堂を指し、巻十八「玉の台」には、新造成った御堂を拝観する尼たちの様子を、

　この尼達、暗くなりぬれば、家々には行かで中川辺りにある尼君の許に泊りぬ。

と言う。今の京都御所の東に「法成寺跡」の碑がある、あの辺を京極通りに添って中川は流れていたらしい。京都御所の東北外郭に鎮座する梨木神社境内には、良房のいわゆる染殿の名残を留める染井があり、さらに道一つ隔てた東側の、今の廬山寺界隈が紫式部の父方の曽祖父、堤中納言兼輔の堤邸跡と考えられているが[1]、まさしくそのあたりが中川だったのだ。今の廬山寺は、その名を冠する船岡山麓の通りから移転した後代のものだが、その境内に角田文衛博士によって紫式部旧居跡の史蹟指定がされたのは人も知る所、いわば、源氏作者はまさしく中川の女だったことになる。

蜻蛉日記下巻によれば、作者は兼家の通いの絶えたのを契機に、父親によって、一条西の洞院の北側にあった母伝

来の邸から、「広幡中川のほど」に移されている。広幡はいわゆる邸名からすると、紫式部邸宅推定地よりさらに東に寄った賀茂河畔である。蜻蛉日記の中川の描写はいかにも洛外の風趣に満ちていて、「山近う川原かたかけなる所」であり、水がほしいままに流れ入る邸で、秋の末になると一面に川霧が立ちわたり、東表にはすぐ水田が続いて稲刈る様が手に取るように見渡せ、季節ともなれば小鷹狩の人が立ち彷徨う、まさしく洛内と山野との接点であった。中川と賀茂川の近さは、ややもすれば、大水の出た時などは「此の中川も大川（賀茂川）もひとつに行きあひぬべく見ゆれば、（その間に立っている人家などは）いまや流るるとさへおぼゆる」と記している（蜻蛉日記下巻）。紫式部の父方の曾祖父兼輔は、そのあたりに一族の居を構えたのである。兼輔の女桑子腹の、醍醐皇子章明親王が、その一角を本拠としたらしいことは、これまた「政事要略」から角田氏の指摘される所。親王の長女済子女王は寛和元年（九八五）九月、花山朝の斎宮となった折、「中河の家より東河（賀茂河）で禊し、（初斎院である）左兵衛府に入った」とある（『日本紀略』同月二日条）。少女時代の源氏作者は、隣り合わせた邸からその一部始終を垣間見ることができたのかも知れない。

ところで、「帚木」巻の紀伊守中川邸は、かねて読み手の立場から、家の間取りについて何度も検討が加えられてきた。思うに、源氏が初めて訪れた不案内な別荘で、夜の人声や物音だけから居住者の所在を推測しようとする克明な描写が、はからずも読み手に、建物の間取りを再現させる要因になっているものと思われる。これまでに管見に入った先覚の論に次のようなものがある。

1、萩原広道『源氏物語評釈』所引、長沢伴雄説（2の島津『対訳講話』所載）。

2、島津久基『対訳　源氏物語講話』昭和58復刻版、名著普及会刊。

3、増田繁夫「源氏物語の建築―中川の家―」『平安文学研究』51　昭和48・12。

同氏「源氏物語の建築」『源氏物語研究集成十二　源氏物語と王朝文化』平成12　風間書房。

こうした先覚の作業はそれぞれ、原文の叙述に従って間取りの再現を試みながら、先行説への批判を重ねて現在に至っているのであるが、わたくしに今なお、飽き足らない点がなくはない。屋上屋を重ねることになるかも知れないが、卑見を述べてみたい。

「帚木」巻後半、雨夜の品定めの興奮を引きずって、源氏は紀伊守邸へ方違えに赴く。次はその「寝殿の東面払いあけさせて」招じ入れられた源氏の耳目に入ってくる、邸内の様子である。

(1) 思ひあがれるけしきに聞きおきたまへるむすめなれば、ゆかしくて、耳とどめたまへるに、この西面にぞ人のけはひする。衣のおとなひはらはらとして、若き声どもにくからず。さすがに忍びて、笑ひなどするけはひ、ことさらびたり。格子をあげたりけれど、守、心なしと、むつかりて、おろしつれば、火ともしたる透影、障子の上より漏りたるに、やをら寄りたまひて、見ゆやとおぼせど隙もなければ、しばし聞きたまふに、この近き母屋につどひゐたるなるべし、うちささめき言ふことどもを聞きたまへば、わが御うへなるべし。…式部卿の宮の姫君に、朝顔奉りたまひし歌などを、すこし頰ゆがめて語るも聞こゆ。くつろぎがましく、歌誦じがちにもあるかな、なほ見劣りはしなむかし、と思す。

東面の母屋から南・東の廂、渡殿にかけてが、その夜、客のために提供された空間である。寝殿造りの常として、東西の中心には中の間があるが、その緩衝地帯を隔てて、西側には家人が住む。「思ひあがれるけしきに聞きおきたまへるむすめ」は、伊予介の娘、後に軒端の荻と呼ばれることになるその女であろう。なおここは、空蟬をさすというのが通説であるが、(2)源氏の関心が空蟬に及ぶのは、家主の子供たちの中からひときわ目に付く小君を見出し、その姉について紀伊守と話題にした時が最初であって、訪問先で「むすめ」といえば、普通にはまず、家主の血続きの未婚の女を指すのが穏当と思われる。源氏は後に空蟬への口説きのなかで、「人知れぬ思ひのしるしある心地して」とか「年ごろ思ひわたる心のうちも聞こえ知らせむとてなむ、かかる折りを待ち出でたるも、さらに浅くはあらじと思ひなしたまへ」などと、年来の執心のような言い方をするが、いわば口説きの常道であって、重視するには当たるまい。というより、むしろここでは、伊予介自慢の娘ではないかという源氏の判断を、さながら裏付けるような西側住人たちの反応が、その正体を自づと語っているように思われる。西側の女主従は、東の賓客に対する憧れと興奮を露わにして、ことさらな忍び笑いを洩らし、来客にも関わらず、家主に注意されるまで格子も下ろさず、あろうことか、客に聞こえる近さでその客の噂話をしている、というのである。(3)しかもどこから聞き伝えたか、朝顔の姫君に贈った源氏の歌まで、隣に当人が来ているのに話題にする厚顔無恥。まことに受領風情に相応しい反応ではあるまいか。後出の空蟬の反応（後掲（3）の引用文参照。以下アラビア数字は、後掲引用文番号）に引き比べる時、源氏のような高貴な賓客に対する、受領の女と上達部の女との対応のしかたに歴然たる差の書き分けられていることを、思わずにはいられない。そして、西の母屋から廂にかけてを軒端の荻主従が占めている以上、そこに空蟬がいるはずはないのである。(4)次の「空蟬」巻で、源氏はこの東面の簀子から、東面で囲碁をする空蟬と軒端の荻の姿を垣間見ることになるが、軒端の荻は「西の御方」と呼ばれており、本来、二人がこの別邸を使う際には、空蟬が東面、軒端の荻が西面という割り振りになっていたに違いない。つまり、突然の源氏の方違えで部屋を空けることになった際、空蟬が家刀自として未婚の義娘の庇護者的立場をとり、娘の居室をそのままにさせて、自身の居室を譲ったのだと思われる。義理の娘とのこうした関係は、当時流行った継子物語の常識からすればまことに変則で、ここには大いに、理想の後妻を書きたい作者の心意気が働いているのではなかろうか。紫式部集によれば、夫宣孝には前妻との間になした、彼女とさほど年齢の変わらぬ男女の子があり、宣孝の死に際して、彼女はその娘とねんごろないたわりの弔問歌を交わしている。軒端の荻は心底空蟬を慕い、囲碁をしに押し掛けたあげく、そのまま空蟬の帳台で共寝をする、といった関係なのだが、そうした人間関係を巧まずして生んでいるのが、たとえば急に賓客を迎えたこうした場合、年若な娘をそっとしておいて自分が譲る、といった母性的心遣いであったに違いない。本来なら身分違いであるはずの上達部の娘が、まことに自然に、あまり年の違わない継子の母親役に徹している。空蟬の生き方の具象的な点描なのだと思われる。それでは空蟬はどこにいるのか。

酒宴が一段落して、家主の子供たちが源氏の目にとまる。臣下の家に逗留して、家主の子達を褒賞するのは、行幸奉献の例でもある。ここも褒賞というほどではないが、子供たちにとって、お目通り程度の栄誉はある。そこで目に止まったのが空蟬の弟の小君。そこから話は、早世した小君の父右衛門督に、さらに姉の空蟬に及ぶ。

（2）（源氏）「いづかたにぞ」（紀伊守）「皆下屋におろしはべりぬるを、えやまかりおりあへざらむ」と聞こゆ。

その女はどこにいるのか、と源氏がとっさに聞いたのは、その女の気配がこれまで全く感じられなかったからだ。西隣は伊予の介の娘だと最初から分っている。この邸に対があるという説もあるが、今取らない。「帚木」巻末で源氏が再度忍んだ際、空蟬は渡殿にある侍女の局に身を潜めている。対の屋があれば、当然そこに避難するであろう。中川の別荘は寝殿は立派だが、対を持たず、下屋と呼ぶに相応しい従者用の建物しか付属していなかったとみえる。「車ながら引き入れつべき所」としてこの邸を選び、つまり前庭に車ごと引き入れて寝殿の南面に降り立った源氏には、最初からその簡素な構造は見えていたはずだ。ならば、空蟬がひそんでいるのは、この母屋に近い北廂しかない。果たせるかな、声は北側から聞こえてきた。

（3）君はとけても寝られたまはず、いたづら臥しとおぼさるるに、御目さめて、この北の障子のあなたに人のけはひするを、こなたや、かくいふ人の隠れたるかたならむ、あはれや、と御心とどめて、やをら起きて立ち聞きたまへば、ありつる子の声にて、「ものけたまはる。いづくにおはしますぞ」と、かれたる声のをかしきにて言へば、「ここにぞ臥したる。客人は寝たまひぬるか。いかに近からむと思ひつるを、されどけどほかりけり」と言ふ。寝たりける声のしどけなき、いとよく似かよひたれば、いもうとと聞きたまひつ。「庇にぞ大殿ごもりぬる。音に聞きつる御ありさまを見たてまつりつる。げにこそめでたかりけれ」とみそかに言ふ。「昼ならましかば、のぞきて見たてまつりてまし」と、ねぶたげに言ひて、顔ひき入れつる声す。ねたう、心とどめても問ひ聞けかし、とあぢきなくおぼす。「まろは端に寝はべらむ。あなくるし（暗しイ）」とて、火かかげなどすべし。女君は、ただこの障子口すぢかひたるほどにぞ臥したるべき。

「中将の君はいづくにぞ。人気遠きここちして、もの恐ろし」と言ふなれば、長押の下に、人々臥して答へすなり。

女は北廂に避難しているらしい。「あはれや」と源氏が思うのは、上達部の娘である空蟬が、安泰の権利を義娘に譲って、暑苦しい夏に窮屈な北廂に押し込められているからだろう。女は小君と物憂げに言葉を交わし、そのおざなりなお愛想に源氏は「ねたう」「あぢきなき」思いをする。口では「昼なら覗いてみたい」といいながら、西隣の浮かれた反応とはまるで違うのだ。育ちが違うとしか言いようがない。

ところで、女の寝んでいる北廂らしき所には、さらにそれに接して、一段低くなった部屋（長押の下）が続いている。北廂が母屋と同段で、それに接する北西廂が一段落ちているのか、あるいは北廂のさらに北に孫廂があるのか、簀子部分をそこだけ外界から覆って、従者の寝所としたのか、明らかでない。太田静六氏の『寝殿造りの研究』によれば、東三条殿の寝殿には北孫廂があるが、中川の別邸などを摂関家の名邸東三条殿と一緒にするわけにもいくまい。ただし、柱間を小さくして、構造が似ているということはあり得るであろう。少なくも、従者の寝場所を北廂に想定するためには、空蟬の寝所はそれより南、つまり母屋にもってこなくてはならない、という論理は主客転倒であろう。東にも、西にも、母屋を南北に分けて（母屋の中央を襖などで南北に仕切って）、母屋の北半分に空蟬の寝所を想定するのは無理である。(5)

さて源氏は声をたよりに、北廂への侵入を開始する。

（4）皆しづまりたるけはひなれば、かけがねをこころみに引きあげたまへれば、あなたよりは鎖さざりけり。几帳を障子口には立てて、火はほの暗きに見たまへば、唐櫃だつ物どもを置きたれば、みたりがはしきなかを、分け入りたまへれば、ただひとりいとささやかにて臥したり。

かけがねは掛かっていなかった。掛けることができるのに掛けてなかった、と見るべきか、最初からかけがねは無かったとみるべきか。母屋が主人の居住空間、廂が従者の空間なのだとすれば、廂側からはかけがねが最初から無かった、と考えて不思議はない。女は掛けようにも掛けられなかったのだ。そこにも廂という落差が歴然とあらわれる。普段は物置のように使われている部屋だから、雑然と唐櫃などが置いてある。帳台を客に譲った空蟬は、ろくな帳もない心もとない床の上にわずかな几帳をたよりに身を横たえている。

さて次は、空蟬を北廂から母屋に拉致する場面。

（5）いとちひさやかなれば、かき抱きて、障子のもと出でたまふにぞ、求めつる中将だつ人来あひたる。……心も騒ぎて、したひ来たれど、動もなくて、奥なる御座に入りたまひぬ。

北廂と母屋の境の障子口へ来たあたりで、空蟬の侍女中将が「来合った」とある。中将がどう入ってきたのか、源氏とどのように「来あ」ったのか、あまりはっきりしない。さきに、長押の下に寝ている侍女たちの言として「（中将は）下に湯に下りて」とあるが、湯屋が西か東かも明らかではない。しかしこの中将は、後に、源氏を避ける空蟬が彼女の局に逃げ込んだことからしても、空蟬にとって乳兄弟的役割の侍女で、生家から伴ってきた腹心、寝所も共にしていたのであろう。つまり、さきにあった、長押の下の女たちとはまるきりレベルの違う侍女なのであって、源氏は長押の下の女たちには気付かれずに済んだが、中将には見とがめられてしまっている。長押の上と下には、歴然とした部屋としてのしきりのような構造（簾に帳とか）があったとみるべきであろう。

次は翌朝の光景。

（6）ことと明くなれば、障子口まで送りたまふ。うちも外も人騒がしければ、引きたてて別れたまふほど、心細く、隔つる関と見えたり。御直衣など着たまひて、南の高欄にしばしうちながめたまふ。西面の格子そそきあげて、人々のぞくべかめる。簀子の中のほどに立てたる小障子の上より、ほのかに見えたまへる御ありさまを、身にしむばかり思へる、すき心どもあめり。

南の簀子には東西を仕切る低いついたて様の小障子が置いてある。高欄に寄る源氏の姿を、西の住人たちが簾越しに覗くのである。彼らはもとより、昨夜空蟬の身に起こったことなど知る由もない。西の母屋と北廂との間は障子などに隔てられて、全く別室の造りであろう。

さて源氏は一夜の体験を忘れかね、再び小君の手引きで中川邸に忍ぶ。空蟬がそれを避けて、侍女中将の局に隠れる場面である。ここには前述したように、中川邸に相応の対の屋などが無いらしいという以上には、間取りに関して特記すべきことは無い。

（7）にはかにまかでたまふまねして、道のほどよりおはしましたり。紀伊の守おどろきて、遣り水の面目とかしこまりよろこぶ。小君には、昼より、かくなむ思ひよれると、のたまひ契れり。明け暮れまつはし馴らしたまひければ、今宵もまづ召し出でたり。女も、さる御消息ありけるに、おぼしたばかりつらむほどは、浅くしも思ひなされねど、さりとて、うちとけ、人げなきありさまを見えたてまつりても、あぢきなく、夢のやうにて過ぎにし嘆きをまたや加へむ、と思ひ乱れて、なほさて待ちつけきこえさせむことのまばゆければ、小君が出でて去ぬるほどに、「いとけぢかければ、かたはらいたし。なやましければ、忍びてうちたたかせなどせむに、ほど離れてを」とて、渡殿に、中将といひしが局したる隠れにうつろひぬ。

巻は替わって「空蟬」。前回、空蟬に避けられて無念な思いの源氏・小君主従は、今回は空蟬に予告することなく、小君一人の入来と思わせて忍び入り、女たちの囲碁姿を垣間見ることになる。

（8）人見ぬかたより引き入れて、おろしたてまつる。…東の妻戸に立てたてまつりて、我は南の隅の間より、格子たたきののしりて入りぬ。御達「あらはなり」と言ふなり。「なぞ、かう暑きに、この格子はおろされたる」と問へば、「昼より西の御方のわたらせたまひて、碁打たせたまふ」と言ふ。さて向かひゐたらむを見ばや、と思ひて、やをら歩み出でて、簾のはさまに入りたまひぬ。

「南の隅の間の格子」は、中央部（母屋正面）の上下に分かれたそれとは異なり、遣戸風の構造であろう。(6) 東南の妻戸があるのに、南の角の格子から出入りするのは、いったんはめた下の格子をわざわざ外すような手間でなくて済むからだと思われる。さてここに軒端の荻を「西の御方」と呼ぶのは、西の対ではなく母屋の西側と読むべきであろうこと、前述した通りである。さて小君の入っていった格子の内側には簾がかけてある。東側の妻戸ではこうはいかない。

（9）この入りつる格子はまださされねば、隙見ゆるに、寄りて西ざまに見通したまへば、この際に立てたる屏風も、端のかたおし畳まれたるに、まぎるべき几帳なども、暑ければにや、うち掛けて、いとよく見入れらる。火、近うともしたり。母屋の中柱にそばめる人やわが心かくると、まづ目とどめたまへば、…今一人は、東向きにて、残る所なく見ゆ。

源氏が立っているのは東廂の南端、簾越しに西ざまを覗くと、母屋の南端に彼女たちが向かい合わせに坐っているのである。南端の中柱に空蟬が身を隠すように坐っている所からして、この母屋は片側二間は欲しい。中の間を入れて、間口五間。(7) 受領の別荘にしては贅沢と見る向きもあろうが、だからこそ対の屋は省いて寝殿を豪勢にしてあるのであろう。一間が小振りだろうことも当然考えてよい。

源氏の垣間見など思っても見ず、小君は簀子に出てくる。そしてやおら、あらためて、今度は東側の妻戸から入って、皆の寝静まるのを待つのである。

(10)（小君）こたみは妻戸たたきて入る。皆人々しづまり寝にけり。「この障子口にまろは寝たらむ。風吹き通せ」とて、畳ひろげて臥す。御達、東の廂にいとあまた寝たるべし。

「障子」の位置はなお明らかでない。しかし、東廂と母屋を東西に仕切ってしまっては、源氏の垣間見は不可能だから、東廂の南端、南廂との間一間とする増田氏説が穏当であろう。従って、小君の選んだのは妻戸から踏み込んですぐの通行場所で、寝所としてはおよそ落ち着かないが、源氏の案内役が寝た振りをする場所には一番相応しい。東廂にたむろして寝る侍女たちに源氏が気付かれない為にも、この障子は有効である。

以上、帚木・空蟬の両巻に描かれる中川の家での主として空蟬の寝所について、私に思う所を述べた。そのことを通して、受領の後妻として生きる空蟬の生活信条や人間性についても、なにがしかの観点をつけ加えることができたのではないかと思う。

注

(1)　角田文衛「紫式部の居宅」『紫式部とその時代』（角川書店　昭和41）所収。
『河海抄』料簡の「京極西頰」の解釈をめぐって、岡一男「紫式部の伝記に関する一二の問題」（『古典の再評価』所収）に反論があり、いわゆる良房の染殿一町の一角を想定されるが、伊藤博「紫式部のふるさと」（『源氏物語の原点』所収）はこれを再び覆し、河海抄の紫式部伝が中世的歪曲の要素を多く持っていることにも鑑みて、「西頰」という記述そのものの信憑性を疑って角田説を支持する。

（2）実をいうと、岷江入楚や湖月抄から現代注に至るまで（追記参照）「空蟬」説。軒端の荻説は吉岡曠氏「『思ひあがれる気色に聞きおき給へるむすめ』について」（『むらさき』8、昭和44）に始まるが未だ全面的賛同を得ていない。

（3）このようなことで想起するのは、式子内親王主従が、後鳥羽院一行の蹴鞠行幸の賑わいをよそに、終日森閑としていたことで、日暮れ近くに鉦の声で人々はあらためて、奥に人の居たことに感じ入ったという『源家長日記』の記事である。出家者と在俗の若い女を比較するのが無理かも知れないが、家長はやはり、出家者というだけでない式子の高貴さを感じている。こうしてみても、「若菜下」の女三の宮の振る舞いが、いかに高貴人として常軌を逸しているか、語るまでもないであろう。なお、式子の故事の出典を失念して中村文氏のご教示を得たことを、感謝をもって付記しておく。

（4）島津久基『対訳　源氏物語講話』は東の母屋の中央を横割りに障子を立て、北側を空蟬の寝所とした（図参照）。こうした構造は例が無いと思われ、母屋の奥側に主人が、南半分に客が、という用い方は、賓客に対しても無礼であろう。第一、部屋としての奥行きが無さ過ぎる。

（5）空蟬の寝所を西の母屋に想定されるのは増田繁夫氏（本文中に挙げた3）の二論文。軒端の荻の所在が明示されないが、西面でざわついている宵・翌朝の女たちが空蟬と同室であるのだとしたら、源氏の侵入は無用心に過ぎる上に、空蟬と彼女たちが主従と見なされる点にも疑問が残る。主従は多くの場合、類同だと見るからである。

（6）ここが遣戸風の構造であることは、飯村博『続・源氏物語のなぞ』（右文書院　平成9）に論がある。ただしその位置について、筆者は意見を異にする（末尾「私案」参照）。

（7）間口とは廂や簀子を入れず母屋の柱間で数えるよし、池浩三博士よりご教示を得た。なお、先生はその際、私が例示した幾つかの先覚の図面から、新潮古典集成の間口三間の図を、受領の別邸の規模としては最も適当か、とご教示下さったのであるが、今回あえて、間口五間説で書いてみた。対の屋が無いとすれば、邸全体の規模は小さくおさまるであろうし、源氏の恋の舞台として、寝殿そのものはあまり手狭であって欲しくないという素人考えによっている。

追記　注2に「思ひあがれる気色に聞きおき給へるむすめ」を空蟬とする説を「現代注まで」としたが、新日本古典文学大系（岩波書店）は軒端荻説を採る。

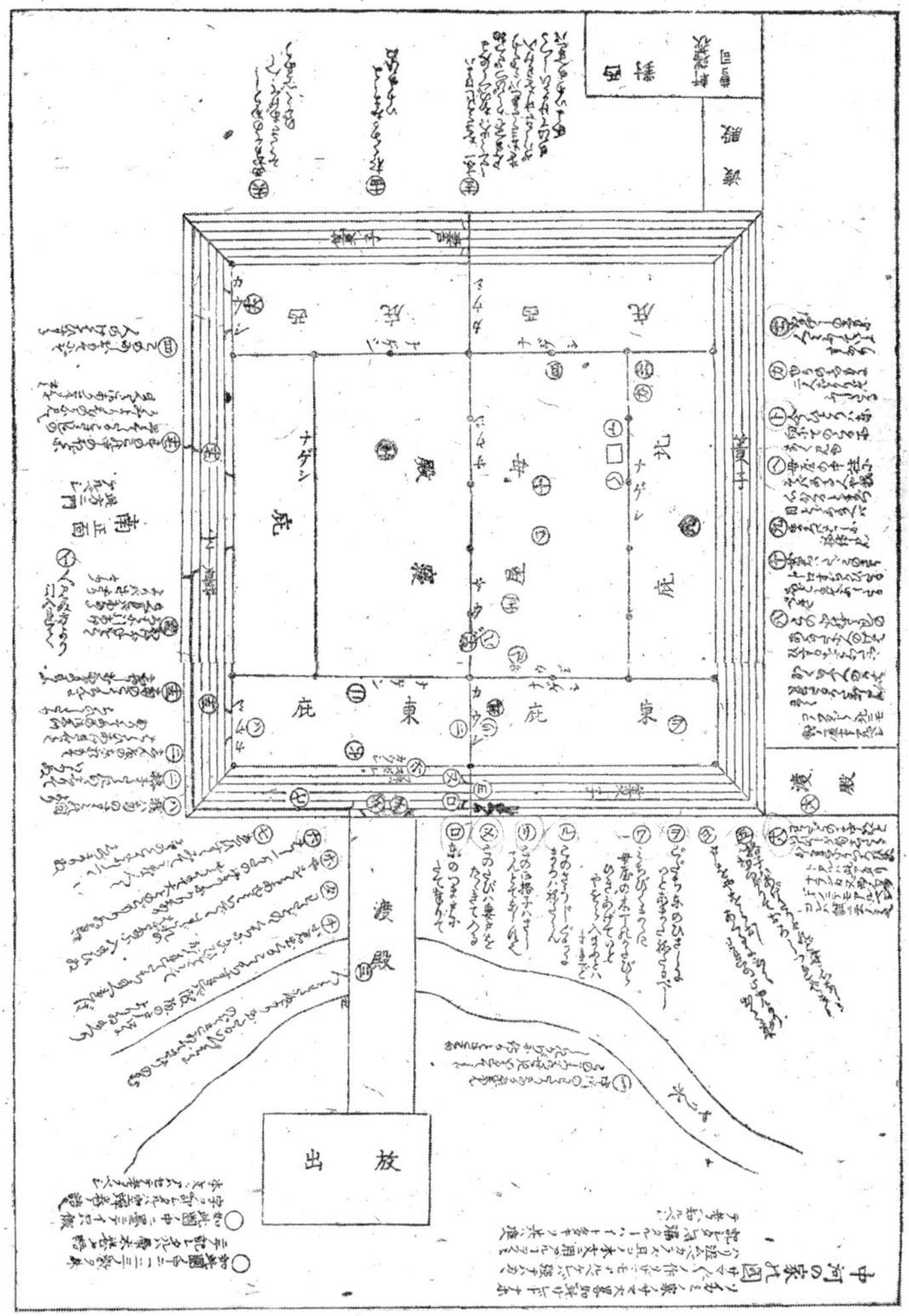

（萩原広道『源氏物語』「空蝉巻余釈」付図「長澤伴雄の構図」（島津書所載）

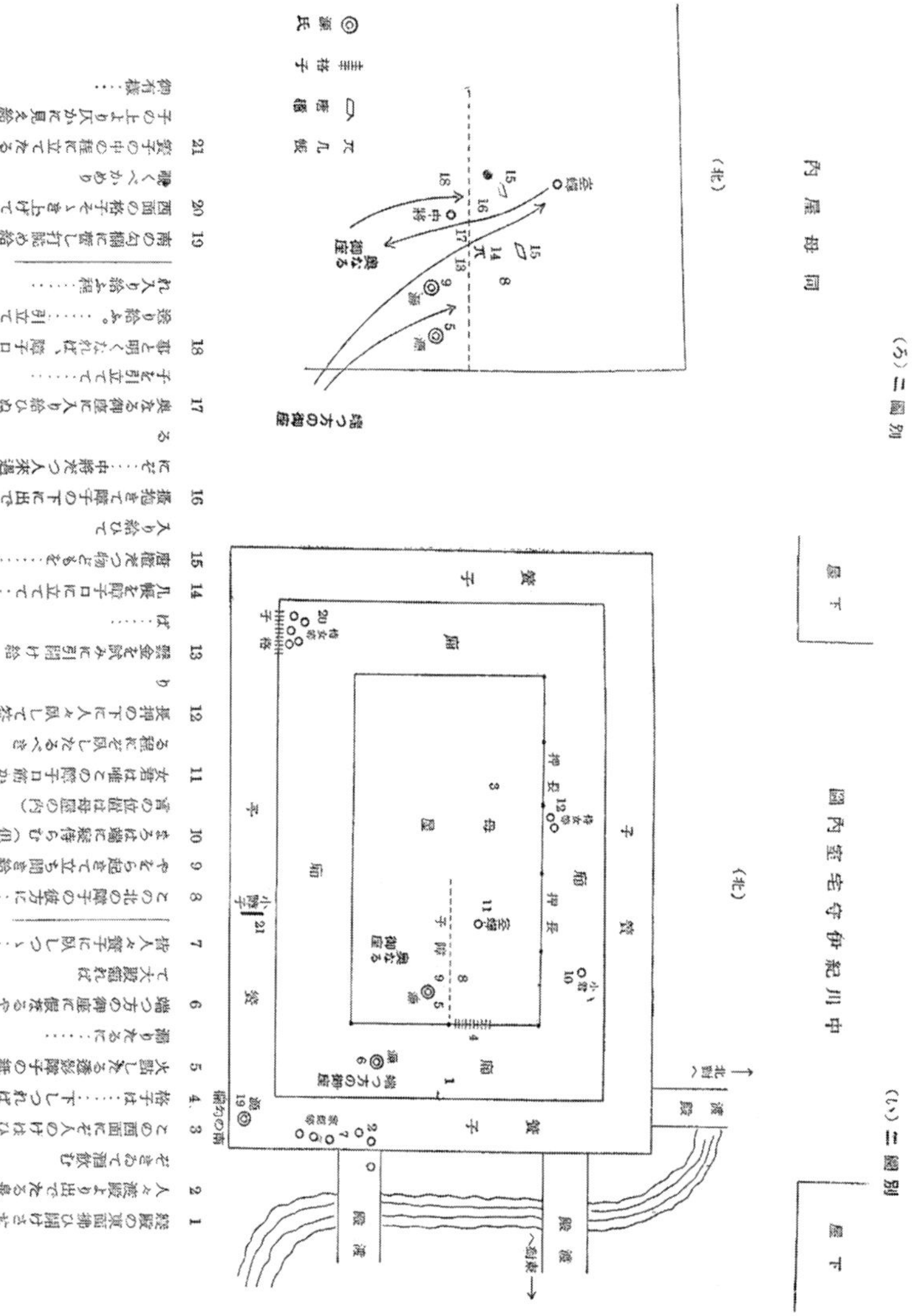

（島津久基『対訳 源氏物語講話』2「帚木・空蟬」付図）

帚木図

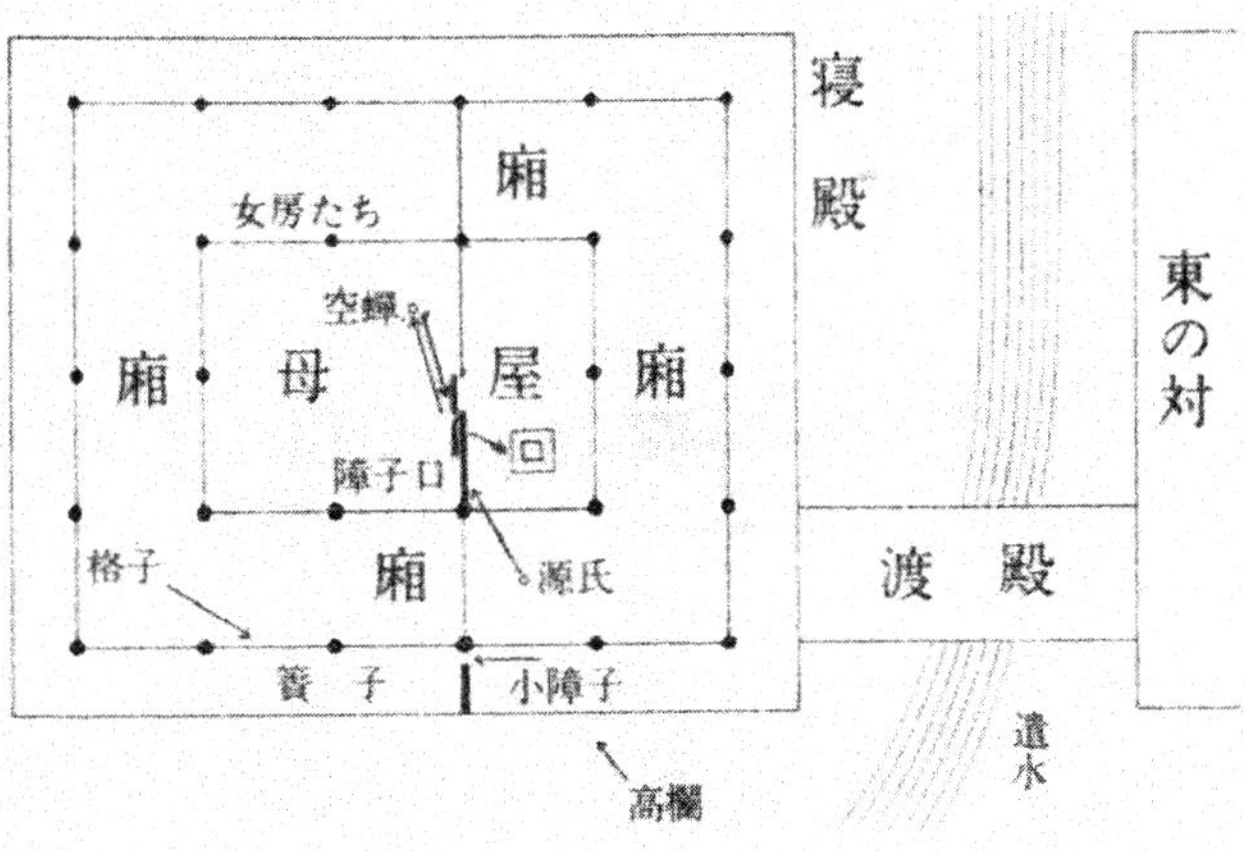

（石田譲二・清水好子校注：新潮古典集成頭注付図）

中川の家の寝殿

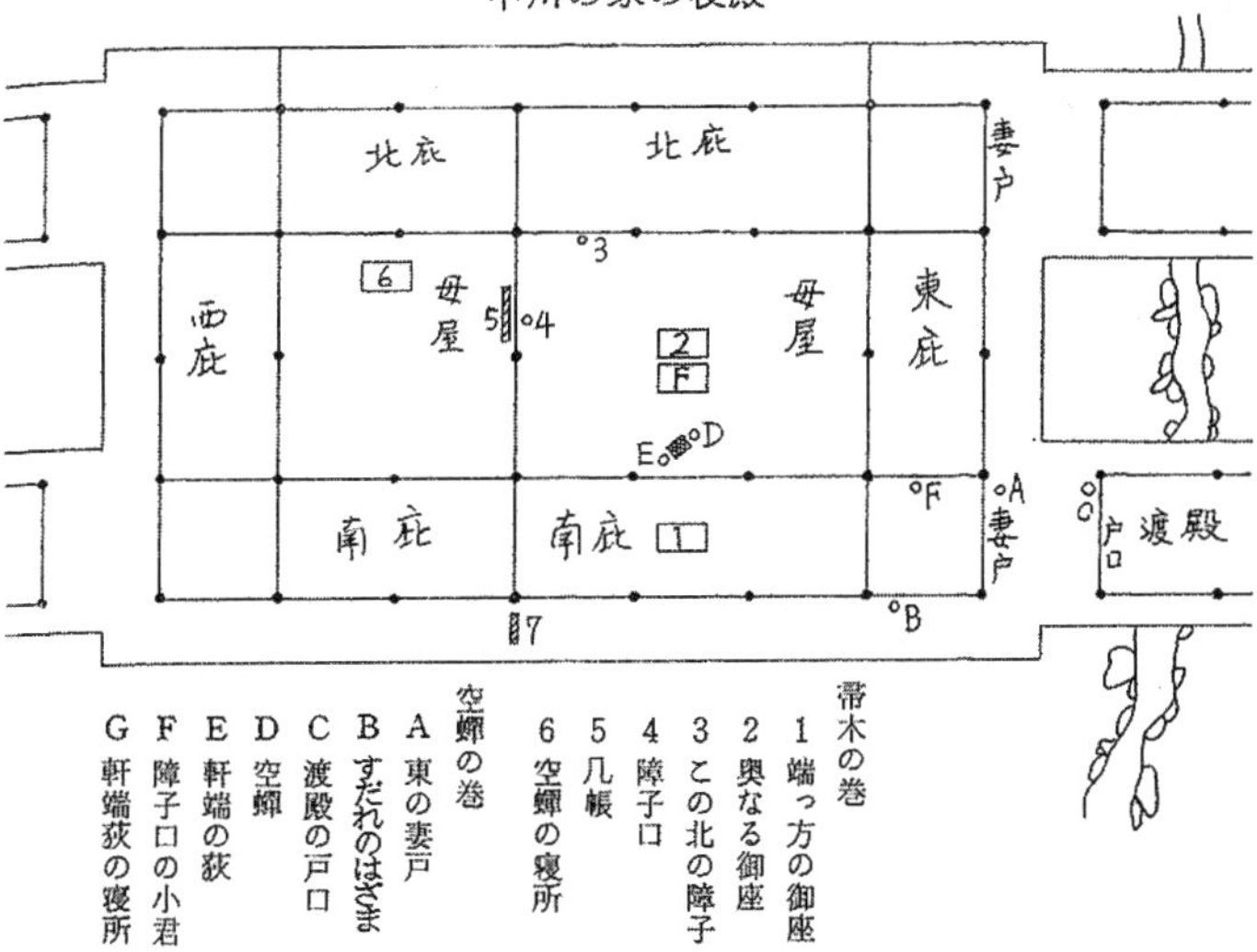

（増田繁夫氏「源氏物語の建築―中川の家―」『平安文学研究』51）

私案

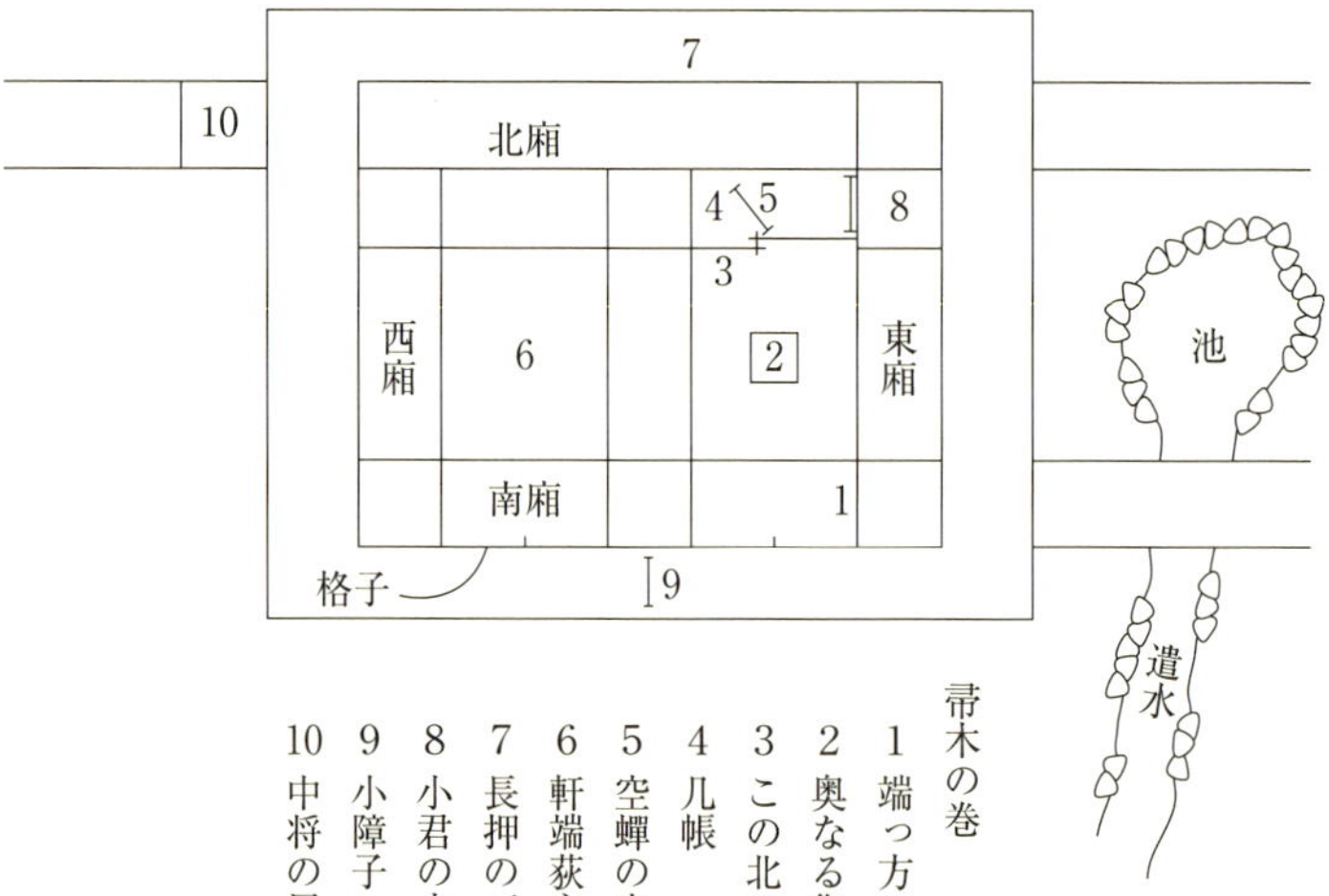

帚木の巻

1　端っ方の御座
2　奥なる御座
3　この北の障子口
4　几帳
5　空蟬の寝所
6　軒端荻主従
7　長押の下
8　小君の寝所
9　小障子
10　中将の局

（『国文目白』40　二〇〇一・二）

日記・家集

秘められたメッセージ―『蜻蛉日記』の消息の折り枝―

『蜻蛉日記』中巻の安和の変に触れる記事は、政治世界に関わらない建て前の女性が、それでもなお関わらずにはいられない内的衝動を洩らし、女流日記の歴史に特異な位置を占めるものとして知られる。すなわち安和二年（九六九）三月の条に、左大臣高明の太宰府配流、一家離散の悲劇を記したのち、「身の上をのみする日記には入るまじきことなれども、悲しと思ひ入りしもたれならねば、記しおくなり」とする記事である。ところでこの頃、作者と兼家の夫婦仲はまずまずであるが、五月ごろから作者は健康を害し、死を覚悟して遺言をしたため、六月の末になってようよう人心地ついた耳に、帥殿（高明）の北の方出家の風聞が伝わる。高明北の方は兼家の異母妹、皇女腹で愛宮という。作者は病み上がりの徒然に、愛宮の悲運を悼んだ長歌を作り上げ、周囲のすすめに従ってこれを愛宮に送ることになる。ここで贈り主を秘し、愛宮の同母兄、多武峰の入道（高光）からだと言わせたのは、云われるように、安和の変における兼家の微妙な立場から消息をためらう気持ちが働いたからであろうか。さて、高光・愛宮たちの生母・雅子内親王は高明の同母妹、つまり高明と愛宮は伯父姪の夫婦ということになるが、雅子姉妹（姉勤子も師輔妻の伝えがある）を愛し、高明も贔屓にした師輔の死後、藤原氏一族が高明を追い落とした筋道は明白であるとして、「蜻蛉日記」にとって問題なのは、愛宮の異母兄弟たち、就中、兼家その人の安和の変への関わり方である。この経緯に触れた論は一通りではなく、いま、深沢三千男氏[1]に多くを負って要点を述べれば、山口博氏[2]が首謀者として実頼と伊尹の関与を言われ、山中裕氏[3]がこれに師尹を加えて、むしろ師尹主導を、山本信吉氏[4]は実頼を省いて師尹・伊尹に兼家を加え、後に山中氏[5]がこれに賛意を表され、小山敦子氏[6]は伊尹を外されている。深沢氏は兼家の関与を立場上やむを得なかったこととして認めた上で、「蜻蛉日記」の役割を、夫ないし九条家一族になり替わっての高明家への心寄せだと読まれた。

道綱母とその周囲の人たちがこれ程深刻な衝撃を蒙ったのは、やはり何といってもこの事が彼らの家族圏内で起きた出来事だったからに違いない。そしていくら女が政治問題にかかわってはいけないからといっても、この夫の実妹の身にもたらされた家庭悲劇が全く夫との話題に出されなかった事は、あり得ない事だろう。にもかかわらず、兼家が高明左遷の決定を下した政府高官の一人である以上、天皇の名において処断された高明への同情や共感は兼家自身で表明すべくもないのであり、つまり、「身の上をのみする……記しおくなり」との釈明は、（夫に）「累を及ぼすまいとの心づかいが見られる言い方」であると同時に、安和の変に言及すること自体、縁故深く重恩ある高明の悲境に対して、自家の側に全く心を動かす者がいなかった冷酷さへのそしりを甘受するわけにも行かぬという、どうしようもないジレンマから、夫兼家ひいては九条家を救い出し、その誉れを守り得たのではないかと思う。

と述べられている。そうした心情の流露として送られた長歌は、当然の事に高明一族の悲境に涙し、夫妻の別離を悼み、愛宮の孤独と悲嘆に共鳴する色調に塗りこめられている。作者はこれを「紙屋紙に書かせて、立て文にて、削り木につけて」送った。先に述べたように、送り主を愛宮の兄法師と思わせたのに見合う配慮から、男臭さを装い、女同志の応酬よりは改まった雰囲気を出したのである。

にもかかわらず相手は、送り主を作者と見破って返事を寄越した。しかしそれは誤って時姫のもとへ届けられ、時姫も不思議とも思わなかったのか返事を寄越したが、その段階で愛宮は間違いに気付いたのだった。

さてそのころ、帥殿の北の方、いかでにかありけん、「ささの所よりなりけり」と聞きたまひて、この六月どころと思しけるを、使ひ、持て違へて今一所へ持ていたりけり。

とある所からすれば、愛宮がたでは、一度時姫に送った返事と同じ文面を（とりわけ和歌を）そっくりそのまま作者の所へもう一度差し出すのも、同じ内容がお互い漏れるかと思えば体裁悪く、悩んでいると聞いて、作者は事態の打開に乗り出す。次はそのくだりである。

愛宮自身は兼家妻のなかから作者を見分けたのであり、届け先を間違えたのは使いの失態という事らしい。

「所違へてけり。いふかひなき事を、また同じことをものしたらば、伝へても聞くらむに、いとねぢけたるべし。いかに心もなく思ふらむ」となむ騒がるる、と聞くがをかしければ、かくてはやまじと思ひて、さきの手して

山彦の答へありとは聞きながらあとなき空をたづねわびぬる

と浅縹なる紙に書きて、いと葉茂うつきたる枝に立文にしてつけたり。またさしおきて消えうせにければ、さきのやうにやあらんとてつつみ給ふにやありけん、なほおぼつかなし。あやしくのみもあるになど思ふ。ほど経て確かなるべき便りを尋ねて、かくのたまへる。

吹く風につけて物思ふあまのたく汐の煙は尋ねいでずや

とて、いときなき手して、薄鈍の紙にて、むろの枝につけ給へり。御返りには、

荒るる浦に汐の煙は立ちけれどこなたに返す風ぞなかりしとて、胡桃色の紙に書きて、色変りたる松につけたり。

さて、最初の長歌による見舞いは、徹底して愛宮への同情・慰撫が目的であったが、今回の応酬、とりわけ作者からの贈歌にはもう、その主題は見られない。「せっかくご返事があったとの事ですが、不思議な事に私の手に入らず、いったいどこへ行ってしまったのかとむなしくお探ししているのです」と、ひたすら返事の遅れを責めている。それにしても、その消息を結びつけた「いと葉茂うつきたる枝」にはどういう意味があるのだろう。また、愛宮の返歌が付けられた「むろの枝」が意味するものはなにか。さらに作者から再度贈った消息の付け枝、「色変りたる松」に託されたメッセージは何だろうか。わざわざ折り枝の様態をことわっている以上、何かの意味を含んでいるに違いない。本稿はその意味を解きたいのに尽きる。ここで一通り、このくだりに触れた先覚の説を見ておきたい。(7)

まず「いと葉繁うつきたる枝」について。本文にも問題がないわけではなく、「いと葉しげう」の部分、『解環』に「ひのはしげう」とし、「ひ」に「檜」と傍注している。また『解環補遺』はその「ひのは」の本文の傍に「本ひとは」とする。また折り枝選択の意図に触れる注釈は次の三書である。

◇全注釈「山彦と同じく山間の物にちなんだ」。
◇対訳「作者の方からは、長歌のように、こと葉多くやったのに、という気持ち」。
◇集成「言の葉繁う（歌語）などの意を掛け、言わずもがなの「文」の遊びというほどの意を籠めたものか」。

次に愛宮の用いた「むろの枝」について。これにも本文に異説がある。『解環』に「松のえだ」とし、『補遺』に「本ニ、亭川（二字草体）のえだトアリ。亭ハ満ノ、川ハツノ誤ニテ松ト改タル可然」という。その他、吉田本「心

ろ」・阿波・松平・大東急本「はろ」・上野本「はち」・彰考館・無窮会本「はつ」など、異文が多い。そして意味についてては

◇大系「むろに室の地名をかける。いかでかは思ひありともしらすべきむろのやしまの煙ならでは（詞花恋上、実方集、小大君集）」。

◇全注釈「（むろは）万葉集には海辺の木として詠まれ、京では手に入れにくい木のようであり、第一、歌をはじめ作品に出てくることがまれなため、疑念がわく。…（諸本異同から）推測される原型は、「むろ」よりもむしろ「まつ」ではないだろうか。…次の作者の返事に枯れた松を使ったのは、愛宮の使った松に対応させたものとも思われるのである。

◇新注釈「（全注釈を批判）それだと下に、「これも色変りたる松に」とありたいところ」

◇対訳「（むろ説）この木につけたのは、何を意味するか不明」。

◇集成「（むろは）海岸地方に多く、愛宮の身辺にあったかどうかに疑問は残るが、歌の内容「あまのたく塩の煙」には相応しい」。

のように、「葉茂うつきたる枝」に比べて注釈者の関心が高い。ちなみに、『全注釈』に引き、以下の注釈に少なからぬ影響を与えた『万葉集』のむろの歌は次の通りである。

『万葉集』巻三　天平二年庚午冬十二月、太宰帥大伴卿向上道之時作歌五首

吾妹子之見師鞆浦天水香樹者常世有跡見之人曽奈吉（わぎもこがみし鞆の浦のむろの木は常世にあれど見し人ぞなき）

同巻十五　寄物陳思

磯上立廻香滝心哀何深目念始（磯の上に立てるむろの樹ねもころに何か深めて思ひ始めけむ）

同巻十六　詠玉掃鎌天水香棗歌

玉掃苅来鎌麻呂室乃樹与棗本可吉将掃為（たまははきかりこかままろ室の木と棗がもとかき掃かむため）

この巻三や十五の歌によって、むろは海辺の植物の印象が強く、それが『全注釈』や『集成』に響いているのではないかと思われるが、平安時代のむろの実態には一筋縄では行かない点もあるものの、いずれにしても京洛内にもあり、愛宮や作者の目に親しいものであったらしい。

まず作者と同時代の『和名抄』は、巻二十「檉」に「爾雅注元、檉一名河柳（檉、音勅貞反、和名無呂）と云う。「爾雅」注にいう「河柳」は和名とはしないので、日本の「かわやなぎ」と同じものと考えてよいのか疑問も残るが、『和名抄』に先立つ『新撰字鏡』も「檉」を「楊類、川夜奈支、又、牟呂乃木也」としていて、これだと爾雅注の漢名「河柳」はすなわち日本の「川ヤナギ」と同じだという事になる。いわゆる「かわやなぎ」の音を持った樹木は、拾遺集に

かうぶり柳を見て　仲文（抄巻十・恵慶集では恵慶）

かはやなぎいとは緑にあるものをいづれか朱の衣なるらん（雑下・五五一）

の冠柳が知られるが、これは『うつほ物語』「菊の宴」や『公任集』（四三〇〜四三二）にもみえる淀河畔の名木[8]で、うつほや公任集の歌からみて、いわゆる青柳であったらしい。『和名抄』には「和名、無呂」とする「檉」のほかに、正真正銘のヤナギ、「楊、和名夜奈木、兼名苑云、青楊一名蒲柳」や「柳、和名之太里夜奈木」、「水楊、本草云、水楊、和名、加波夜奈木」を挙げるから、「かはやなぎ」としては「檉」よりも「水楊」の方が叶いそうだが、どんな

ものであろう。『新撰字鏡』にはまた、「樒樒」に注して「二字、牟呂乃木」ともいう。「樒樒」の詳細は分からない。これら、ムロ「楊柳」説に対し、本居宣長は『玉勝間　三』「むろの木」の項で田中道麿の意見を引き、「ねず」説を挙げる。

田中の道まろがいへりしは、万葉の歌によみたる室の木といふものは、今もいづこにも多くある物也。美濃の不破郡、多芸郡などにて、ひむろとも、ひもろ杉ともいひ、伊勢の員弁郡、桑名郡のあたりにて、たちむろ、はひむろといひ、尾張の羽栗郡にてねずむろともべぼの木ともむろともいへり、すべて山に多き木にて、地に這ふと、高くたつと、二くさ有て、はふ方には大木はなきを、立るかたには大なるもの多し、柏子といふ木に似て又杉にも似たり、二種ともに実多くなるなりといへりき。

むろ＝ねず説は牧野富太郎『原色　野外植物図譜』4にも引き継がれ、

・ねず――一名むろ　古歌にむろト云フノハ此樹ノ事デ又薬用方面デハ此実ヲ杜松子ト称スル、山野ノ常緑樹デすぎニ似テ居レド葉ガ疎ラデアル、灌木様小樹多キモ時ニ高大ナ喬木トナリ其枝往々下垂スル者ガアル、葉ハ針形デ三個宛輪生シ小枝ハ褐色デアル、雌雄異株デ雄花ハ小形多数淡黄色、雌花ハ小球形、毬果ハ豌豆大球形デ多肉三鱗片ヨリ成リ其中ニ二三個ノ硬イ種子ガアル

・はひねず――海辺砂場ニ横走シ一面ニ其処ヲ覆フ常緑灌木デ其三個輪生セル針状葉ハ通常ねずヨリハ微シク太イ、雌雄異株デ雄花ハ多数淡黄色雌花ハ緑色小球状、毬果ハ円クねずヨリ太ク遂ニ黒熟スル

の二種をあげる。栢杉（ビャクシン）や檜柏（イブキ）などと同類の針葉樹説である。現代の理解もこれによる。(9)そして近世本草学者・国学者の考証は、この針葉樹と楊柳の間を揺れる。(10)

「ムロ」の実態考察にいささか手間取ったが、要は平安辞書類による楊柳説にせよ、近世国学者のいう針葉樹説にせよ、作者や愛宮の身辺で容易に見られ、手に入りやすいものであった筈である。そして作者は受け取った折り枝を「ムロ」とみとめ、それによって意志疎通が成り立ったことは疑いない。

最後は「色変りたる松」であるが、これには特に問題となる異文はない。諸注は次の如くである。

◇大系「千年の翠を謳われる松の色が変ったというとりあわせは心にたのみにしていたのに甲斐なくなったの意」。(新釈も)

◇対訳「松は常緑樹なので、変色することはないのだが、そういう思いもかけない不幸な身の、北の方を象徴するつもりか」。

◇新大系「年を経て頼むかひなしときはなる松の梢も色かはりゆく(後撰集・雑一・読人しらず)を念頭においた趣向か」。

『新大系』で引歌を指摘されるが、そこから汲まれる意味は何か。『大系』や『新釈』も歌こそ挙げないものの、同様の解釈が導かれているのだが、具体的に何をさして「頼みにし」と云われるか明らかでない。『対訳』は、愛宮の運命の激変と明示されている。もし『大系』や『新釈』がこれと同じであるなら、愛宮夫妻の悲劇によって、彼らを頼っていた身内(作者も含めて)の蒙った打撃、とでもいう事になろうが果たしてそうか。

そこで【試解】だが、『新大系』の驥尾について、最後の枝のみならず、さかのぼって三度の消息全体に引歌技法を及ぼして考えてみてはどうだろう。それはおよそ次のようになる。

「いと葉繁うつきたる枝」では［拾遺集］八二八・読人不知

野も山も茂り合ひぬる夏なれど人のつらさは言の葉もなし

「むろの枝」には［古今六帖］六・むろ

離れ磯にたてるむろの木うたかたも久しき時を過ぎにけらしも

「色変りたる松」には［後撰集］一一二一・読人不知

あひ語らひける人の家の松のこずゑのもみぢたりければ

年を経て頼む甲斐なしときはなる松のこずゑも色かはりゆく

つまりまず、作者から最初の付枝に託された寓意は拾遺集歌の下句にあり、「冷たいといったら、ご返事も下さらないなんて」となり、それに対して愛宮は「むろの枝」によって、「ずいぶん長い事失礼してしまってごめんなさい」を意味し、最後に作者の、「長年ご昵懇に願ってきましたのに」で一件落着ということになる。

どうやらこれらが意味する所はすべて、愛宮の返事がとんでもない行き違いから遅れを来してしまった事への揶揄的な難詰と、それに対する謝罪ということになるのだが、作者の同情心はどうなってしまったのか。これら折り枝に託されたメッセージはいかにも軽く、愛宮の陥っている深刻な状況との落差が気になる所である。私どもはつい、不変の象徴である筈の松の変色に、愛宮の身の上の不幸や、高明の悲運を重ねて読みたくなるし、現に愛宮の返歌には「吹く風につけて物思ふあまのたくしほのけぶり」などとあって、尼姿の愛宮が涙にくれているさまを想像するのにやぶさかではないのである。しかしいったん折り枝に意味のあるメッセージを読み取り、連続した応酬として理解していこうとすると、そこには悲惨な現実を捨象した純粋なことば遊びの世界が見えて来る。こんな状況のもとでふざけ過ぎるという見方もあるかも知れない。しかし私はここに王朝的な精神を再発見できるように思う。状況が深刻であるだけ、しかもそれは彼女たちにはまったくどうする事も出来ない絶望的な状況であるだけ、つかのま、引歌の謎によって知的ゲームに浸るのはむしろ救いではないのか。受ける愛宮の側にしても、むやみといつまでもお涙頂戴式に深刻な対応をされるよりも、平和時と同じ洒落た社交が回復できた喜びが、悲嘆を紛らすこともあるのではないか。共同体の一員としての位置を再確認できる何よりの回路であったのではないかとさえ思われる。

このくだりに関わって、愛宮の知性と教養に異論がないわけではない。新田孝子氏は、この消息の行き違いが、作者の長歌に含まれた微妙な表現を愛宮が読み誤った故に起こったという解釈を示された。(11) それは「拾遺集」雑賀（哀傷）一二〇二番歌、題読み人不知、「いかでかは尋ね来つらむ蓬生の人も通はぬ我が宿の道」をめぐっての考証で、この一首、高光集によれば「多武峰に住む頃、人のとぶらひたる返事に」と詞書して載せるが、と同時に『蜻蛉日記』の作者が愛宮に贈った長歌の反歌「宿見れば蓬の門もさしながらあるべき物と思ひけんやぞ」の返歌として恰好であり、拾遺集ではそれに先立って一二〇一番に、作者の兼家に宛てた、

入道摂政まかり通ひける時、女のもとに遣はしける　文を見侍りて
うたがはしほかに渡せる文みれば我やとだえにならむとすらん

が位置する所から、隣り合った二首が同じく兼家圏に属する事を知っての撰者による配置であって、つまり一二〇二番歌は、高光自身の歌でなく、妹愛宮の時姫に誤って届けられた返歌であったろう、とするご推論である。作者の贈歌はたとえば古今集歌「今更にとふべき人も思ほえず八重葎して門鎖せりてへ」などの発想を踏まえ、高光の旧作「霜枯れの蓬の宿にさしこもり今日の日蔭を見ぬぞ佗しき」をも射程に入れてのものであったとすれば、その歌の素養と手腕のなみなみでない事から、愛宮は長歌の作者を誤りなく察しなければならなかったのであるが、「自己の作

歌力と愛宮の理解力とをともに信じて匿名にした道綱母の思惑は、しかし、愛宮の思いがけない幼稚さのゆえに空転した」と述べられている。拾遺集の配列の妙について、氏のご論は魅力的である。あるいはそういう事かも知れない。ただし右に見た折り枝の応酬による限り、愛宮の古歌への造詣はまんざらではないと云えるのではないか。しかも作者の謎かけにすかさず的を射た対応をしてくる愛宮には、逆境にもめげない知的好奇心、機知の粋を見る思いがする。先にも日記本文を引いて述べたように、間違いを起こしたのはどうやら文使いの早とちりだったようで、最初の返事の遅延で愛宮の判断力を責めるには当たらないように思われる。

ところでこのくだりから愛宮に酷な人物評の生まれて来る一因に、日記本文が関わっているように思われる。すなわち、むろの枝につけられた愛宮の歌は、「いときなき手して」とあった。諸注いずれも、愛宮の手跡の幼稚さを疑わないなかで、『全講』はさすがに貴女の不名誉をいたんだか「侍女などに書かせたものか」とされている。しかし、消息が文面のみならず、現にこうして手跡に一言触れられる時代に、どうしてよりによって下手な侍女に代筆をさせる事があろうか。たとえ愛宮が作者をいくぶん下に見ていたとしても、それなら猶のこと上手を選んで代筆させるのが自然で、悪筆を承知で代筆させる筈などあるまい。とすればここは是非、本文として「いと二なき手して」とありたい所である。「き（支）」と「に（爾）」の草体の転化はしばしば見るところ、それがここで愛宮の不名誉に結果してしまったのはひとえに、返事の行き違いや遅延で戸惑っているのを聞きつけた作者が、なにやら優位に立った書き方をしているせいではあるまいか。「いときなき」の本文も、そのようにして起こった転訛ではないかと想像される。ところがここで、愛宮が折り枝の謎にいちはやく気付き、自らも打てば響く返事をよこしている事を読み取るならば、事態はだいぶ変わってくる。第一、こんな手の混んだ、何段階にも及ぶ引歌の謎解きは、こういう知的ゲームが大好きな王朝文学でも、そうそう例がない。作者は愛宮を、自分と互角の教養で渡り合った好敵手として紹介しているのである。

ところで今一つ断っておかなければならないのは、引歌として指摘した三首のうち、最後の一首が、文献的には『拾遺集』を初出とする点についてである。安和二年（九六九）という時点で、十世紀末もしくは十一世紀初頭まで成立の下る拾遺集歌を引歌することに疑問はないか。これに対して万全の答えにはならないけれども、この拾遺集歌が成立年時を明らかにしない読人不知である点に免じて（つまり安和二年より後の作だという明徴がないのをよいことに）、次の例を挙げて論を補強しようと思う。

『源順集』に

　　中の御門の家の南に、中務の君住む、六月の梅の枝につきたるをとりて、北の家にやる、言葉にいはく、「ここのはまだかくなむ残りたる」と。即ち言ふ、「ここには

一〇三　井堰にもさはらず水の洩るめれば前の梅津ものこらざりけり

というのがある。同歌は『中務集』にも小異（三句「洩る時は」）の形で載り、『拾遺集』雑下・読人不知

　　名のみしてなれるも見えず梅津川井堰の水も洩ればなりけり

を本歌に踏まえての応酬と考えられる。[12] 拾遺集読人不知歌の十世紀中ごろにおける周知度は、この程度にはあったと考えていい。『源氏』の引歌の中に、往々にして新古今以前に出典の見えないものもあるのと同断である。

ところで、消息の折り枝に引歌を読み取ろうという試みの先覚は今井源衛氏[13]である。氏は、源氏物語「野分」の夕霧の事例をあげて、夕霧の人物評価をほとんど逆転させるような興味深い指摘をされた。すなわち、父親に従って野分に荒れた六条院を一巡した夕霧は、紫の上を垣間見た興奮も手伝って、雲井の雁恋しさに矢も盾もたまらなくなり、明石姫の硯を借り受けて恋文をしたためるのであるが、一部始終を見守っていた女房たちは、夕霧が手紙を刈萱に結び付けるのを見るや、お節介にもいうのである。

「交野の少将は紙の色にこそととのへはべりけれ」。

それに対して、夕霧は答える。

「さばかりの色も思ひわかざりけりや。いづこの野辺のほとりの花」など、かやうの人々にも言少なに見えて、心解くべくももてなさず、いとすくすくしう気高し。

つまり、交野少将的、あるいは明石姫付き女房たちの美意識からすれば、夕霧はセンスを持ち合わせない野暮ということになるが、源氏物語は果たしてそういう夕霧像を印象させようとしているのだろうか。言少なに立ち去って行く夕霧は「気高し」と評されている。その人物評に見合って、ここでは夕霧の側の選択をよしとする基準がはたらいているに違いない。刈萱は用紙との色の取り合せでなく、別の基準から選ばれているのである。それが刈萱にまつわる

『古今集』十九　雑体　俳諧　一〇五二読人不知

まめなれどなにぞはよけくかるかやのみだれてあれどあしけくもなし

『古今六帖』六・かるかや　三七八五

まめなれどよき名も立たずかるかやのいざみだれなんしどろもどろに

などの引歌であるという。夕霧の「まめ人」のあだ名はまさにここから出ている。

たしかに、王朝の消息はまず見た目の美しさから捉えられるべきであったろう。紙と折り枝の色調のコントラストは、もっとも人目を引く要素であったに違いない。その観点からするすぐれた業績として私どもは、伊原昭・尾崎左永子氏のそれに加え、近く坪井暢子氏の研究に恩恵を蒙っている。(14) ここではこうした観点に加えて、今井源衛氏の驥尾について、引歌を暗示する消息の折り枝という側面に注意を向け、蜻蛉日記の一例を挙げてみた。

言うまでもなくこの観点には、とうの昔から知られた幾つかの有名な事例がある。『和泉式部日記』冒頭、敦道親王から手紙もなしに贈られた橘の小枝は、『古今集』夏の読人不知歌「さつき待つ花たちばなの香をかげば昔の人の袖の香ぞする」を想起させて、為尊親王への追慕を確かめるものであったし、また『枕草子』一四一「殿などのおはしまさでのち」の段で、中宮定子が白紙に包んでよこした山吹の花びら一重の寓意は、里下りしたまま呼び出しに応じない作者に、『古今集』誹諧歌・素性の、「山吹のはな色衣ぬしやたれ問へど答へずくちなしにして」と云いやったものであった。源氏物語「賢木」の巻で源氏が御息所にさしだした賢木の小枝は、

ちはやぶる神垣山の榊葉はしぐれに色も変らざりけり（後撰集　冬四五七　題読人不知）

を踏まえての愛の不変を訴え、以下それに導かれて

ちはやぶる神の斎垣も越えぬべし大宮人の見まくほしさに（伊勢物語七十一段）

わが庵は三輪の山もと恋しくはとぶらひ来ませ杉立てる門（古今集雑下・九八二）

榊葉の香をかぐはしみ求め来れば八十氏人ぞまとゐせりける（拾遺集神楽歌・五七七）

の古歌・歌謡に織り成されて会話が進展している。あるいは、あまり一般的な例ではないけれども、『紫式部集』古

本系による

八重山吹を折りて或る所に奉れたるに、一重の花の散り残れるををこせ給へり

五二　折りからをひとへにめづる花の色はうすきを見つつうすきとも見ず

の応酬で作者が最初にある貴人へ贈った八重山吹の寓意は

我が宿の八重山吹は一重だに散り残らなむ春のかたみに（拾遺集春七二・題読人不知）

を敷くとよく分かる。[15]蜻蛉日記はまさに、そうした流行の先駆けなのであり、事例の宝庫でもある。いま一つ二つ見ておこう。

中巻・天禄二年（九七一）六月には、例の鳴滝籠りの記事がある。鳴滝から京の兼家に、道綱を使いとした文は「苔ついたる松」に付けられる。文面は、

「いとあやしうおどろおどろしかりし御ありきの、夜もや更けぬらんと思ひ給へしかば、ただ仏を、送りきこえさせ給へとのみ、祈り聞こえさせつる。さてもいかに思したる事ありてかはと思う給ふれば、今はあまえいたくて、まかり帰らん事も難かるべき心地しける」

などとあって、不機嫌に帰った夫の安否を気遣いつつ、気持ちを探っている。その手紙の付け枝である。契沖は『万葉集』巻二の一一三番歌

従吉野折取蘿生松柯遣時額田王奉入歌一首

三吉野の玉松が枝は愛しきかも君が御言を持ちて通はく

の題詞を引き、川口久雄氏に、『前田家本源氏釈』（原中最秘抄も）「宿木」を参考とした『玉台新詠』の古詩句「与君

結新婚菟絲附女蘿」の指摘があって、「松蘿之契　夫婦事也」の諸解を生むが、これも『全注釈』に指摘する引歌、

君にあはむその日をいつとまつ（待・松）の木の苔の乱れて物をこそ思へ（新勅恋二）

がこの時の文脈には適う。もとより、蜻蛉日記の引歌の源としては『新勅撰集』では下りすぎで、

逢ふことをいつかその日とまつの木の苔の乱れて恋ふるこの頃（古今六帖六・こけ）

が適しかろう。

最後に、よく知られた上巻・天暦九年（九五五）十月の「嘆きつつ」の場合だが、その付け枝「うつろひたる菊」にも再検討の要がありそうである。『旅寝』に「公の心のうつりたるをたとへて歌の余情を見せたり」とある。「男の心変り」説は現代注にも引き継がれる有力な見方である。しかし諸注は同時に、色のうつろいかけた菊が当時その風情をもてはやされた事も付け加える事を忘れない（講義・大系・全集）。特に『大系』は、『源氏』「宿木」の「おまへの菊うつろひはててさかりなるころ」の絶好の一文を引き、『全集』は『古今集』秋下・平貞文の「秋をおきて時こそありけれ菊の花移ろふからに色のまされば」を挙げる（全評釈・対訳も）。それならいっそこの場合、次のようなのはどうだろう。

『後撰集』秋下・四〇〇・読人不知

男のひさしうまで来ざりければ

何に菊色染めかへし匂ふらむ花もてはやす君も来なくに

見事に色付いた菊の枝は、男の心変りをむやみに責めるだけの凶器としてではなく、家や庭を繕ってひたすら男の訪れを待つ、いじらしい女の閨怨のため息と読めて来はしまいか。さきの「苔ついたる松」の六帖歌にしろ、この後撰

集歌にしろ、手紙そのものの文面や文字化された歌の理屈っぽさ、攻撃性に引き比べて、折り枝に託されたメッセージは纏い付くような媚態さえ匂わせる。引歌とはかようにも、直叙出来ない訴えを代弁する具であったのではないか。

注

（1）深沢三千男氏「安和の変における道綱母の役割について—蜻蛉日記より見たる—」（山中裕編『平安時代の歴史と文学　文学編』昭和五六）

（2）山口博氏「源高明と藤原氏—西宮左大臣集成立の一問題—」（『国語と国文学』昭和三五・一一→『王朝歌壇の研究　村上冷泉円融朝篇』）

（3）山中裕氏「栄花物語・大鏡に現われた安和の変」（『日本歴史』昭和三七・六→『平安朝文学の史的研究』）

（4）山本信吉氏「冷泉朝における小野宮家・九条家をめぐって—安和の変の周辺—」（『摂関時代史の研究』昭和四〇）

（5）山中裕氏「藤原兼家論」（『続日本古代史論集　下』昭和四七→『平安人物誌』）

（6）小山敦子氏「光源氏—その原型と史的背景—」（『源氏物語の研究』昭和五〇）

（7）諸注釈の一覧は上村悦子氏『蜻蛉日記解釈大成』に負う。ちなみに本文中に略称を用いた注釈の名称と書誌は次の通り。

大系・・川口久雄氏『かげろふ日記』（岩波・日本古典文学大系、昭和三六）
全注釈・・柿本奨氏『蜻蛉日記全注』（昭和四一）
新注釈・・大西善明氏『蜻蛉日記新注釈』（昭和四六）
対訳・・増田繁夫氏『かげろふ日記』（対訳日本古典新書、昭和五三）
集成・・犬養廉氏『蜻蛉日記』（新潮日本古典集成、昭和五七）

新大系・・今西祐一郎氏『蜻蛉日記』（岩波・新日本古典文学大系、平成元）

（8）「かうぶり柳」に関しては、久保田淳氏「『公任家集』粉河旅行詠歌群について」（犬養廉編『古典和歌論叢』明治書院　昭和六三）に負う所が大きい。

（9）平凡社『大百科辞典』「ネズ」に「ヒノキ科の常緑小高木…古名はムロ」（浜谷稔夫氏執筆）。

（10）近世の本草書にみえる「むろ」について、鈴木健一氏に御教示を得たので摘記しておく。楊柳説に立つのは新井白蛾『牛馬問』のムマヤナギ、岡元鳳『毛詩品物図攷』の河柳、それに対して陸機の『草木鳥獣虫魚疏図解』に河柳と注して「枝葉、松ニ似タリ」とも、沈炯賦を引いて「檉ハ柏ニ似テ香シ、活れば弁解に云ふ如く杉松の類ナルベシ」とも云い、小野蘭山訳の『毛詩名物図説』も鄭樵通志大概の「松杉之類。而意態似柳」を引く。岡本保孝『難波江』は森某の「檉は御柳又は観音柳といふもの也。むろは後世杜松といふものなり。俗にネヅサシと云ふこれなり」と云っている所を見ると、檉・むろ別物説を立てているかに読める。青木昆陽『続昆陽漫録』は「室。三州ニテメボウと云ふ木、関東ニテネズサシと云ふ。阿蘭陀ニテハ、ゼネイブルと云フ」。

（11）新田孝子氏「『蜻蛉日記』と『多武峰少将物語』―道綱母と愛宮との贈答について―」（『国語と国文学』昭和四七・六→『多武峰少将物語の様式』）

（12）稲賀敬二氏「王朝物語の制作工房―中務の住む町―」（『古代文化』一九九三―五）の御指摘による。

（13）今井源衛氏「伏せられた引歌―刈萱の場合―」小学館古典全集『源氏物語』月報二二（昭和四七・一一）のち『紫林照径』所収。

（14）伊原昭氏「色紙と文付枝の配色―特に源氏物語について―」『平安朝文学の色相―特に散文作品について―』笠間書院　昭和四二。

尾崎左永子氏『源氏の恋文』求龍堂　昭和五九。
坪井暢子氏「源氏物語の消息文に関する一考察」『お茶の水女子大　人間文化研究年報』一五（一九九二・三）第二節「折枝と料紙の配色について」
(15)　木船重昭氏『紫式部集の解釈と論考』（笠間叢書、昭和五六）・拙稿「紫式部集全歌評釈」五二注（学燈社『国文学』昭和五七・一〇）。

付記　本稿は、別稿「引歌表現の諸問題」（『和歌文学論集3　和歌と物語』風間書房、平成五・九）に述べた事の一部をいささか縷述したものである。本稿の主旨は和歌文学会例会（平成五年五月、於学習院大学）でも発表させて頂き、多くのご教示を得た事を感謝申し上げる。なかで松野陽一氏にご指摘頂いた『伊勢集』冒頭の「柿の紅葉」と「ねずみもち（の紅葉）」は、付け枝への早い言及として注目されるが、『古今六帖』の歌題にも見えず、意味する所は目下、歌句中の「紅葉の錦」や「色濃き」を強調する以上には掴み難い。後考に待ちたい。

（『国文目白』30　一九九四・一）

付記二　松野氏の問題提起された「伊勢集」冒頭の折枝について、拙稿発表後に二つの「伊勢集注釈」が世に出た。関根慶子博士・山下道代氏による『伊勢集全釈』（風間書房　平成八）と、秋山虔・小町谷照彦・倉田実氏による『伊勢集全注釈』（KADOKAWA　二〇一六）である。『全注釈』はさらに、「新大系」、「和歌大系」および、淵江文也・藤岡忠美両氏の「鼠糯のもみぢ」をめぐる論及を総括している。伊勢集の当該箇所は一番の贈歌（仲平）が「垣の紅葉」（秋の象徴、男の心変り）の枝に文を結び付けたと取る「全釈」と、「柿の葉」（錦葉）に歌を書いたとみる説が両立、二番伊勢の「ねずみもちの木」（常緑で貞節不変という解釈でほぼ統一）とセットになって解釈史が辿られているが、特にいずれにも引き歌への言及は見られない。

『和泉式部日記』前史―為尊親王伝の虚実―

和泉式部日記の冒頭は知られるように、為尊親王追慕をめぐって和泉式部と親王の弟宮敦道親王との応酬で幕を開ける。読者は当然、和泉と為尊親王との間に、追懐されて然るべき、中身のある恋愛関係を想定して読んで来たのではなかったか。そうした通念に対して、二人の間に果たしてそれほど実態のある関係があったろうか、という疑問が投げかけられたのは、すでに四十年も以前のことになる。小学館版「和泉式部日記」の校注者でもある藤岡忠美氏の問題提起がそれであった(1)。以来、賛同も批判も聞かない。所詮、自記の日記とは言え、作品には虚構があって当然で、たとえ事実は関係が希薄なものであったとしても、作品は作品、史実は史実として切り離して理解するというのが大方の立場であるように思われる。

さて藤岡説の主旨は、「和泉式部集」の信頼すべき伝本中には、為尊親王の存在が全く見られない、というのが最大の理由である。それに付随して、同時代の他の史料にも、和泉と為尊親王との深い関係を窺わせる確実な根拠が無く、結論として、「日記」に底流する為尊親王と和泉との関係は虚構だったのではないか、と言われるのである。

一　家集中の為尊親王無根の確認

まず、信頼すべき和泉式部集に為尊親王の明徴が無いことについては、既に早く藤岡論以前から指摘があり、早くは岡田希雄によって、

……勅撰集などに式部が弾正宮の薨去を悼んだ歌として出ているのは、其の弟宮帥宮に関したものなるを誤ったのである。明らかに弾正宮を悼んだ歌と見られるものは家集に無い（『岩波講座・文学』）

と言われている。同様の主旨は、清水文雄「和泉式部続集に収載されたいわゆる「帥宮挽歌群」について」（『国語と国文学』昭和三九・五）にも、大橋清秀『和泉式部日記の研究』にも述べられていて、和泉の歌の根幹資料である信頼すべき「和泉式部集」に、為尊親王の名が現れない、というのは、いわば和泉研究者の了解事項になっている[2]。岡田論の指摘する「勅撰集などに式部が弾正宮の薨去を悼んだ歌」は、具体的には、『和泉式部続集』九四〇番の「宮の御四十九日」という詞書に始まり、一〇六一番までの一二二首の帥宮挽歌群中の歌が勅撰集に登載される際に、

弾正宮為尊のみこにおくれ侍りてよめる　　和泉式部
をしきかな形見に着たる藤衣ただこのころに朽ちはてぬべし（千載集哀傷　五四七）
（続集九五八詞書「袖のいたう濡れたるをみて」）
弾正宮為尊親王におくれて嘆き侍りけるころ
寝覚めする身を吹きとほす風の音を昔は袖のよそに聞きけん（新古今集哀傷　七八三）

（続集一〇四七詞書「夜なかの寝覚」）

弾正尹為尊親王かくれて後、つきせず思ひ嘆きてよみはべりける

かひなくてさすがにたえぬ命かな心を玉の緒にし撚らねば（続拾遺集雑下　一三四一）

（続集九五一詞書「つきせぬことを嘆くに」）

のように「弾正尹為尊親王」関連歌とされているが、和泉式部集ではこの歌群は帥宮敦道親王関係の挽歌群として異論が無い。

これらのことに関してさらに藤岡論は、「（和泉式部集）宸翰本は、（勅撰集から和泉の歌を収録した家集であるにも関わらず）、勅撰集の詞書をそのままにせず、「弾正の宮」とあるべき所をわざわざ「なにのみことかや」とぼかしたり、人名を消して「物想ひはべりしころ」としているのは、宸翰本が「千載集」や「新古今集」とは違った伝承に基づいているのではないか」と言われている。これは、俊成・定家の周辺で和泉式部日記が書写されたことにも象徴されるように、和泉と親王たち（殊に日記発端に強く関わる為尊親王）との恋の経緯に急速に関心が高まったこと、それに対して批判的な勢力のあったことを示している、と解釈されている。

ちなみに、和泉式部集には、「敦道親王」すなわち「帥の宮」の名は正集に六回見えるのに対して、「弾正の宮」は正続両集に一度も見えないこと、すでに言われる通りで、さらに、「宮」とだけあるものも、正集の七か所、続集の四か所が敦道親王を指すことが明らかである。「宮」という呼称は他に「彰子中宮」を指すものが正続両集に、また敦道親王と和泉の間に生まれた「岩倉の宮」永覚、（後に成尋阿闍利母集にも出てくる大雲寺の座主がその後身と考えられている）を指すものも正集に見えるが、為尊らしき人物の呼称は和泉式部集には影も形も見えない。

二　歴史物語の虚実

次に藤岡論が、和泉と為尊親王との関係に疑問を呈するのは、同時代の歴史物語である『栄花物語』の描写のあいまいさであり、いずれも二人の関係の決定打にならない、とされる。すなわち『栄花物語』「鳥辺野」巻に

弾正宮うちはへ御夜歩きの恐ろしさを、世の人安からずあいなきことなりと、さかしらに聞こえさせつる。今年は大方いと騒がしう、いつぞやの心地して、道大路のいみじきに、ものどもを見過しつつあさましかりつる御夜歩きのしるしにや、いみじうわづらはせ給ひて、うせ給ひぬ。この程は新中納言・和泉式部などにおぼしつきて、あさましきまでおはしましつる御心ばへを……

とあるのは、「みはてぬ夢」巻の

弾正宮いみじう色めかしうおはしまして、知る知らず分かぬ御心なり。世の中の騒がしきころ、夜夜中分かぬ御ありきもいとうしろめたげなり。

に呼応し、さらに「はつはな」巻

和泉をば、故弾正宮もいみじきものに思ほしたりしかば、かく帥宮もうけとりおぼすなりけり。

は、「『和泉式部日記』に取材することによって成った部分であるように思われる」とされ、

このように、為尊親王と和泉式部とを関係づける文献は意外に少なく、「鳥辺野」巻にしても、和泉式部の名が

新中納言と並べてあげられるにとどまり、それ以上の言及のされていないのは、やはり親王にとっての漁色の対象としての扱いでしかなかったといえるのではないか。……すくなくとも、いつのまにか定着した現在の和泉式部伝のいうような、二人の熱烈な恋愛というかたちではまったく描かれていないことは、明らかにしておかねばなるまい。そうした考え方からすると、和泉式部日記冒頭に示されるような、親王の死後もなお一年にわたる悲嘆追慕をつづけたという和泉式部の心情とは、一体実際にありえたことなのだろうかという疑問につつまれざるをえないのである。

と結論づけられる。

三　為尊親王の死因

そしてこれらの疑問に決定的な裁断を下すことになるのが、弾正の宮の死に至る経緯である。為尊親王は長保四年（一〇〇二）の六月に亡くなるが、この時の状況が、親王の身近にあってこれを書き留めた、藤原行成の日記「権記」から、かなり詳しく窺うことができる、そしてそれによると、親王は死の八箇月前、前年の十月に発病しているというのである。

長保四年（一〇〇二）六月十三日薨去（『権記』）

昨今物忌也。丑剋許惟弘来云、弾正宮薨給云々者、即惟弘参入。

十五日、……前弾正親王薨去給、昨依右将軍召、詣将軍、命云、康保之間又有此事云々、召遣挙直朝臣、示宮御事、年二十六、去年冬十月受病之後、数月懊悩、遂以逝去給、親王冷泉院太上皇第二子、母故前太政大臣第一娘、女御超子也、元服年叙三品、後任弾正尹、天暦朝拝為威儀、叙二品兼太宰帥、遷上野太守、臨病其剃髪入道云々。

為尊親王の最期は一般に、『栄花物語』「鳥辺野」巻の記述によって、当時流行の疫病によったものとされてきたのであるが、前年十月罹病、当年六月逝去という期間は、疫病に罹って死に至る経過にしては長すぎる。しかも、死の一カ月ほど前の五月六日の記事では、医師が親王の腫れものに針を刺して、膿を一斗ほど出したという。

五月六日……詣弾正宮、奉謁入道納言、為時眞人、正世朝臣等祗候、正世針宮御腫物、膿一斗許出、各給疋綾。

これはますます、疫病とは違う死因と思われる、とされる。つまり、栄花物語の言う疫病伝染とは違う死因が分かったことで、栄花物語の信頼性はこの点でもすっかり揺らいでしまった。為尊親王の死因の虚実が明らかになったことで、和泉の恋まで宙に浮いてしまったのは、作品の読者にとって、すくなくとも私にとって大きな衝撃であった。

このことからさらに藤岡論文は、為尊の病気の原因の相違というだけでなく、長保三年の十月（遅くも年末）から病に倒れて逢えないままで終わった為尊親王との関係を、長保五年四月の敦道親王との恋の始まりまで一年半も、熱愛として和泉が意識し続けたというのは、日記の虚構では無かったか、とも言われるのであるが、ここは異論のある所であろう。ことに和泉の場合、長保三年暮れから理不尽にも逢えなくなった親王が、逢えないままで亡くなったという衝撃は、悲しみを余計に増すものとして持ちこされ、翌夏の敦道親王との恋の始まりまで忘れられることはなかった、と言う可能性まで否定することはできまい。

とは云え、為尊親王を忘れ難い和泉式部の心情はそれとして、それならば何故、膨大な歌数を収める「和泉式部家集」に「為尊親王」の名が現れないのか、という基本的な疑問は厳然として残るのである。すべての問題はここに発している。

四　「観身論命」歌群の詠歌事情

現『和泉式部集』正続に「為尊親王（弾正の宮）」の名が現れないのは事実としても、それにも関わらず、これまでに「為尊親王（弾正の宮）」関連歌ではないかとして読まれてきた歌群がある。それは主として小松登美氏の『和泉式部集全釈』によるもので、まずは、為尊親王の没後、敦道親王にはまだ巡り合わない、長保四年十月頃の作か、と見られてきた、いわゆる「観心論命歌」群である。『和漢朗詠集』雑部に載る羅維の句を和文に読み下して（みを観ずればきしのひたひにねをはなれたるくさ、いのちをろ（ん）ずればえのほとりにつながざるふね）各歌の頭に置いた四三首からなる歌群で、ここには、恋の相手がすでに亡くなったという事実が読みとれる歌があり（二七四）そこからこの歌群を帥宮挽歌群と捉える見方も少なくない（森本元子・藤岡忠美・吉田幸一）のであるが、この歌群は全体的に見ると、挽歌的作品の割合は極めて少なく、むしろ自傷的、厭世的色彩が濃厚なのである。

二六九　みるほどは夢も頼まるるはかなきはあるをあるとて過ぐすなりけり
二七〇　教えやる人もあらなん尋ねみん吉野の山の岩の崖道
二七一　観ずれば昔の罪を知るからになほ目の前に袖は濡れけり
二七二　住之江の松に問はばや世に経ればかかる物思ふ折やありしと
二七三　例よりもうたて物こそ悲しけれ我が世の果てになりやしぬらん

二七四　はかなくて煙となりし人により雲居の雲のむつまじき哉
二七五　消えぬとも朝にはまた置く霜の身ならば人をたのみてまし
二七六　潮の間に四方の浦々求むれど今は我が身の云ふかひもなし
二七七　野辺見れば尾花が元の思ひ草枯れ行くほどになりぞしにける（詠歌季節）
二七八　ひねもすに嘆かじとだにあるものを夜はまどろむ夢も見てしが
二七九　たれか来て見るべき物とわが宿の蓬生あらし吹き払ふらん
二八〇　人問はばいかに答えん心から物思ふほどになれる姿を
二八一　庭の間も見えず散りつむ木の葉くづ掃かでも誰の人か来て見ん
二八二　音に泣けば袖は朽ちても失せぬめり身の憂き時ぞ尽きせざりける
二八三　緒を弱み乱れておつる玉とこそ涙も人の目には見ゆらめ
二八四　花を見て春は心も慰みき紅葉の折ぞ物は悲しき（詠歌季節）
二八五　難波潟みぎはの芦にたづさはる舟とはなしにある我が身かな
二八六　例よりも時雨やすらん神無月袖さへとほる心地こそすれ（詠歌季節）
二八七　たらちめのいさめしものをつれづれと眺むるをだに問ふ人もなし
二八八　瑠璃の地と人も見つべし我が床は涙の玉と敷きに敷ければ
二八九　暮れぬなりいくかをかくて過ぎぬらん入相の鐘のつくづくとして
二九〇　さ雄鹿の朝立つ山のとよむまで泣きぞしぬべき妻恋ひなくに

二九一　命だにあらば見るべき身の果てを忍ばん人も無きぞ悲しき
二九二　野辺に出づるみ狩りの人にあらねどもとりあつめてぞ物は悲しき
二九三　塵のゐる物と枕はなりぬめり何の為かはうちもはらはん
二九四　惜しと思ふ折やありけむあり経ればいとかくばかり憂かりける身を
二九五　櫓も押さで風に任するあま舟のいづれの方に寄らむとすらむ
二九六　住み馴れし人影もせぬ我が宿に有明の月の幾夜ともなく
二九七　例ならず寝覚めせらるる頃ばかり空飛ぶ雁の一声もがな
二九八　春立たばいつしかも見むみ山辺の霞にわれやならむとすらん
二九九　えこそなほ憂き世と思へどそむかれね己が心のうしろめたさに
三〇〇　軒端だに見えず巣がける我が宿は蜘蛛のいたまぞ荒れ果てにける
三〇一　ほど経れば人は忘れてやみにけむ契りし事を猶頼むかな
三〇二　外山吹く嵐の風の音聞けばまだきに冬の奥ぞ知らるる
三〇三　竜胆の花とも人を見てしがな枯れやはつる霜がくれつつ
三〇四　鳰どりの下の心はいかなれや見なるる水の上ぞつれなき
三〇五　露を見て草葉の上と思ひしは時まつほどの命なりけり
三〇六　何の為なれる我が身といひ顔にやくとも物の嘆かしきかな
三〇七　限りあればいとふままにも消えぬ身をいざ大方は思ひ捨ててん

三〇八　さなくても寂しきものを冬来れば蓬の垣の枯れがれにして
三〇九　類よりも一人離れて知る人もなくなく越えん死出の山道
三一〇　吹く風の音にも絶えて聞こえずは雲の行方を思ひおこせよ
三一一　寝し床に魂なき骸を留めたらば無げのあはれと人も見よかし

ここには、愛人を喪った悲嘆というよりも、身を誤った悔恨と嘆きといった趣が色濃くて、無常観（二六九・二七三・二七七・二九八・三〇五）出離願望（二七〇）原罪意識（二七一）自己嫌悪（二八二・二九四・二九九・三〇六・三〇七）苦悩（二七二・二八〇）悲嘆（二八三・二八四・二八六・二八八・二九〇・二九二）男女関係の破綻（二七五・二七九・二八一・二九三・二九六・三〇〇・三〇一・三〇三・三〇四）寄る辺無さ（二七六・二八五・二八七・二九一・二九五・三〇九）不眠と過ぐし難さ（二七八・二八九・二九七）といった要素が交々読み取れて、実らなかった恋故に失ってしまった道貞との夫婦関係を悔やみ、さらにそこから派生した親や親族からの孤立、といった状況を推測するに相応しい内容を持っている。ここから小松論が委曲を尽くしながら、

私は甚だ大胆だが、少なくとも前半は、道貞に捨てられ、親に勘当され、為尊親王に死別し、その他にもとかくの噂はありながら、敦道親王にはまだめぐりあわなかった時、即ち、長保四年十月の作ではないかと思ふ。……この歌群から帰納し得る、歌群制作当時和泉のおかれてゐた事情は、現存資料にもとづいて言ふ限り、長保四年十月、和泉がおかれてゐた事情と最もよく似てゐる（新版『和泉式部集全釈』二七二～二七三頁）。

と結論するのに賛同すると同時に、その指摘の早さ（昭和三四年初版）に驚くのである。

とりわけ、親族からさえ孤立した苦しみと悔恨を歌う、二七六・二八五・二八七・二九一・二九五・三〇九の歌群に敷かれた状況は、小松が『和泉式部集全釈』同歌群の【余説】のなかで、

「これと相似た構想の歌群（正集N四三三～N四四四）が、やはり勘当下によまれてゐるらしい事も、この推測を強める」

としていることが首肯される。いわゆる「巌の中に住まばかは」歌群と通称されるもので、古今集雑下に載る詠み人知らず歌の上の句十七文字を歌の頭に据え、題となった古今集歌がいみじくも示すように、耳をふさいでも聞こえてくる世間からの指弾に堪えかねている、という趣で、『全釈』の読みに異論は無いのではないか、と思われる。

五　「巌の中に住まばかは」歌群の詠歌事情

今更の感があるが、「巌の中に住まばかは」歌群の主調を見ておこう。

心にもあらずあやしき事出で来て、例住む所も去りて嘆くを、親もいみじう嘆くと聞きて、いひやる。上の文字は世の古言なり

四四二　いにしへや物思ふ人をもどきけん報いばかりの心地こそすれ

四四三　はかもなき露のほどにも消ちてまし玉となしけんかひもなき身を

四四四　ほかにもやまた憂き事はありけると宿かへてこそ知らまほしけれ

四四五　残りても何にかはせん朽ちにける袖は身ながら捨てやしてまし

四四六　涙にも波にも濡るる袂かなおのが舟舟なりぬと思へば
四四七　悲しきはこの世ひとつが憂きよりも君さへ物を思ふなりけり
四四八　濁り江のそこにすむとも聞こえずはさすがに我を君恋ひじやは
四四九　過ぎにける方ぞ悲しき君を見て明かし暮らしを月日と思へば
四五〇　まどろまば憂き世夢とも見るべきにいづらはさらに寝られざりけり
四五一　花咲かぬ谷の底にも住まなくに深くも物を思はるるかな
四五二　かくしつつかくてややまんたらちねの惜しみもしけんあたら命を
四五三　春雨の降るにつけてぞ世の中のうきもあはれと思ひ知らるる

この歌群の詠作時期推定には、「例住む所も去りて」などから敦道親王邸入りを当てて、その翌年すなわち寛弘元年春を、歌群末尾の春季とする説もあるなかに、「観身論命歌群」との状況の類似を読むのが小松説であった。

右の「巌の中に住まばかは」歌群も先の「観身論命」歌群同様、続集の敦道親王挽歌群に見られるようなひたすらな故人追慕の調子とは一線を画し、自分の暗い運命に関心が集中している。そして季節的には、（二七七「野辺見れば尾花がもとの思い草枯れ行くほどになりぞしにける」に示されるように）、秋の暮から冬の始めであって、長保四年十月ころの作かという小松全釈の想定が首肯できる。

以上、「観心論命歌」と「厳の中に住まばかは」歌群は、悲しみの激しさや出家志向において帥宮挽歌群に勝るとも劣らないものであるが、帥宮挽歌群がひたすら、亡き人を恋うる典型的な挽歌であるのに対して、己の罪深さを責め、誰からも顧みられないままに死んでしまうかも知れない我が身の拙さを悼むといった趣が濃厚で、その色合いは、帥宮挽歌群と突き合わせると際立つのである。続集九四〇から一〇六一に至る纏まった挽歌群の冒頭辺から引いて置こう。主題主調の違いが歴然とする。

宮の御四十九日、誦経の御衣物打たする所に、「これを見るが悲しきこと」など言ひたるに

九四〇　打返し思へば悲し煙にもたち後れたる天の羽衣

また人のもとより「思ひやるらん、いみじき」など言ひたるに、

九四一　藤衣きしより高き涙川汲める心の程ぞ悲しき

同じ所の人の御許より、「御手習のありけるを見よ」とておこせたるに

九四二　流れ寄る泡となりなで涙川はやくの事を見るぞ悲しき

師走の晦日の夜

九四三　亡き人の来る夜と聞けど君も無し我が住む里や魂なきの里

南院の梅の花を、人のもとより、「これ見て慰めよ」とあるに

九五〇　世に経れど君に後れてをる花は匂ひも見えず墨染にして

なほ尼にやなりなまし、と思ひ立つにも

九五三　捨てはてんと思ふさへこそ悲しけれ君に馴れにし我が身と思へば

六　禁忌と救済

為尊親王の影が濃厚に窺われる歌群を見た上で、改めて問いたいのは、親王との恋を、和泉が何故、実名を挙げて家集に書きとどめることをしなかったのか、という問題である。これに答えるのに確実な拠り所がある訳では無いが、一つの解釈として、身分違いの恋愛の場合（無論この場合、身分の高いのが男性、低い方が女性）、男性の側からの認知（社会的に公開）がないと、女性の側から相手に断り無しに公開することには、強いタブーがあったのではないか、ということである。男女関係に留まらず、それによって生まれた子供の父親に対する名乗りについても同じことが言えるであろう。今でこそ社会の広がりや変革から、弱者である女性や子どもには然るべき法的擁護や社会的味方がついて、当該関係の心情的破綻は覚悟の上で、弱者側からの公開が珍しいことでは無いが、身分秩序のやかましかった古代、構成員の極めて限られた貴族社会で、身分の低い女性の側から、相手の意思を無視して関係を公開することは、有効で無いどころか、自滅に繋がる無謀な行為だったろうと思われる。たとえば源氏物語の玉葛が、九州から上京してきて、何故直接に父大臣にのもとに名乗り出なかったか。彼女は上京後、母の乳母一族と共に京都の南の町はずれに仮寓して、石清水八幡に詣で、更に初瀬に参詣して、図らずも母夕顔の侍女であった右近に再会し、その伝手で源氏に引き取られるが、玉葛はもとより、その庇護者である乳母や豊後の介も、当初から全く実父頭中将（時の内大臣）に名乗り出ようとした形跡が無い。古代においては、父親あるいはそれに替る実力者によって周囲や社会に公開される以外、実子として認知される方法は無かったのではないか。「常夏」巻の近江の君の身分低さはもとよりとして、

『蜻蛉日記』下巻の養女のように、母方の祖父が然るべき身分ある立場であってさえ、日記作者の掘り出しが無ければ人知れず朽ち果てるしか無いことを考えても、弱者側からの名乗りは無効で、まして家族内においてさえ不倫を問われる和泉の場合、その原因を明記すること自体、タブーだったに違いない。

和泉の場合、為尊親王との関係がどの程度のものであったのかは推測の域を出ないが、残された歌稿から、敦道関係とはっきりしているものを弁別すると、二人の親王との恋の様相が、明暗二つに分かれるのは明らかである。無論、敦道親王の方も早死にするのだから、その挽歌は暗いに違いないが、少なくとも、敦道親王との関係において、和泉はそのことだけを純粋に悲しんでいるのであって、親王との関係で自分を責めたり、社会から指弾されるということは無かった。それに対して、為尊親王との場合、それは和泉にとっても最初の不倫で、一方、夫道貞や親である大江雅致夫妻にとっても、初めて遭遇した家庭崩壊であるから、世間への面目という点でも和泉を責めること一通りではなく、特に財政的にも役目上でも、婿の道貞に頼らねばならないことの大きかった雅致にとって、道貞に対する申し訳なさもあって、娘にことさら厳しく当たることになったのは当然であろう。

為尊親王が、二人の関係を秘密にしたまま、責任を取らない状況で病床に倒れ、そのまま亡くなったとすれば、残された和泉は、不倫の罪を一身に背負い、父親からも夫からも見放され、わずかに女の親族や乳母、侍女といった非力の庇護者に支えられて、生きる望みも断たれ、先の見えない暗闇を生きて居たのではないか、と想像される。そういう時に詠みだされる歌は必然的に彼女の心境をありのままに映し出している筈で、にもかかわらず、そこで相手の名を明らかにすることは憚られた、と思われる。それは貴族社会の秩序をいたずらに紊乱する行為であり、社会的指弾を受けること（具体的に言えば、誰からも相手にされなくなること、村八分的状況にさらに追い打ちをかけること）を意味した筈である。

為尊親王とは対照的に、敦道親王がいかに和泉との関係公開に尽力したか、これもよく知られた事柄ばかりだが、まず第一は無論、彼女を侍女として邸に引き取ったこと（これによって怒った本妻、済時女が実家に帰るのが日記の結末）だが、翌年の春の始めには、親王と二人で公任の北白河山荘に、当時話題の紅梅を見物に行ったことも、公任集・和泉式部集によってよく知られている。

この時公任は別荘に来合わせては居ないのだが、親王が「我が名は花盗人と立たば立てただ一枝は折りて帰らん」という意味深長な歌を宿守に残し、それを知った公任が「山里の主に知らせで折る人は花をも名をも惜しまざりけり」と返すと、今度は和泉が挨拶の歌を贈り、歌主を和泉と知った公任は、元の夫の道貞がその頃ちょうど、陸奥に旅立ったことに引っかけて「今更に霞閉じたる白河の関をしひては尋ぬべしやは」とからかう歌を返している。和泉は公任集では「道貞が妻」と呼ばれていて、それ以外に呼ばれようが無いこの時の和泉の立場を示している。自分を花盗人と言いたければ言えという敦道親王の言揚げは無論、主の居ない白河山荘の紅梅を断りもなく手折ることに、和泉を引き取った（人の花を手折った）と世間の話題になっていることを掛けて、自ら挑戦的に公言したものであるし、一方公任の側も、白河山荘に陸奥の白河の関を掛けて、今更捨てた夫の跡を追うのかと和泉をからかい、つまり、この春、都が親王の和泉引き取り事件で持ち切りだったことを雄弁に物語っている。

加えて『大鏡』の兼家伝には、賀茂祭りの見物に和泉と相乗りで出かけた親王が、「御車の口の簾を中より切らせたまひて、我が御方をば高う上げさせ、式部が方をば下ろして、衣長う出ださせ、紅の袴に赤き色紙の物忌いと広きつけて、土と等しく下げられたりしかば、いかにぞ、物見よりはそれをこそ人見るめりしか」という派手な行為を伝える記事がある。これと別に『栄花物語』の「初花」の巻には、寛弘二年の賀茂の葵祭りに、道長の嫡男頼通が祭りの使いをした折、親王が車の尻に和泉を乗せて見物に出たと書かれているが、「大鏡」の派手な記事は、云われるように、親王が和泉を引き取った直後の葵祭り、すなわち寛弘元年の初夏のことであろう。つまり敦道親王は、必要以上に派手に和泉の存在を誇示したわけで、これには、彼が単に派手好みだったというだけでなく、為尊親王との関係で和泉がいかに深く傷ついたか、公表されずに終わった不毛の恋にいかに苦しんだかを知った親王の思いやり、兄宮の罪の償いとも言うべき力学を感じないわけにはいかない。そして、和泉の心の傷を親王に知らせることになったルートこそ、為尊親王の名を明記出来ずに歌われた歌群だったのではないか、と思われる。

七　続集日次詠歌群の位置付け

『続集』日次詠歌群は、その性格、詠作年次、対象となる人物に、実に様々な想定がなされ、関連論文の多い作品である。これを為尊親王関連歌とするには、解けていない問題が山積し、無謀ではあるが、これまで多くの論者に依って提起された結論にも、かならずしも納得しない所があり、疑問は疑問なりに、為尊関連歌の可能性を探ってみたい。

この歌群は続集の末尾七十二首を一まとまりとして、一日一首づつ詠み継いで行った、つまり日次の歌群だとされている。全体量が多くなるので、歌や詞書から情報量の少ないものは省いて対象とする。その始まりをどこと考えるかについても、若干異論があるが、文庫本番号一四七八番歌を始まりと考えるのが大方の理解であろう(3)。

今日はいつよりも、空の気色ものあはれにおぼえて

一四七八　暮れ方に遠の山辺はなりにけりいどこばかりに駒とどむらん

と思ふほどに月も出でぬれば、空も心を知るにやおぼろなれば

一四七九　宿らでも今宵の月は見るべきを曇るばかりに袖の濡るれば

とひとりごつを聞き給ひけるぞわりなきや

一四八〇　思ひ知ることあり顔に月影の曇る気色のただならぬかな

傍線部は相手が格段に高貴な人であることを窺わせる敬語である。そして冒頭から数首あとの一四八三番歌に「九日」とあって、菊綿の歌すなわち「長陽の節句」の九月九日という暦日が明記される。

九日、綿覆はせし菊をおこせて、見るに露しげければ

一四八三　をりからは劣らぬ袖の露けさを菊の上とや人の見るらん

しかし次の十日が、続く一四八四番でなく一四八五番なので、必ずしも一日一首でなく二首になる場合もあることを承知しなければならない。また逆に、一日ならず飛んでいる箇所もあり、冒頭から六首目が九月九日で、全体が七二首なので、大の月にすれば十月十五日まで行くはず、この歌群では九月も十月も二十九日をつごもりとしているので、

毎日一首なら十一月十七日まで行くはずの所、実際には十一月三日で終わっているから、一日二首の箇所も一〜二に止まらず、末尾などは、十一月三日の後に日付を記さず三首続いており、更に日付表記も、十一日とあるべき所がただ一日とあったり、十四日とあるべき所が二十四日とあったり、相当無秩序ではありながら、しかし時間の流れは意識されており、これまで考えられてきた通り、日次詠と規定することにためらいは無い。

さて、九月と十月が二十九日をつごもりとする、いわゆる小の月になる実際の暦に当てはめてみると、長保二年も三年も九月はまさに小の月で該当するが、十月は両年とも大の月である上に、和泉の生存年代中には九月と十月が続けて小の月という年がそもそも無いこと、平野由紀子論(4)の指摘の通りである。つまり、日次詠歌群が暦を正確に反映していると仮定すると、該当する歴史的年次は無いことになる。しかし、一日当たりの歌数や日にちの表記の不統一に免じて、厳密な正確さを問わないこととする。

さてこの歌群の内容は、夫のあるらしい女性が恋人を持ち、しかも相手は多情らしくて其の噂が女をはらはらさせ、遂に夫あての主君からの文箱を女が秘かに開封するに及んで夫婦仲は決定的に破たんする、という大筋のなかに、二人の連絡の拠点として近江の「大津」の地名が出てきたり、

十日、もしもやとてかの大津に人やりたれば、ただいまありつるとてあるをみるにも

一四八五　思ふ人おほつよりとぞ聞くからにあやしかりつる袖の濡れぬる

また旅なる所で「近江大夫」という縁者らしい人物の名や、それに関わる子供の存在が見え、

八日、端の方を眺むれば、子ども見ゆる方あり、あれなむ近江の大夫のものする所と言ふを聞くにも

一五二九　同じ野に生ふとも知らし紫の色にも出でぬ草の見ゆれば

九日、いとちひさき童のありしを、いづこなりしぞと問はせたれば、しかしかの人の近江より率ておはせしと語れば、何とか名は言ふと問へば、にほ、と言ふ。下に通ひて、など人々怪しきをわらふを聞きて

一五四一　世とともにながるる水の下にまた住むにほ鳥のありけるものを

さらに「四条」や「讃岐殿」といった地名や人名らしきものの存在が窺われ

一日、おぼつかなくおぼえて、四条に問はせしを、讃岐殿にものし給ひけるほどにて、うへはひと（空白）ののたまひ（け脱）るをあさまし

一五三二　ながれ木のうへも隠れずなりぬるをあなあさましの水の心や

あるいは恋敵として「一品の宮なるしかしかの人」という女性の存在が語られ、

三日、人来たりと聞きて、もしやと問はんと思ふもつつましければや、来む程に取うでたるを、いかでかくと思ふにも

一五四六　種を取るものにもがなや忘れ草生ひなばかかる跡も見えじを

と思ふに、さきにも所々ありけり、一品の宮なるしかしかの人には、このたびもありけり、と聞くにも取り分きたる心地もなき心地して

一五四七　十列に立つるなりけり今はさは心比べに我もなりなむ（頭注「此歌在大弐集」）

さらに、夫の主君たる「殿」の存在が背後に知られる

大方にある文ども、殿の御物忌み、御前なる程はえ見ぬに、添ひたる文箱のうはつけの心もとなさに、端を開けて見るままに

一五四八　これにこそ慰まれけれ面影に見ゆるには似ぬ（以下欠）
　　ようさりまかり出でて文見るに、殿なりけるものを、まづ開けて、いみじう言はれてもみづからのみ
一五四九　ありはてぬ命待つ間のほどばかりいとかく物を思はずもがな

と言った具合に、いかにも具体的な背景をちらつかせている。こうした地名や人名から、四条や讃岐に関わって四条中納言定頼を想定するのが久保木寿子論(5)であり、また中継地点の「大津」（前出一四八五）や、

　　つれづれと過ぎにける日数をのみながめて

一四九四　人つてに聞き来し山の名にし負はば忘れゆくとも思はましやは

の「人伝てに聞き来し山」を越前の鹿蒜山とみて、正集六六七番「急ぎしも越路のならの月はしもあやなく我や嘆き渡らん」を手がかりに、長和三年六月に越後守に再任された藤原信経を当てるのが清水好子論(6)である。信経と言えば、『枕草子』であれだけ軽い扱いを受けた彼が、よりによって後年、和泉の平穏な夫婦生活を狂わせるほどの伊達男ぶりを発揮したとは考えにくく、日次詠歌群に秘められた恋の相手は受領風情では無くて、上流貴族という感触を得る。その点で、久保木寿子氏の上げる四条中納言定頼は身分的に可能性無しとしないが、なにぶん、定頼には娘の小式部を組み合わせた説話の印象が強く、やはり一世代下の男性と考えるべきであろう。また、武田早苗氏(7)は、帥宮の御子（岩倉の宮）を身ごもった和泉が出産の為に里下りしている時期の歌とみるが、この日次詠歌群の持つ不安や焦燥感は、思う相手との間に子供の出産を待つ女性の感覚にはそぐわないものがあるのではないか。結果、最も共感するのは、小松登美氏の『和泉式部の研究(8)』で呈された説のうちA説の最初の為尊親王説である。氏は同書の中で、

A　長保二年秋以降～長保四年冬まで（道貞妻の時代）――為尊・雅通・俊賢

Ｂ　長和元年〜寛仁二年冬まで（保昌妻の時代）――道綱・定頼の二つの時代範囲をあげながら、最後にＡの時期をよしとするのは、日次詠歌群の女主人公がまだ親掛かりであるという点である。

九日、午の刻ばかり、ある人も見咎むべき人も無き所にて、心易く見るままに

一四九五　白露のうち置きがたき言の葉は変らん色のをしきなるべし

の詞書に「見咎むべき人」とあるのがそれに当たる。そしてこのＡの時期に想定された貴族のうち、該当するのは為尊以外には考えがたい。というのも、家集に見える左のような雅通との応酬には、この歌群の醸し出すじりじりした焦燥感・不充足感とはおよそ無縁の（恋愛とは無縁の）淡泊な社交関係しか想定されない。

まさみちの少将などのり給へりし、それやよみけむ

一一一　夕だすきかくる車のながえこそ今日のあふひのしるしとやみれ

まさみちの少将、ありあけの月を見ておぼし出づるなるべし

二五四　ねざめしてひとり有明の月みればむかしみなれし人ぞ恋しき

かへし

二五五　ねられねど八重むぐらせる槙の戸におしあけがたの月をだに見ず

また俊賢の名は、『和泉式部日記』中の治部卿に俊賢を宛てる説のある所から出ており、日次詠歌群の身も世もない焦がれ方の対象がこれに該当するとは思われない所から、外してしかるべきであろう。

いささか問題となるのは、長保二、三年当時の和泉の身分である。一般に近年では、中宮彰子に出仕する前の和泉は、道貞妻という立場から敦道親王邸に引き取られて召人格の女房として過ごし、寛弘六年頃中宮後宮に出仕したと考えられ、道貞の妻時代は家の女と考えられているが、日次詠歌群の女は明らかに上流貴族の邸宅に出入りしている。そのことを如実に示すのが

六日の夜、時雨などまめやかにするを、夜居なる僧の経読むに、夢の世のみ知らるれば

一五一六　物をのみ思ひの家を出でてふる一味の雨に濡れやしなまし

の詞書にある「夜居なる僧の経読むに」のくだりで、受領の家などでは夜居の僧を招くことは無い。かつて与謝野晶子は、和泉の母親が冷泉天皇の皇后昌子内親王の乳母（世代的には乳母子が妥当）だった所から、和泉も童女として仕えたか、という説を掲げた。中古歌仙伝に「童名御許丸」とあるのを、幼少時どこかに宮仕えしたと考えれば、最も考えやすいということであろうが、万一、その説が復活するとして、昌子大皇太后は長保元年（九九九）暮れには亡くなって居る所から、これを歌群での出仕先と考えると、時間を一、二年遡らせねばならない。昌子大皇太后の死に際には、舅の雅致を大いに助けて道貞が関わっているから、和泉がここに出入りすることはまんざら荒唐無稽な想定でもないだろうが、その場合、歌群の恋を遅くとも長保元年に想定しなければならず、為尊親王の死去まで少なくも三年という間があり、歌群の刹那的な激しさと、道貞との関係破綻に至る時問的経緯の相関から言って、長保元年以前の可能性は皆無と言ってよく、歌群の「夜居僧」の存在は昌子大后とは無関係に探るべきであろう。

今一つに、小松論が為尊親王説を退ける根拠とする敬語の問題がある。すなわち

三日、夜の夢に、いと近き所になむ来たる、と見ても醒めてたけきこととは、と思ふにも

一五三四　世の中もはるけからじなかくながら通ふも近き命無からば

の詞書に、「いと近き所になむ来たると見ても覚めて」とあるのは、相手が自分の近い所に遣って来たと夢に見た、という意味にとれるが、親王を指すにしては無敬語はあり得ないと言われる所である。そこでやや身分の軽い源雅通を選択し、結論として長保四年の秋九月から一一月とされるのであるが、それではその年の六月に亡くなった為尊親王に対する哀悼の情を翌春まで持ち越して初めて成り立つ『和泉式部日記』と、どのように結び付けることができるのか、大いに疑問の湧く所である。むしろ敬語の問題を棚上げにして、為尊親王説で一貫させるのが順当ではないか。一五三四番歌の無敬語が、為尊親王では不都合だが雅通ならよい、と考えるよりも、和泉は終始、相手を為尊親王とは明らかにせずに書くという姿勢を貫いていて、無敬語によって、恋の相手を読み手に韜晦することが、計算のうちであったとする方が、あれだけ詠歌要因のはっきりした「観身論命歌」や「巌の中に住まばかは」歌群はもとより、家集に為尊親王の名を一切留めない方針と相容れるのではあるまいか。さらに言えば、『続集』日次詠歌群の謎の要素でもある意味ありげな固有名詞（地名や人名）群にしてからが、公開を予定した献上家集のように上流貴族社会での通りのよさを意図したものではない記録目的に照らせば上流社会に通用する呼称にこだわる必要はもとよりなく、むしろ韜晦して改変したものさえあるかもしれない、ということまで想定したくなる。

以上、和泉式部の家集に為尊親王を指す「弾正の宮」という呼称が現れないにも関わらず、和泉はその痕跡を家集にとどめているのでないか、ということを述べた。そして恋の経緯が最も生々しく描かれた「日次詠歌群」は長らく作者の筐底深く留め置かれたもの、それに対して「巌の中に住まばかは」歌群や「観心論命」歌群は、沓冠という遊戯歌のよそおいを持っている為に比較的公表されやすく、周囲に伝搬していく可能性が大きかったのではないか。そしてこれらには、心の傷の原因となった相手の名前が伏せられているにもかかわらず、人は道貞との不和や親からの勘当といった和泉の不幸と思い合わせることによって、為尊親王との不倫の事実が想像を掻き立て、和泉がその名を明記しない節度への同情・共感と相まって、敦道親王の関心をいやが上にも掻き立てたのではないか。その結果親王は、奈落の底から和泉を掬いあげることに使命感を抱いたかもしれない、周囲から激しく批判されながら邸への迎え入れを敢行し、都大路で派手なデモンストレーションをすることに依って、兄宮の罪作りな行為を償おうとしたのではあるまいか。

注

（1）藤岡忠美「和泉式部伝の修正―為尊親王をめぐって―」（『文学』昭和五一・一一）。
（2）番号は旧版岩波文庫版に依る。「私家集大成」や「新編国歌大観」、伊藤博・久保木哲夫に拠る「和泉式部集全集　本文と総索引」、そして小松登美の「和泉式部集全釈　続集編」などが、続集の番号を一番から起こしているのに対して、清水文雄による岩波文庫および笠間の校訂本が、正集に続けて九〇三番から起こして居り、正続の番号を継続するのは現在のテキストの普及状況からすれば少数派なのであるが、ここは藤岡論文も清水テキストに依られている所からそれに倣う。
（3）日次詠歌群の本文は、吉田幸一『和泉式部集定家本考　上』（古典文庫、平成二年十一月）に影印された「伝西行筆大弐三位外題本」に拠りつつ、岩波文庫本の番号及び読みに異論の無い所はその表記に拠った。
（4）平野由紀子「和泉式部続集日次歌群新考」『和歌文学論集2　古今集とその前後』（風間書房　一九九四年）。
（5）久保木寿子『和泉式部』『日本の作家　13』（新典社　二〇〇〇年）。長和三～寛仁二年頃。相手は中納言定頼説。
（6）清水好子『和泉式部』（『王朝の歌人6』（集英社　一九八五年）。越路の恋人藤原信経、長和三年説。

（7）武田早苗『和泉式部』（『日本の作家１００人　人と文学』勉誠出版　二〇〇六年）。
（8）小松登美「和泉式部続集日次詠歌群私見」『和泉式部の研究　日記・家集を中心に』（笠間書院　一九九五年）。
（『これからの国文学研究のために―池田利夫追悼論集』二〇一四　笠間書院）

紫式部日記の解釈一つ ―「御格子まゐりなばや」―

古代の風俗習慣がわれわれにはいまだによく分っていない所があって、作品の読みとりに惑うことが少なくない。紫式部日記冒頭近くの次のようなくだりもその例である。

まだ夜ぶかきほどの月さしくもり、木のしたをぐらきに、御かうしまいりなばや、女官はいま、でさぶらはじ、くら人まいれなどいひしろふ程に、後夜のかねうちおどろかして五だんの御すほうの時はじめつ（引用は宮内庁書陵部蔵本の影印により濁点・句読を施す）。

寛弘五年（一〇〇八）秋、中宮彰子の皇子出産を待つ土御門殿で、五壇の御修法が行なわれる頃のある夜の記述。右に先立つ冒頭には、紅葉の始まった庭のたたずまいから不断経の声、侍女たちの会話に静かに耳を傾ける彰子の優姿が叙され、そして右の文に続いては、五壇法の荘厳な音響、彰子への加持、そして僧侶たちの宿坊帰還となる。そして夜明け。

……うちつれたる浄衣《じやうゑ》姿《すがた》にて、ゆへ〳〵しき唐橋《からはし》どもをわたりつゝ、木のまをわけてかへり入ほども、はるかにみやらるゝ心ちしてあはれなり。さいさあざりも大威徳《ゐとく》をうやまいて腰《こし》をかゝめたり。人〳〵まいりつれば夜もあけぬ。

問題は前引傍線部の「御格子参りなばや」が、一体上げるのか下ろすのか。以上の冒頭文を読むかぎり、時間経過は昼から宵、後夜、夜明へと間断なく続き、人々が寝に就いた気配がない。「御格子まゐりなばや」の一文が、あるいは下ろすことに解され、あるいは上げることに解されるという、普通では考えられない不可解さを余儀なくされて来たのも、実にこの点にあった。一見些細なことだが、当時の習俗を理解するにとどまらず、作家の文章を考える上でないがしろにできないことのように思える。

結論を先に申せば、近時発表された安藤重和氏[1]の卓論によって、後夜の修法の時間が従来説よりも数時間早められたことで、ここでも、後夜の修法開始直前に格子が下ろされ、加持の終った所で彰子主従もしばしの眠りに就くのだと思われるが、ことはそれほど単純ではない。安藤氏御自身、日記末尾近くの「十一日の暁」の段については従来説を覆し、後夜が午後十一時か、遅くも零時には終ったとして、日記の日付と月齢との関係に整合性があることを証拠だてられながら、論の冒頭近くで当該箇所を引合いに出された所では、従来説に従い、後夜を明け方近い時刻、すなわち「寅刻」と想定し、「御格子まゐる」の解釈は上げる側に左袒しておられるのである。後夜を寅刻とするのは辞典類にも少なくないが[2]、その拠り所の一つとして安藤氏は、古事類苑「歳時部一」所引『書言字考節用集』の記事を掲げられる。すなわちその「二　時候」に「後夜《ごや》寅刻」とあるのがそれである（補注）。寅刻は定時法でなら今の午前三時から五時頃に当るが、古典の世界では一日の始まりと考えられていたらしい[3]。宮中の四方拝は寅一刻に開始された（江家次第）。大祓も寅時に行なわれた（「権記」長保三年三月十日条）。権門による仏事も寅剋を期して始められるものが少なくなかった。

院（東三条院）御法興院常行堂、自寅剋被始不断念仏。（権記　長保三年十二月十四日条。また同二年十月廿八日の虫損混りの記事「寅剋参法興院、自此剋被始□」も同様な行事であろう）。

そして後夜修法自体、亥子の刻に行なわれた例が多く指摘される(4)一方で、寅の剋にかかる例も少なくなかったのである。

長保元年十二月二十日（中略）　初夜亥一子二、　聖胤、　半夜子三丑二、　観禅、　後夜丑三寅二、　明能

同二十一日（中略）　初夜亥一、子一、　慶算、　半夜子二、丑四、　智真、　後夜子二、寅一、　芳慶

そうであれば、寅刻に行なわれる後夜の加持修法を期して格子を上げ、一日の活動を開始するけじめとしたという解釈が生じたのも故なしとしない。そして実際、後夜は一睡の後で、前夜よりは翌朝に続くと考えてよい事例が散見することも事実である。例えば源氏物語「夕霧」巻の小野御息所に加持する阿闍梨によれば、

けさ、後夜にまうのぼりつるに、かの西の妻戸より、いとうるはしき男の出で給へるを、霧深くて某はえ見分い奉らざりつるを、この法師ばらなむ、「大将殿の出で給ふなりけり」と「よべも御車も返して泊り給ひにける」と口々に申しつる。

「後夜」は既に「今朝」のことに属し、「夜べ」に対置される。後夜と晨朝が並行されるという実態や解釈があるのも(5)、この辺に理由があろう。

また栄花物語「玉の台」には、

後夜の御懺法に参り逢はむと思て、夜の明くるも心もとなく、いつしかと目を覚まして聞く程に、鶏の鳴くも嬉しくて

連れ立つて御堂へ参る老尼たちが描かれる。一番鶏が鳴いてからの勤行なのである。しかしその終了はまだ有明月の明るい時分で夜の支配下にある。

「後夜」が仮に「寅刻」であるとして、後半の三点四点ならばともかく、前半では空はまだ真暗い。日記冒頭の暦日には異論もあって(6)、七月下旬か八月下旬かでは日の出にも二十数分のズレがあるが、日の出の早い七月としても、寅一つから日の出までには二時間余も間があることになる。(7)後夜修法の始まりが寅一つであるとして、下してあった格子を上げる時刻として果してふさわしいのだろうかという疑問を拭い切れない。

もっとも栄花物語には、中宮彰子の同母妹妍子が、夫である三条帝の崩後、勤行三昧の日常を過す中で、後夜の鐘の音に格子を上げさせるくだりがある。

一条の宮には、のどかに思し召さるるままに、御おこなひも繁うて、後夜の鐘もおどろおどろしう聞し召されければ、御格子押し上げさせ給て御覧じて、

皆人の飽かずのみ見る紅葉ばを誘ひに誘ふ木枯しの風」（『栄花物語』ゆふしで・続古今巻六　題しらず　枇杷皇太后宮）

しかしこの例をもって、後夜の鐘の時分に格子を上げるのは普通一般のことであったとするわけにはいかない。後にものべるように、格子を上げる、というわざは、いわばその当事者の社会的・心的状況の如実な反映なのであり、初産を待つ幸福の絶頂にある彰子と、夫帝を喪って勤行三昧に生きる妍子の場合とを一律に論ずるわけにはいかないのである。加えて、この後夜の修法もしくは勤行がそれぞれにとってどういう関係にあったかをも考慮しなければならない。彰子は後夜修法終了後の加持まで少なくとも起きている（目を覚ました状態でいる）ことを暗に要請された状態でいたらしいのに対し、妍子の方は僧侶たちの行う勤行とは一応無関係で、寝るとも起きるとも自由に行動できたらしいことである。というわけで、「ゆふしで」の記事は今留保することとし、それでは一般的に、格子はいつ上げ、

いつ下ろすのが普通だったのだろうか。

格子の開閉は無論、昼と夜の生活時間の境界を意味した。その時刻は『侍中群要』に、上格子を辰の一刻、下格子を戌の一刻、すなわちそれぞれ午前・午後七時頃としている（『紫式部日記全注釈』に指摘）。しかし無論、そうした規範に収まり切れぬ例が多いからこそ疑問は生じる。例えば『古本説話集』第一話「大斎院の事」には、『無名草子』にも引かれた大斎院の風雅な日常を象徴する一条がある。斎院選子時代の最末期、人の訪れも稀になった後一条朝のある晩秋の夜更け、雲林院の不断念仏が終って丑の刻ばかりに帰途についた四五人の殿上人たちが、通りかかりにたまたま開いていた斎院の東門から、興にそそられて庭内に忍び入るくだりがある。洛北船岡山の麓、紫野斎院の深夜、荒れて丈高い前栽を月が照らし、虫の声、遣水の音ばかりで人の気配もない。と、山おろしにつけて薫物の香。気づくと

御格子もいまだ下されぬなりけり。

午前一時過ぎという時刻に格子が下されていないと驚く殿上人。彼らは更に、ほのかな箏の音を聞き、明月を嘆賞しながら物語していた簾のうちの女房たちを発見する。寝殿の奥からは、碁石笥に碁石を入れる音も聞こえる。うたたねする女房もある中に、一番寝惜しんだのが大斎院その人であったと物語は語る。殿上人どもはすすめられるままに琴・琵琶の合奏に加わり、明け方、殿上に帰参して一部始終を語る、という構成になっている。ここではいうまでもなく、格子を下ろさずに月をめでることが賞讃さるべき雅びの行為である。これと対照的に思い合わされるのは『和泉式部日記』のこれもよく知られた相聞連作の場面。九月廿日過ぎの有明月に浮かされて帥宮が深夜に訪れるが、そ

れと気付いたのは和泉だけで、門を開ける従者も寝おびれて出遅れる始末。人々が再び寝静まってからも、寝つけなくなった和泉一人、起き出して妻戸を開け、有明月を見明かして鐘を聞き鳥の声を聞く。説話と日記の、日常性との遠さ近さというばかりではない、やはりここには、非日常的な雅び心を自らの生活スタイルとして女房たちを巻き込み、現実化できる内親王選子と、女主人であるらしく見えながら侍女や従者を思うままに繰れない受領の妻和泉との差が歴然としている。選子の周囲には無論、和泉レベルの物の心知った女房が二三ならず仕えているということだ(8)。生活スタイルとしての――つまり一人で寝覚めているというような形でなく、格子を下ろさずに起きている体の――夜ふかしは、主人公の社会的立場と密接にかかわるだろうことは現在からでも容易に想像される。源氏物語には、恋に悩む男君が夜っぴて格子を上げ明かす場面が描かれるが(9)、女君たちの場合をこれと一律に論ずるわけにはいかないだろう。また、夏の短夜を旅所で語り明かす『枕草子』の場合(10)とも同日には論じられないだろう。あるいはまた、夕霧巻の小野山荘での落葉の宮(11)や、橋姫巻の八宮姉妹(12)のように、夜の訪問客が捨て置けない身分の男性である為に、格子を下ろすに下ろせぬまま夜明けを迎えるに至った場合もある。それにしても、夕霧巻の場合は日のある中からの訪問が夜に入った経緯を考えると、橋姫巻の姫君たちの行為がかなり思い切ったものである様に思えて来る。有明月の出を待って京を出発した薫が宇治に到着するのはどう見ても真夜中、姫君たちは格子ばかりか簾も上げ、月光に身をさらして弾奏に余念もない。世離れた気易さ、父宮の不在、そして何よりも姉妹揃っている心強さが、この非日常的な夜更かしを可能にしているというわけだ。

その点でむしろ興を惹くのは、女性的魅力という点で、むしろ宇治の姫君たちの対極にあると見なされている末摘花が、その実極めて風流人として造型されていること。源氏のはじめての訪問を描く早春の宵、中だちの大輔命婦が

源氏を局に待たせて様子を窺いに行くと、

寝殿に参りたれば、まだ格子もさながら、梅の香をかしきを見出して物し給ふ（末摘花）。

という具合。このあとこの姫君は、応待といい、歌の詠みぶりといい、因循姑息を絵に描いた様な人物として印象づけられるが、その本質は必らずしも木石ではないのである。それどころか、蓬生巻に到っては、先にふれた大斎院さながらの風流心がはからずも自らを苦境から救い出す契機とさえなっている。

惟光入れ給ひて、人の音する方やと見るに、いささかの人気《ひとけ》もせず、（中略）かへり参るほどに、月あかくさし出でたるに、みれば、格子二間《ふたま》ばかりあげて、簾動くけしきなり（蓬生）。

ここでは最早、宮家の女房たちの風流心の有無をいうわけにはいかない。源氏の離京後、あらゆる庇護を失った常陸宮家からは、ましな女房たちはあらかた離散したことが強調されているからだ。そうなってみると、夜更けて、格別の実利的・社交的理由もなく格子を開け放っておく風流心は、むしろ末摘花自身の、つまり王家の雅びとさえ読めて来る。一人住みの高雅な女の心意気といってもよい。

これらと対照的なのが平凡で仕合せな家庭生活を営む人妻たちの場合である。典型的なのが横笛巻の雲井の雁の例であろうか。小野通いで浮かれ気味の夕霧が帰宅すると、三条の宮は既に寝静まっている。

殿にかへり給へれば格子など下ろさせて皆寝給ひにけり。「こはなどかく鎖し固めたる。あな埋もれや。今宵の月を見ぬ里も有りけり」とうめき給ふ。格子上げさせ給ひて御簾巻き上げなどし給ひて、端近く臥し給へり（横笛）。

この早寝には無論雲井雁の無風流をではなく、夕霧の背信をなじる当てつけを読みとるべきだ。幼児が夜泣きを始めるや、雲井雁の矛先は直ちに浮気な夫に向けられて行く。

「夜深き御月めでに格子も上げられたれば例の物の怪の入り来たるなめり」など、いと若くをかしき顔してかこち給へばうち笑ひて、「怪しの物の怪のしるべや、まろ格子上げずは道なくてげに入り来ざらまし」……。

事実、一度下ろした格子を真夜中に今一度上げるという事例は珍しくて、源氏物語ではこれ一例。大鏡の兼家伝には、法興院住まいを興がって月見をしていると、妖怪が格子という格子を一せいに下ろしたので皆おびえたが、兼家が妖怪を一喝してすぐに上げさせたという奇怪な話が伝わっている。月夜とはいえ、下ろした格子を又上げるというのには、何かしらまがまがしい感覚がつきまとう。

では、夜下ろした格子はいつ時分に上げるのが適当か。無論、住人それぞれ、その時その時の状況で前後はあるが、やはり夜が明けてからという点は動くまい。夕顔を連れ出した某院での後朝（夕顔）、紫の上との睦まじい語らいの朝（野分）、源氏は「日たくる程」、あるいは外から参上した息子の夕霧の咳払いに催促されたかのように手づから格子を上げに起き出している。同じ「手づから」であっても末摘花巻では、「辛うじて明けぬるけしきなれば」とある。この早さ遅さが女君との睦まじさの決め手になるが、格子を上げるのはどんなに早くとも「明けぬるけしき」より早くはない。それ以前なら妻戸を開けて出て来るまでである（若菜上　女三宮との新婚三日目）。一番鶏が鳴いて、夜はまだ深く、「明け暮れの空に雪の光見えておぼつかなし」とある。そのような時分、源氏を待ちとるべき紫の上方では、当然まだ格子は上がっていない。

雪は所々消え残りたるが、いと白き庭の、ふとけぢめ見えわかれぬ程なるに、「なほ残れる雪」と忍びやかに口ずさみ給ひつつ、御格子うち叩き給ふも、久しくかかる事なかりつるならひに、人々も空寝をしつつ、やや待たせ奉りて引き上げたり。

こちらでは妻戸からでなく格子を開け放って迎えるのは、通い夫でなく主人を遇する風なのであろう。庭の雪と白砂のけじめがようやく見えるか見えないかの、薄明の時分である。しかしもとより寅の上剋という時分ではない。

権記にはこういう記事が見える。

七日　早朝与時方同車参内未上格子（長徳四年七月条）。

七月上旬の早朝といえば時刻も早い。帝の朝寝をいうのでなく、自分たちの出仕の早さをいう割注であろう。これでみても内裏の格子も「暁」や「払暁」にではなく、早くも「早朝」といわれる時分にならなければ上がらなかった。

朝政に携わる男にくらべ、女の方が少しは遅くてもよかったのではないかと思われる節がある。匂宮が夕霧の六の君との縁談を進めている頃、中君を気遣いつつ恋情も抱く薫は、匂宮が内宿直と知りつつ明くるや遅きと三条の宮から二条院へ向かう。

明け離るるままに霧立ち満ちたる空をかしきに、女どちはしどけなく朝寝し給らむかし、格子・妻戸うち叩き声つくらんこそ初々しかるべけれ、あさまだきまだき来にけりと思ひながら、人召して中門のあきたるより見せ給へば、御格子ども参りて侍るべし（宿木）。

ここでは薫の予想に反して、夫不在中にも拘らず中の君は普段通りの規則正しい朝を迎えているが、それは「明け離るる」時分である。

枕草子にも格子を上げる時機に触れるくだりがある。例の「雪山の段」（八五段「職の御曹司におはしますころ、西の廂…」）の正月二日の早朝、斎院からの卯杖が届き、少納言があわてて寝殿に参上して手づから格子を上げようと大わらわになる。ここでも、斎院のいざとさと中宮御所の朝寝坊が対比的に感じとられ、夜に強い斎王の生活習慣と山里住まいの寝覚めがちな人恋しさを浮彫りにする。

このように見てくると、たとえ寅時開始であるにしても、後夜修法に先立って彰子中宮御所の格子が上げられた可能性はほとんどないに等しくなってくる。まして、安藤氏の提示されたように、貴族の邸で行なわれる後夜修法の時刻が子丑の刻で切り上げられるということであれば猶更である。格子は下ろされ、加持の終了と共に彼らは東の間の夜の睡りに入った、と考えるのが順当ではあるまいか。

加納重文氏に、「平安貴族の夜」と題する好論(13)がある。人目を忍ぶ恋仲の男女はともかくとして、除目・陣定などの公事、年中行事たる節会や大饗、皇子女をはじめ貴族の子弟の裳着・元服・書始《ふみはじめ》、洛中での移動など、昼に済ませても差支えないと思われる諸行事がすべて夜間に行なわれる不思議について、夜が貴族たちにとって「心にくい時刻」であり、またとりわけ、人目を気にする女性たちにとって人目に立たず、行動に適した時間と考えられたのであろう、とされる。加納論文はその一方で、一見睡眠時間もない様な夜への侵蝕は、しかし決して恒常的な事態なのではなく、徹夜をすれば明け方から「日高くなるまで」眠ることもあり、また一般には、夜はやはり眠る時間なのだというダメ押しをされている。考えてみれば当り前なことだが、この基本を押さえておくことは今の場合も重要であろう。とり分け加納論文でありがたく思われるのは、具体的に寛弘二年（一〇〇五）という正味一年間をとりあげて、「御堂関白記」「権記」「小右記」の三記から、諸行事の開始・終了時刻を一覧にされていること、さきの夜型行事の結論もつまりそれによるが、一年分とはいえ、典型的な年中行事のほとんどが行催時間という視点から一覧できる。

そのことによって明らかになることは、夜型といってもその多くは戌亥の刻には大体終了することであり、例外的に子丑の刻になる場合もあるが、全六十七項目にわたって掲げられた行事・公事のうち、終了時刻の分るもので子を過ぎるものはわずかに次の五項目に過ぎない。

正月十八日　賭弓　未～子以後
廿　日　政初・陣定　□～子
廿六日　除目　未終～子
廿七日　除目　未～丑二剋
三月廿七日　敦康対面・修子裳着　申～丑一点

この他、夜中を過ぎるものは

正月十四日　御斎会結願　戌～暁

くらいなものである。終了時刻や行事全体の時刻の明らかでない十四例のうちにも、子を過ぎる場合も含まれるかも知れないが、全体から見れば決して大きな割合ではない。つまり、余程特別な場合を除き、夜の行事といえども徹夜をするわけではないのであり、大体は戌亥から、遅くも子丑の一二刻には終るのが常であった。この深夜行事の終了時刻はあたかも、前引安藤氏が掲げられた後夜修法の平均終了時間とも一致する。橋本氏（注3に同じ）は六時の鐘について、

初夜は午後七時から八時頃、半夜は九時から十時頃、後夜は十一時から十二時頃迄に鳴らされたものであろう（同著193ページ）。

といわれている。

このような錯綜した事態を収拾するのに、安藤氏の拠られた結論はまことに明快であった。平安貴族と仏教行事の関係は事態に即して柔軟に理解するべきである。初夜・中夜・後夜は、参会者・関係者が仕事以外の公事にも大きな支障を来さない様に、夜の前半にできるだけ寄せて片づけてしまう。従ってその終了は、権記にものべる様に、丑か遅くも寅の二点を下らない。そのくせ、寺院本来の後夜は（宗教生活それ自体を中心に生きる人たちが相手だから）鶏鳴から夜明けにかけて行なわれることも少くない。こうした二元的時間が注2に掲げた『角川古語辞典』のような記述を生んだのであり、『仏教語大辞典』のような事実の列記ともなっているわけだ。紫式部日記の彰子の場合などは典型的な前者であり、「夕霧」巻の阿闍梨は、むしろ寺院本来のやり方で小野御息所に対しているとみるべきであろう。[14]

近時、三田村雅子氏はこのくだりにふれて、下ろす説を主張する理由として、それに先立つ日記の文脈を重視され、「月のかげりと、木の下のくらがりへの怖れ」を指摘された。中宮出産を控えた権門の期待と不安を「光と闇」の鋭い対照と捉える鮮かな読みに啓発される所が大きいが、その驥尾に付いていえば、まずその前提として、本来この時刻が、格子を上げるよりは下ろすべき時刻であり、それがこの時点まで延引されてきたことにも記述の意味を読みとってよかろうと思われる。もとより、五壇修法による人出入りの賑わしさ、加持修法まで彰子の周囲が夜の眠りに就けない落ち着かなさが真の原因であるとしても、その表面には月をめでる雅び心があるわけで、月がさしくもったことで格子を上げている目的を終えたとすれば、そこで下ろすのは自然な成行といえる。もとよりこのような集団的夜更かしは、佗しい里居では決して平常的な状態ではあるまい。中宮御所とてこれが決して普通でなかったことは、「女官はいままでさぶらはじ。蔵人まゐれ」からも明らかで、非日常性への快い緊張感が漲っている。空前の慶事の[15]

幕開けを待つ女房たちの興奮状態が、思わず日頃にない夜更かしをさせてしまった体である。

それにしても僧侶たちの退去から夜明けへ移る行文はあまりにも慌しい（前引）。宿直の転寝があまりにも短かったことを意味するのか、それとも夢幻のうちに繰り返されいつまでも尾を引いた後夜修法の余韻の長さを印象づけるのか。ともあれ、この時間叙法の性癖を正確に認識することは、紫式部の文体を見る上で見逃し得ない問題だと思われる。

注

（1）安藤重和氏「紫式部日記『十一日の暁』の段をめぐって—日付け誤写説存疑—」（『講座平安文学論究　第六輯』平成元年十月　風間書房）。

（2）現代の辞書の多くは「夜半（中）から朝まで」（岩波古語辞典・小学館日本国語大辞典・講談社学術文庫版古語辞典）とする中に、「現在のおよそ午前二時から午後六時ごろ」と具体的な限定を加えているもの（小学館古語大辞典）、時間をやや狭めて「夜半から暁前まで」とするもの（新潮国語辞典）などあるが、古語辞典で最も詳細を極め、かつ当時の実際に近い事例も加えているのは「角川古語大辞典」（昭59）のそれで次のようにいう。
もとは寅の刻あたりであったらしい。それが次第に乱れて、夜半過ぎから明け方に至る時間を漠然とさすようになった。漏刻による定時法では子の三刻から丑の四刻までをさし、今の午前零時から二時半ごろに当る（以下、五夜との混同のこと省略）。

しかし「寅の刻」と指した「もと」の時代がいつあたりを指すのかはっきりしない上に、後代「夜半過ぎから明け方に至る時間」と終りを薄明に近づけながら、一方で午前二時半ごろまでとするのは矛盾。一方仏教関係の辞典類では、寅刻を中心とし、丑刻より卯刻まで、現今の午前二時より同六時までに相当する時刻をいう（法蔵館『密教語大辞典』第一版、昭六）

との、『小学館古語辞典』の拠所となったかと思われる説、

①夜の後の部分。午前一時から五時までをいうか。②寅の刻。今の午前三時から四時ごろに当たる。たとえば法隆寺の儀式では午前三時をいう。③真言宗では「こや」とよむ。夜を初夜・中夜・後夜に分け、夜の最後の部分。しかし真言宗では、ある時期には夜の最初の部分を後夜とよんだこともある。夜半から明け方。④暁天に同じ（永平大清規）。⑤夜明けの勤行。寺中の本式の勤行は昼三度・夜三度であるが、晨朝を早めて後夜と合し、よって夜明けの勤行を後夜という（『栄花物語』一三巻ゆふしで）（東京書籍『仏教語大辞典』昭50）

の如き諸宗派での諸説を掲げた近年の成果がある。これに対して『源氏物語』や『栄花物語』『枕草子』の後夜に対する施注も、辞書類の多様さに準じて実にさまざまである。

すなわち、特に時間を限定しない説では「夜半から早朝まで」とするものが圧倒的に多いが、例えば枕草子一一八段「正月に寺に篭りたるは」に注して、あるいは「今の一時半ごろから四時頃」とし（三谷栄一・伴久美氏『文法中心　全解枕草子』有精堂昭33、松尾聡・永井和子氏校注『日本古典文学全集』昭49）、あるいは「子から丑にかけて」（石田穣二氏注　角川文庫）とするなど。また同じ箇所に注して、田中重太郎氏『前田家本枕冊子新注』（古典文庫　昭26～46）は「晨朝」と同じだとする見解を示している。

（3）　橋本万平氏「日本の時刻制度」（昭和41　塙選書）第二章、一〇九頁。丑寅の境を日の境界とした根拠として、本来、夜明けを基準とした筈だが、季節により時間の変化が著しい為、便宜、定時法の寅を一日の始まりとしたのであろうという。

（4）　注1所引安藤氏論。

（5） 注2所引『仏教語大辞典』。田中重太郎氏『前田家本枕冊子新注』。

（6） 萩谷朴氏の「紫式部日記全注釈」に代表される八月説に対して、近時、梅野きみ子氏は旧来の七月説を再評価すべきことを主張されている（「『紫式部日記』における表現―「えん」美を中心に―」（『椙山女学園大学短期大学部二十周年記念論集』平成元年十二月）。その根拠は冒頭文に「秋のけはひ入り立つ」とあって「けしき」ではないこと（栄花物語に「けしき」と改めるが）。すなわち秋への移行がまだ目に立つほどでなく肌に感じられる時節だということ。今一つは、暦日を明示するそれ以後の記事との分量的バランスからして、冒頭を八月二十日頃とすると冒頭部分に記事が目白押しになって均衡を欠くこと、による。

（7） 寛弘五年の七月廿日は太陽暦の八月十六日に当たるが、京都の日の出は五時二十五分頃、旧暦八月廿日だと五時四十八分頃ということになる。薄明はそれぞれ三十分位前。

（8） 選子女房で後拾遺歌人の中将・中務の二人は源為理女であるが（勘物）、尊卑分脈の「為理」の項下には中将に注して「母大江雅致女」とする。ここではその事実関係はさておき、身分を問題にしている。

（9） 宿木巻の薫。季節は秋の半ば、八月の朝顔の咲く時分。「常よりもやがてまどろまず明かし給へるあしたに、霧のまがきより花の色々面白く見えわたたれるなかに、朝顔のはかなげにてまじりたるを、なほことに目とまる心地し給ふ。明くるま咲きて、とか常なき世にもなずらふるが心苦しきなめりかし。格子も上げながら、いとかりそめにうち臥しつつ明かし給へば、この花の開くる程をもただ一人のみぞ見給ひける」。

（10） 枕草子七一段「忍びたる所にありては夏こそをかしけれ。いみじく短き夜の明けぬるに、つゆ寝ずなりぬ。やがてよろづの所あけながらあれば、涼しく見え渡されたる。なほ今すこし言ふべきことのあれば、かたみに答《いら》へなどするほどに、ただ居たる上より、烏の高く鳴きて行くこそ、顕証なる心地してをかしけれ」。

（11） 季節は八月十日頃。「風いと心細う、更け行く夜の気色、虫の音も鹿の鳴く音も滝の音もひとつに乱れて艶なる程なれば、ただありのあはつけ人だに寝覚しぬべき空のけしきを、格子もさながら、入り方の月の山の端近き程、とどめ難うものあはれなり」。男君はこのあと明方近くまで滞留して、朝霧の晴れぬ時分に六条院に帰り着いている。

(12) 時節は九月下旬、有明月の頃だから宇治到着自体が深夜をまわっている。姫君たちは格子どころか御簾まで巻き上げ、月に興じて弾奏中。ややあって招じ入れられ、老人の弁が応待に出て来る時分にはやがて「あけぼののやう〳〵物の色わかるるに」とある。

(13) 加納重文氏「平女貴族の夜―『源氏物語』鑑賞によせて―」(『国文学解釈と鑑賞』昭和55年5月)。

(14) 三田村雅子氏「紫式部日記の〈光〉と〈闇〉―闇の底へ―」(フェリス女学院大学国文学会『玉藻』25号　一九九〇年三月)。

(15) 「いままで」を「いまだ」とするのが群書類従をはじめとする流布本系(『紫式部日記全注釈』)。

補注　中田祝夫・小林祥次郎『書言学考節用集研究並びに索引』影印編、第二冊71-1。

(日本女子大学紀要文学部40　一九九一・三)

平安女歌人の結婚観――私家集を切り口に――

宮仕え日記の多い中にあって『更級日記』は私生活に重点が置かれ、平安貴族中流の結婚意識が垣問見られるものとして意義が小さくない。そして、この日記作者の自らの結婚に対する否定的な姿勢には二様の解釈が行なわれてきた。一つは作者の表現通りに作者の不満と絶望を真に受ける立場であり、今一つは、一見否定的に見える表現の裏に、日記ゆえの韜晦や謙遜を忖度して、それなりの満足感を読むべきだとする解釈である。いずれにせよ、作品そのものから素直に作者の結婚観を結論するならば、作者は自分の結婚には満足できなかった、ということになる。

犬養廉氏(1)はこの問題について次のように述べている。

孝標女は家庭生活に安住し得たのであろうか。彼女の中年期は大体に於いて幸福であったとされている。「なにごとも心にかなはぬこともなきままに」がそれを語ってはいる。併し、このことは以て直ちに孝標女の中年期が、全面的に幸福だったと論断することは早計である。むしろ、家庭に落着いてゆく孝標女と、孝標女を迎へる家庭の不幸乃至味気無さの上に、中年期の実態が捉へられるべきである。孝標女の結婚生活に於ける不満は結婚当初に始まる。先に見た「こめすゑつ(2)」と云ふ他律的結婚と彼女自身の述懐が示す如くである。

氏はさらに、「これが単なる一時的な幻滅にとどまらないことは以下の諸点からも指摘できる」とし、その原因を俊通の妻妾関係に求められている。すなわち、作者との結婚から十八年後にあたる天喜五年ころの信濃赴任に際し、俊通は門出を「むすめなる人のあたらしく渡りたる所」においてし、この「むすめなる人」は別の妻の所生らしく、つまり作者は夫の愛を独占し得なかったこと。また作者は、夫の下野赴任に際しても父の常陸赴任の時のような離別の悲しみや遠路の夫を偲ぶ様子を描かず、夫に対する愛情が乏しかったと思われるが、それは、

前記の女子をめぐる家庭の事情とか、他の女性を率て下ったであろう俊通の下野赴任とかを意識的に日記から削りとり、これに代ふるに、気侭な宮仕の記のみを以て此の期の記述を満したのである。このことは…明らかに読者を意識した作者の作為乃至は一種の虚勢に依るものであろう。

と云われ、そこからすると、「中年期に於ける頻繁な物詣を許容した夫の態度」も、従来云われる如く「理解ある寛容さ」とのみは考えられず、むしろ作者に対する「投げやりの無関心さ」と読めるのであり、大嘗会御禊の折の物詣で出発を独り支持するくだりも、従来説の「琴瑟相和」というよりは「無関心さ」であり、それを評して「いだしたつる心ばへもあはれなり」と記す作者の言も虚飾かと憶測される、というのである。その視点で見ると、信濃下向も夫よりは息子仲俊に、夫の死の記述も夫その人よりは仲俊の喪服姿や自分自身の悲しみに重点が掛かっている、ということになる。

氏はさらに、作者の結婚の不幸を俊通の器量に求められている。御物本更級日記勘物では為義の四男とされるのに、甥（兄義通の子たち）義清・資成・為仲のような足跡を留めず、尊卑分脈や橘氏系図にも見えない俊通、一条院乳母として権勢を誇った橘徳子を大伯母に持ちながら、勅撰集はおろか、「更級日記」にさえ歌一首とどめる事のない俊通との夫婦生活は、物語世界に憧れ、自意識の強い作者にとって「共感の乏しいものであったという事は略々想像し得る」とされ、中年期の述懐「世の中にとにかくに心のみつくすに、宮仕へとてももとは一筋に仕うまつりつかばやい

かがあらむ」も、「諦め切れぬ宮廷憧憬と云ふよりも、むしろ配偶者を誤った後半生への自嘲的な反省として理解すべきであろう」と云われている。

こうした俊通の女性関係や無才を原因と見る不仲説に対して、俊通をむしろ作者の宮仕えの夢達成の不可欠な足掛かりと見、夫婦ぐるみで夢見た幸運が夫の思いがけぬ早逝で挫折し、在世中に達成できなかった責めゆえに晩年の悔恨は激しく、また夫に対する描写もおのずと屈折したものになった、とするのは福家俊幸氏(3)である。氏は俊通の生まれ育った環境が、作者の渇仰する天皇の乳母という地位にきわめて近かった点を重視する。すなわち、栄花物語「初花」に「色聴された」女房として見える「讃岐守大江清通が女、左衛門佐源為善が妻」の「源為善」を萩谷朴氏説(4)に従って「橘為義」の誤りと読めば、その妻は紫式部日記の少輔の乳母(後一条天皇乳母の一人)と同人ということになるのだが、為義の子義通は後一条帝の乳母子に数えられており、とすれば俊通の母も少輔乳母である蓋然性が大きい、ということになる。さらに、作者の宮仕え先である祐子内親王は為義が家司として仕えた敦康親王の外孫に当たり、かつ為義は、祐子の後見となった頼通の父道長の家司でもあったから二重に縁が深く、為義の子息たちが名に「通」字を冠しているのも頼通や教通に拠っているかも知れず、そうした摂関家との近さは作者の宮仕えの基盤となり、経済的後楯でもあったろう、というのである。この日記で天皇の乳母という栄達の願望は、天照大神の夢というシンボルで繰り返し述べられるが、少女時代以来、無関心に放置されてきたその夢に、結婚後、作者はにわかに関心を寄せ始める。それは、大伯母や母を天皇の乳母として持った夫俊通の夢を自らの夢として生き始めた方針転換のあらわれだろう、ということになる。その挙げ句の夫の死である。この作品に一貫する「夫の不在」の理由を福家氏は次のように読む。

…夫俊通の死を悼む記事に至って、何故作者は夫を『日記』の中から、不在化し続けてきたのか、その理由に気付かされることとなる。…『日記』中に夫の姿は死の直前までほとんど描かれないのであるが、これは夫婦関係が疎遠であったことの投影として処理することは許されない。結婚後の宮仕えは断続的であっても（その理由に子供の出産などがあげられよう）、随所に結婚前より積極的な作者の姿勢を看取することができた。その背後に夫の存在があり、俊通自身、作者が祐子内親王家でしかるべき役割を果たしそのことから自らの、また子の官途を展開しようという思いを抱いていたはずである。

しかし、努力は報われなかった。原因の一つに、俊通にゆかりのある中宮嫄子の早逝がある。中宮が在世だったら、という歌を作者は詠んでいた。(5) それにしても俊通の死をまの当たりにした時、作者は結果的に今まで夫に対して何もなしえなかった無力さを突きつけられる思いだったに相違ない。

氏はさらに、日記を貫く悔恨の筆致―偽悪的な自己の描き方―を、夫の期待に応えるすべもなく死なせた無力さに対する「自己処罰」だと見る。

…夫の存在を忘却したかにふるまう「よしなき」妻の姿は結局夫を不遇のうちに喪失する結果を招来するのであった。「よしなき」自画像の形成―その出発点は夫の死にある。そして、この一事から『日記』の叙述のすべて、換言すれば作者の作品世界における人生は出発するように思われる。夫に十分尽し得なかった妻の像の形成から、更にそれを媒介にして、こうした妻を生み出す精神的支柱となった物語に耽溺する少女時代へ。作者の思念は自己の原点へ回帰する。

作者は結婚の相手に性格の不一致や不誠実を見たのであろうか。あるいは共に栄達を夢見る過程で虚しく死なれてしまった無念が、自己懲罰的に己れを偽悪化させているのであろうか。二説はまことに対照的な夫婦像を描きあげた。対照的ではあるが、この作品の夫描写の希薄さに違和感を抱いて来た私ども読者共通の疑問を代弁しているという意味で、問題意識は共通している。さらに云えば、本来なら妻はもっと夫婦関係や結婚生活について事細かに記すべきだという期待が、私どもにはあったかもしれない。だが果たしてそうか。小論の出発点は今回その辺にある。たとえは代表的な夫婦生活の記録として、あまりにも典型的な「蜻蛉日記」を比較の対象とすることが、この際果たして妥当かどうか。橘俊通という一介の受領とあまりにかけ隔たった「蜻蛉日記」の夫描写を、無条件に並べるわけにはいかないであろう。もっと平凡な、更級作者とあまり変る所のない結婚体験の女たちの夫描写と比較することで、この日記の行き方の、特異かそうでないかは、まがりなりにも浮かび上ってくるのではあるまいか。とはいえ、資料は決して充分とはいえない。第一、結婚時期を含んだ日記らしい日記作品は、ほとんど皆無に等しい。というより、「和泉式部日記」にしろ、「枕草子」を日記的作品の範疇に入れる事が許されるとすれば、その「枕草子」にしろ、世間一般の結婚生活の埒内にありながら、作品それ自体のなかで、極力その匂いをかき消して見せた作品だと云うことができるのであり、むしろその点にこそ当面の「更級日記」の問題を論ずる鍵が潜んでいるのではないかと思われる。つまり、まがりなりにも結婚生活を全うした記録として、「更級日記」以外の平安日記は存在しない。比較の対象がないのである。その欠をいくぶんかでも補うものとして、ここでは私家集を資料としてとりあげる。宮仕え女房で歌詠みの妻たちは、身分相応の夫たちを果たしてどのように描いているであろうか。あるいはまた、更級日記が異様に丹念な筆を費やした、夫以外の男性描写——源資通に類する——への逸脱を、同様に窺う事ができるのかどうか。

伊勢大輔集の場合―夫・高階成順と高貴な恋人・源雅通の間―

伊勢大輔は歌仙・大中臣能宣の孫で、神祇大輔（後に伯）輔親の女であったから、出仕に際しての周囲の期待度も、実家の経済基盤もまことにバランスのとれた安定したものであったと思われる。そして後拾遺集勘物や和歌説話、高階氏系図などによって、高階成順という殿賑受領と結婚し、多くの子女をあげて生涯を全うしたことでも知られる。女房としての地位から云えば、二代の国母として後期摂関時代の頂点に立った上東門院彰子の筆頭女房であり、その女や子孫に乳母を輩出するなど、更級作者の夢見た宮仕え女房の頂点を極めた意味でも、典型的な模範の人生を歩んだといってよい。その家集は現在三系統が知られるが、流布本（群書類従本）系統は自家用の草稿本、異本（後京極良経筆本）は関白頼通の求めに応じて平等院宝蔵に収納された奉献本であると考えられる。(6) その双方に夫成順は登場する。なかんずく、その馴れ初め当時の女側の贈歌

年頃ありし人のまだ忍ぶるほどに、石山に篭もりて音せぬに
みるめこそ近江の海にかたからめ　吹きだに通へ志賀の浦風（流布本二五）

が登載される点で、「更級日記」の場合とはいささか趣を異にする。「年頃ありし人」とは長年連れ添った夫。同じ事情を異本（奉献本）に「なりのぶとまだうちとけざりし頃」と名前を明示するのは、身内世界で家の男主をいう呼び方と、主家での話題で主人側の立場から女房が身内の男達を諱名で呼ぶ言い方との違いといっていい。「枕草子」で前夫を「則光」と呼ぶ類である。さて、右の歌には成順の返歌は残されていない。同歌は後拾遺集に入り、古本説話

集にも採られるから自賛歌の類といってよく、夫婦生活の記録として以上に、自作品の記録としての意味合いが大きいと思われる。また、成順は筑前守となって赴任したが、その離別歌にも返歌は付されない。

筑紫に下りし人に聞こえし（流布本）

語らひし人は遠き所にまかると聞きて（奉献本）

云はねども同じ都は頼まれき　あはれ雲井を隔ててつる（流布本四九）

この相手はその名が明記されないものの、夫の成順に他ならないと思われるが、夫婦は居を異にし、大輔は筑紫に同行しなかったらしい(7)。あるいはまた、成順の出家に際し、大輔から衣服を贈った次のような歌がある。

なりのぶ世を背きしに、麻の衣やるとて

今日としも思ひやはせし麻衣　涙の玉のかかるべしとは（流布本九六）

返し

思ふにも云ふにもあまる事なれや　衣の玉のあらはるる日は（同九七）

めずらしく成順の返歌が記録される。この贈答は奉献本では姿を消す。作品として語るに足りず、家族の内輪の記録として以上の意味を持たない、ということであろうか。またここでも、夫の出家を妻は居を異にして聞いている。更級作者の夫の地方赴任前後の状況は、当時の受領と宮仕え女房という夫婦にとってさほど異例な事態とは思われない。

成順関連で量的にもっとも大部を占めるのは、その死没および没後の記事である。流布本にして九八から一〇六番までの九首、異本はやや配列を異にするものの同じく九首がそれに当たる。すなわち法事に際して四条中納言定頼に経の外題揮毫を依頼した贈答二首、相模からの弔問をめぐる贈答四首、某人との弔問の応酬三首、といった具合である。生前の成順との贈答を量的にはるかに凌駕する歌が、死後の記事に割り当てられているといった状況も、「更級日記」の夫関連記事の生前・死後の軽重と軌を一にしていると云えなくない。「更級日記」の嗟嘆や悔恨はここにはないが、大輔は宮廷社交の世界で、成順の一の妻としての哀惜を尽くしているのである。

ところで、成順との間に多くの子をなし、その死を嫡妻として悼んだ大輔の集は、その冒頭近くに、主人筋の貴公子・源雅通(8)との浅からぬ因縁を記し留める。二人の歌の応酬はまず、宮廷社交のただ中で主人（彰子中宮か道長か）の慫慂によって始まる。

月明き夜、院の御前のおもしろきにとて、皇太后宮（彰子の妹妍子）の女房たちむつましき殿上人たちに隠されて参りたりしに、影ほのぼの見えしに、物云ひにやれと仰せられしに

浮雲はたち隠せども隙漏りて　空行く月の影を見るかな（流布本七・異本八七）

かへし　まさみち

浮雲に隠れてとこそ思ひしか　ねたくも隙の漏りにけるかな（流八・異八八）

異本詞書もほぼ同様であるが、返歌作者の名は異本にはない。つまり妍子女房一行の某という扱いである。とすると、私家集ではよくある事だが、流布本八番歌の作者表記はたまたま他資料で判明したそれを後人が書き入れた可能性がないかどうか。しかしこの場合、その可能性はなさそうである。流布本では九番以ドに、八番歌の作者表記を前提として同人との私的交際の深まりを記述していくからである。そしての九番以下異本（奉献本）には見えない。

人の心なむ恨みて参りにけると聞きて同じ人、文をこする、返り事をせねば

身の上に知らずしもあらじ人のため　人のつらきはつらきものぞと（流布本九）

かへし

憂き身から人のつらきも知りぬれば　なほこの道よふみみずもがな（同一〇）

雅通は大輔への個人的交際のきっかけを、彼女の出仕前の男女交際の破綻の噂に求めた。大輔はそれだからこそ恋はこりごりと一旦は拒んだものの、結局恋仲になったらしい。歌群をへだてて次のような歌が見える。

雅通の少将、数珠を置きて早朝《つとめて》とりにおこせたる、遣るとて

人知れぬ思ひの玉の緒たなくは（ママ）何して逢はぬ数をとらまし（流布本三一）

濯仏の日、同人

もろともに結びし水は絶えにしを　何をか濯く今日のほとけに（同三二）

三一番歌の詞書はひょっとすると、宮廷社交の場で夜を徹して語り明かし、翌朝雅通が忘れ物を取りに寄越した、といったオープンな場の可能性も感じさせないではない。けれども歌句中の「逢はぬ数」、あるいは次の歌の「絶え」などからすれば、恋愛関係を読み取るのが妥当であろう。その歌群を大輔は何故、自家用草稿本にはとどめ、奉献本では削ったのか。伊勢大輔と雅通の関係はこの流布本伊勢大輔集によってしか知り得ない。和歌説話などで喧伝されるような類のものではなかったようである。従って、大輔自身が口を拭っていれば、一切知られる事はないのである。奉献本で削った事よりも、自家用草稿本に残した事をここでは重く見る。つまり、成順を父とする少なからぬ子女の目に触れるのを承知で、大輔は成順との結婚以前、あるいは成順と時期的にも重なるかも知れない主家の君達との恋の火遊びを自家集に書き留めているのである。どうやら「更級日記」の憧れの貴公子源資通の記述は、女房自伝の世界では悪徳でも例外的な事でもなさそうである。

「赤染衛門集」の大原少将―付「公任集」の明祐女たち―

赤染衛門が学儒大江匡衡の妻であり、「匡衡衛門」と通称された事は有名である。(9)このあだ名は、匡衡の妻であるという以上に揶揄的な響きがあり（他の宮仕え女性で夫の諱名を冠して呼ばれた例を知らない）、それは恐らく、赤染自身の日頃の言動に目立って「匡衡が、匡衡が」の連発があった為ではなかろうかと想像される。宮仕え女房が主人の前で配偶者を呼ぶ呼び方が諱名なのであり、夫や子を折あれば推薦し自慢して憚らない赤染衛門が夫の名を口にする度合いは、女房集団の中でことさら目立ったろうからである。ことほど左様に、身内を喧伝する事に自抑を建前とした当時にあって、赤染衛門は夫思いであり、良妻賢母の典型とされるのも故のない事ではない。その赤染衛門にして、集によると匡衡との結婚と同族の為基との恋愛関係とが同時平行的に進捗したらしい。赤染衛門集自体はこの二つの恋愛の経緯を為基・匡衡の順に書き分けているのだが、内部徴証からする年時推定によって二つの関係の平行が立証されているのである。(10)平安の良妻賢母は夫以外に心を分けない事をかならずしも条件としないらしい。ただしここでは、為基の件を先行研究に譲って、今一つの平行関係、主家の君達「大原少将時叙」に焦点を絞ってみたい。

時叙は左大臣雅信の男で、大納言時中、左少弁時通（先述雅通の父）らの末弟にあたる。時叙も時通と似て現世志向が弱く、早く出家して大原少将入道と呼ばれた。その時叙と雅信家女房赤染衛門は、時叙の少年時代からその死にいたるまで、浅からぬ縁を持った。

大原の少将入道、わらはにおはせし頃、秋、白き扇を寄こせたまうて

白露の置きてし秋の色かへて　朽葉にいかで深く染めまし（流布本赤染衛門集六七）

黄朽葉にして奉るとて

秋の色の朽葉も知らず白露の　置くにまかせて心みやせん（同六八）

若君が家の女房に扇の染上げを依頼した場面である。ここにはまだ、男女関係の痕跡は見いだせない。染めの注文に事寄せて、求愛めいた語感を読み取るのは自由であるが、そしてむしろ、そうした艶な匂いの漂わないような贈歌は失格なのであるが、それ以上のことを推測するのは無意味であろう。ところが次の応酬になると、事情はいささか複雑になってくる。

雨の降る夜、局に人のありしつとめて、大原少将のなでしこにさして

なでしこのくれなゐ深き花の色に（の？）　今宵の雨に濃さやまされる（七六）

御返し

あま水に色はかへれどくれなゐの　濃さもまさらずなでしこの花（七七）

女房の局に密か男が忍ぶのを、手中の花（撫でし子）に虫がついたと若君が牽制する図である。女は表向き花の歌にとりなしつつ、若君への気持ちに変ることはないと表明してみせる。これに続く次の応酬は、「匡衡集」と読み合せる時、はなはだ興味深い。

風いたう吹く夜、ほかにありてつとめて、とこなつにさして

霜や置く風にやなびくとこなつの　夜の上こそ問はまほしけれ（七八）

返し

風に折れ霜に枯るとぞとこなつの　我が世のことは誰か知るべき（七九）

七八番歌は「匡衡集」に「恨みて久しう行かで、秋風の吹きけるにとこなつにさして」とある。撫子と同じ花をこちらは「床夏」と言い換えて、女の貞操を危ぶんでいる。前述の時叙の詰問の経緯を踏まえた贈歌と見るべきであろう。赤染衛門集の配列も当然、そう読まれることを期待している。為基と匡衡を書き分けた先の方法とは逆に、時叙と匡衡との競合を赤染衛門集は反芻するかの如くである。主家の君達を軽く嫉妬させながらの結婚、あるいは居を異にする夫をはらはらさせながらの君達との応酬といったらよいか。また次も。

秋、患ひしを問ひに来たるを疑ひて、同じ人

かりに来る人にとこよを見せければ　世を秋風に思ひなるかな（八〇）

返し

秋風は雁よりさきに吹きにしを　いとど雲井にならばならなむ（八一）

「同じ人」は、匡衡集「人きたるなどいふことやありけむ、秋のことなるべし」によってやはり匡衡。見舞いに来て床を見たという客はやはり時叙か(11)。そして、こうした事情が匡衡にはどうやら筒抜けなのである。

さて、知られるように、赤染は内助の功よろしく、匡衡の尾張赴任にも同行し、同輩たちから「匡衡衛門」とあだ名されるほどに徹底した良妻を演じたが、時叙の同母妹倫子の侍女として、出家した時叙に対しても身内的後見を終生怠らない立場にあったらしい。恐らくはその死に近く、「大原少将入道わづらひたまひしに、まうでて近きほどにあるに、月の明かりしに」と詞書する歌「炭窯のけぶりは空に通へども大原山の月ぞさやけき」は炭焼く洛北の辺地に修業する時叙の聖徳を讃えたもの。『全釈』は、病篤い時叙をその姉妹倫子の夫として道長が見舞ったという「小

右記」万寿元年二月六日の記事を引き、赤染衛門もこのとき同行したかと想定されている。以下、入道重篤の報らせに悲しみ（五二五）、逝去につけて自らの命長さを憂え（五二六）、忌み篭もりする僧たちに海藻などを贈りもしている（五二七）。倫子の幼なじみの侍女として、時叙とも兄弟に似た主従関係にあったことが窺われるが、同性の主人の場合と等しなみに行かないのは、それが単なる主従関係に止まらず、ともすれば結婚相手との競合場面も起こりかねないことであった。

女房と家の主人ないし主家の男性家族との日常を窺わせる一齣として、『公任集』の「大安寺（たやじ）の君のむすめたち」との関係は興味ふかい。

八月十五夜、いみじう明かりしに、たやじの君のむすめの遠き所に行くべしと聞きたまうて

曇りなき後の今宵の月を見ば　山辺の秋を忘れはてめや（公任集一四四）

また、

たや寺の君のむすめどものもとに、白き紙に蟬を包みて蓮の花に差してやり給うたりければ、蓮の花を造りてこの歌を書きて、蟬の中に差し入れて奉りたりける

いづれをかのどけき方に頼ままし　蓮の露と空蟬の世と（五一六）

に始まる風流な贈答二組。この「たや寺の君」を大安寺別当明祐と読み解いて見せたのは小柳淳子氏[12]であるが、この明祐の娘の一人は公任の異母兄弟、頼任の母なのであった（尊卑分脈云「母明祐大徳女」）。太政大臣頼忠の嫡男として上達部の道を歩いた公任に対して、異腹頼任の極官位は「治部少輔、土佐守、従四上」であり、その差は歴然としている。[13]妾・権妻というよりはいわゆる「召し人」に近かろうか。明祐の娘は複数で、地方に下った娘や、空蟬の贈答

を交わしたそれの、どれがどれか明らかでないが、「むすめども」と一くくりにして主人然と呼び、それでいて優美この上ない雅交の相手として渡り合う、上流貴顕の和歌生活の様相が窺われる。明祐女たちの結婚の実態は明らかでないものの、女の側からの集の試みがあったと仮定した場合、公任集に記録された如き応酬こそ、語るに足る生きた証しと考えられたろうことは想像に難くない。

大弐三位の結婚

大弐三位（藤三位）は生母嬉子を産褥で失った後冷泉天皇の乳母として、ひときわ絶大な権威をもったらしい。宮仕え女性の頂点をきわめた人物として、いかにも堅実な印象を与えるのであるが、それは必ずしも恋愛・結婚経験の寡少を意味しないようである。略伝によれば「頼宗や定頼らに愛され、兼隆、ついで大宰大弐高階成章と結婚」ということになり、場合によっては「源朝任」も加わる。[14]その多彩さは和泉式部や相模にまさるとも劣らない。しかるに和泉式部は「浮かれ女」で大弐三位は非の打ち所のない天皇の乳母ということになる。この違いはどこから来るのか。当然それぞれの本来的資質ということになろうが、これらの関係を時間的に辿ることで何らかのヒントが得られるかもしれない。

『定頼集』の年時推定によれば、[15]もっとも早いのは定頼との関係である。『定頼集』の四三八～四四〇、四五五～四五六の五首が『大弐三位集』の四～一〇、一六～一九の十一首に対応し、寛仁二～三（一〇一八～九）のころかという。しかもこれが、殿上人と宮仕え女房のゆきずりの恋といった様相のものではなく、結婚に準ずる形をとって始まったらしいことは次の応酬からも想像できるのである。『大弐三位集』から引く。

　　はじめて人の[16]

　埋もるる雪の下草いかにして　つまこもれりと人に知らせむ（一六）

　　　返し

　垂氷する峰のさわらび萌えぬるを　まだ若草のつまやこもれる（一七）

この贈答、風雅集（恋一―九六九）では贈歌を女とするが、当時推定二十歳前後の大弐三位側から「心の準備はできている」とばかり意思表示するのは異常であろう。「常夏」巻の近江の君ならいざ知らず（それさえこれほど露骨ではなかった）、をこ者ではない大弐三位にはおよそふさわしくない。贈歌を男とすべきである。つまり「つまこもる」を記紀歌謡スサノヲの「妻籠め」の類義とせず、早春の若草が芽ぐむ直前の状態、すなわち、求愛に逸りつつ一向言い出せないではちきれそうな男心の喩ととるのである。[17]この贈答および詞書は典型的な通婚儀礼の第一段階と見るべきだが、大弐三位の立場はたとえば、源氏物語の藤典侍（惟光女）などに当ろうか。そしてこの関係は、両者の家集に見える女の側からする次のような贈歌

　　　ほととぎすの夜もすがら鳴きあかしたるあかつき、大弐三位のもとより

　いく声か君は聞きつるほととぎすいも寝ぬわれは数もしられず（定頼四三八・大弐四）

　　久しく訪れたまはざりけるに同じ人、白菊にさして

　つらからん方こそあらめ君ならで誰にか見せん白菊の花（定頼四四〇・大弐一〇）

やその他の状況からして、やがて絶えたものと思われる。

源朝任との応酬はこれに対して、宮廷の恋愛遊戯以上の関係を実証しがたい。官を「右兵衛督ともたふ頭なりしころ」（大弐三位集一四詞書）とするから、時期的には定頼とほぼ重なる寛仁三年（一〇一九）から治安三年（一〇二三）までの数年間で、右の詞書に続く

思ふこと〳〵なる我を春ばかり　花に心を尽くるとや見る（一四）

や、「同じ人、黒戸のかたに立ち明かしてつとめて」と詞書する

知るらめやまやの殿戸のあくるまで　あまそゝきして立ち濡れぬとは（一六）

などに見ても、定頼と時期的にも雁行する蔵人頭として大弐三位に関心を寄せた、ということではなかろうか。

次に頼宗に関しては、「入道右大臣（頼宗）集」の竄入逸文とされる「異本兼盛集」巻末に見えるもので、紫式部伝の側からはよく知られた、

同じ宮（上東門院彰子）の藤式部、親の田舎なりけるにいかになど書たりける文を、式部の君亡くなりてそのむすめ見侍りて物思ひ侍りける頃、見て書き付け侍りける

を根拠とする。この資料もただちに妻妾関係にあったとは見なしがたいが、ひとまず時期を云えば、紫式部の生存が現在寛仁三年までは確認されるから、当然それ以後ということになる。

これらに比べて明らかな関係が知られるのは藤原兼隆で、栄華物語「楚王の夢」万寿二年（一〇二五）八月三日誕生の親仁親王（後冷泉天皇）の乳母定めの条に

若宮の御乳母…大宮の御方の紫式部がむすめの越後の弁、左衛門督（兼隆）の御子生みたる…

とある。栗田関白道兼の嫡男である兼隆は定頼などと同格で、正室は扶義女であった。兼隆は乳主の実父ということ

になるが、いわゆる「乳母の夫《をとこ》」(18)という役どころではない。その役を担うのは次の高階成章である。この時、後冷泉天皇の乳主となったはずの越後の弁（大弐三位）腹の児の性別やその後の動静は知られる所がない。男子として長じていれば何らかの痕跡があってしかるべきと思われる。それにしても栄華物語の書きぶりはたとえば、源氏物語「澪標」の「宣旨の娘」などに通う所がある。兼隆はこの後、三十年足らず生きるが、大弐三位との間はこの後まもなく絶えたと思われる。

ところで、大弐三位の呼称の由来ともなった高階成章との結婚は長暦元年（一〇三七）ころかとされる。(19)成章が東宮（後冷泉）の権大進となった年で、それなりに妥当性がある。成章四十八歳、大弐三位は三十八、九歳。しかしまた、兼隆がこの間、「乳母の夫」として十二三年の乳母生活をこまかに支えたとは思えない。成章との結婚はあるいはもっと早く、乳母就任の直後に想定してもよいかも知れない。成章は万寿四年三月、東宮（後冷泉の父、後朱雀）の大進に就任している。成章との結婚生活に関して「大弐三位集」には

　　後のたび、筑紫にまかりしに門司の関の波の荒う立てば
　往きとても面慣れにける船路に関の白波心して越せ（集三六）

の一節があり、天喜三年（一〇五五）七月、成章の太宰府赴任に随伴した折りの詠である。この「後のたび」に対する「先のたび」は長元元年（一〇二八）ころの肥後守をさすのであろうが、養い君が幼くて夫に付いて行くに行けなかった初回を踏まえた言い方ととれなくもないであろう。

ここで最初の問題に立ち返れば、更級作者の希求した人生の構図は、物語的情緒を別にすれば、比較的これに近いものといえるのではあるまいか。貴顕との恋がまずあって、後半生は東宮・帝王の乳母として権勢を誇る。この順序

は重要である。しかるに孝標女の場合、貴顕と巡り合ういとまもないまま、「親たちもいと心得ず、ほどもなく篭め据えつ」ということになった。源氏「空蟬」のいわゆる「身のほどの定まる」悲哀を味わったのである。無論ここで、上達部の女に生れた空蟬が受領の妻になるのと、もともと受領の女である孝標女が受領の妻になるのと、その絶望の度合いが同じだといっては不用意であろう。しかし受領の娘たちが、最初から身分相応に父兄と同身分の受領との平穏な縁組を至上のものとしたかといえば、そうは思えない材料が多すぎるのである。あえて思い切った言い方をするなら、女たちは束の間の貴顕との恋を夢見、その夢を支える後楯として同階層の男たちを考えた節がある。決して長続きしない犠牲の大きな恋に身を焼くのは、現代の価値観からすれば誇りや意地がないとの批判がありえようが、古代の心性として頻出する、「思い上る」「心高さ」などの語彙に思い合せる時、それが最大多数の支持を得る価値観であったことを否定するわけにはいかない。むしろそれこそが中流女性の誇りであり到達目標でもあったと読むべきではないか。孝標女の不遇感と悲哀は、彼女にとって俊通一人が最初で最後の人であった点に尽きるのではあるまいか（追記）。中流女性の結婚の価値観の根底にあるものをこのように押さえて見ることで、更級日記の普遍性と独自性は新しい相貌をして来ることになるであろう。あるいはまた源氏「空蟬」の同時代における希有な特性も改めて論ずる価値がでてくるというものである。

（本稿は一九九四年八月の日記文学懇話会に機会を与えられた同題の報告の一部である。その際に頂いたご批判を充分に汲み上げ得ず、また紙数の関係で相模や大和宣旨、小式部、進の命婦などの事例を省略せざるを得なかったことをお詫びしたい）。

注

（1）犬養廉「孝標女に関する試論―主としてその中年期をめぐって―」『国語と国文学』昭和三〇・一〇。『日本文学研究資料叢書「平安朝日記　Ⅱ」』所収。

（2）「更級日記」の長久元年ころと思しきくだりに、出仕早々、橘俊通との結婚を急がされた不満を「親達もいと心得ず、ほどもなくこめすゑつ」とある記事。「こめすう」読解の功績は石川徹「菅原孝標女の結婚に就いて」（『日本文学研究』昭和二五・五。のち『古代小説史稿』所収）。

（3）福家俊幸「『更級日記』における夫俊通の描かれ方についての一試論―不在化の意味―『源氏物語と平安文学2』平成三・五。

（4）萩谷朴『紫式部日記全注釈　上』一一一頁（昭和四六　角川書店）。

（5）「天の戸を雲井ながらもよそに見て昔のあとを恋ふる月かな」を指すが、作品中この場面は、源氏物語「賢木」に藤壺と源氏が桐壺帝在世の往時を偲んで詠み交わす「九重に霧や隔つる雲の上の月をはるかに思ひやるかな」「月かげは見し世の秋に変らぬを隔つる霧のつらくもあるかな」を踏まえての独詠と思われる。日記ではこの記事に先立ってしきりに媄子の死を悼むのは作者でなく古参の女房たちであり、歌はその雰囲気に催されてのもの。作者が出仕したのは媄子の崩じた翌年の事らしい。

（6）拙稿「伊勢大輔集覚書」森本元子編『和歌文学新論』（明治書院　昭和五七）。久保木哲夫『伊勢大輔集注釈』（日本古典文学会　平成四）も同説。

（7）小右記に、成順の妻子が夫と別に筑紫から上京する際、供人の謀反刃傷に遭った記事があり、その妻は伊勢大輔とは別人と考えられている（万寿四年二月八日条）。保坂都『大中臣家の歌人群』（武蔵野書院　昭和四七）、拙稿「伊勢大輔伝記考」山中裕編『平安時代の歴史と文学　文学編』（吉川弘文館　昭和五六）。

（8）源雅通は彰子中宮の母方の従兄妹、つまりは倫子の兄時通の子で、祖父左大臣雅信の猶子。紫式部や伊勢大輔の同僚・小少将の君の兄弟に当たる。更級日記の源資通の父方の従兄弟。雅信の子のうち倫子の同腹は繊弱で、あるいは出家しあるいは早逝した。時通の出家早逝が小少将の不幸の始まりとは『紫式部日記』に述べる所。雅通も早逝して往生人に数えられた。

(9)「丹波の守の北の方をば、宮、殿などのわたりには匡衡衛門とぞ云ひ侍る」(紫式部日記　女房月旦)。

(10) 西森真太郎「自撰私家集の一様相―赤染衛門集の大江為基をめぐって―」『中央大学国文』13　昭和四五・三)。清水好子「私家集のかたち―赤染衛門集の場合―」山中裕編『平安時代の歴史と文学　文学編』(吉川弘文館　昭和五六)。

(11)『赤染衛門集全釈』(風間書房　昭和六一)も自明のこととしてか、詠み手、訪問客ともに記さない。

(12) 小柳淳子「公任集の女房たち―『たやしの君のむすめとも』等をめぐって―」『国文』六〇　昭和五九・一。

(13) 卑母の子の処遇に関して、九条家などに比し小野宮家はことさら厳しかったように思われる。実資が先に生れた実子を僧(良円)にし、後に嫡嗣として資平を養子に迎えた時間的前後関係は、林久美子・野村精一「源氏物語と『母性』―花散里攷―」(『実践国文学』四七　平成七・三)の明らかにするところ。

(14) 和歌大辞典「大弐三位」の項(久保木哲夫氏執筆)/岩波日本古典文学大辞典(伊藤博氏執筆)。

(15) 森本元子『定頼集全釈』風間書房　平成元・三。

(16) 大弐三位集断簡『端白切』に「正月朔日のほど雪降る日、はじめて四条わたり」。

(17) 拙稿「歌語りと歌物語」勉誠社『和歌文学講座4　古今集』平成五。

(18) 枕草子一八四段「かしこきものは乳母のをとこそあれ」。

(19) 松村博司『栄花物語全注釈　五』二五六頁(角川書店、昭和五〇)。

追記　日記前半の「雫に濁る人」は恐らく、この空隙を満たす筈であったに違いないが、それ以上に展開すべくもなかった、と云う事になる。

(『論集平安文学3　平安文学の視覚―女性―』一九九六・一〇)

更級日記の陰画

『更級日記』で常々気になっていたのは、前半生の筆致に見られる、文学趣味の横溢した、どちらかというと生活実感に欠ける処生の仕方と、これとはあまりに対照的な、後半生の現世的欲求、およびその挫折に対する失望の深さである。夫の死後の描写の中で、それは次のようにのべられる。

年ごろ、天照御神を念じたてまつれと見ゆる夢は、人の御乳母して内裏わたりにあり、みかど后の御蔭にかくるべきさまをのみ夢解きもあはせしかども、そのことは一つ叶はでやみぬ。

作者に約束されていたのは、皇子女か権門の乳母の地位であったというのである。国母やその生母に次ぐ女性最高の権勢である。その高き宿世を暗示するものが天照御神の夢なのだが、日記前半の少女時代の叙述では、作者は物語にうつつを抜かすあまり、天照御神の夢も、信仰をすすめる夢も、無関心に放置したと強調する。ここにいう信仰は後半生の浄土願生とは異なり、現世利益に重点があるこというまでもない。さて、作者の言葉によれば、少女時代から青春時代における物語へのうつつの抜かし方は、専ら「夕顔・浮舟」的女主人公への憧れであり一体化願望であるかに思われる。「夕顔・浮舟」的境涯に憧れ、強い宿運の実現に関心を払おうとしなかった筈の人間が、晩年に到って運が開けなかったと嘆く、これはいささか筋違いではないか。もっとも、物語に耽溺して信仰に身を入れなかった為に晩年の不幸があるのだ、というだけの理解なら、事はさほど不自然ではない。物語世界に陶酔することと、現世で栄達を得ることとの価値観が、若い頃と年をとってからとではちがうのだといえばいえる。そして実際、そうした価値観の切り換えらしきものが、日記の叙述から割り出せることも事実である。作者の浮舟へのひたむきな憧憬は、父の常陸赴任（作者二十五歳）の直前を最後に姿を消し、それ以後は母も娘も将来を顧慮し始め、天照御神への関心がまがりなりにも現われるから、父不在の数年間に、「夕顔・浮舟」の儚い運命に共感する少女から、社会的栄達を期する現実的な女へ変貌したとすれば、一応の筋道は通るかも知れない。にも拘らず疑問なのは、晩年の悔恨の口吻に、単なる自嘲とは異った怨みの響きがこもるからである。「……夢解きもあはせしかども……一つ叶はでやみぬ」という云いまわしには、現世的栄達への宿願・確信・挫折・恨みという曲折が読みとれる。すなわち作者は、少女時代に夕顔や浮舟に憧れたのと同じ強さで、あるいはもっと激しく、貴顕の乳母の座を夢みたのであり、少女時代に不信心であったことも充分承知しながら、理想の実現にかなりの確信があったのだと思われる。これはどういうことだろうか。破滅型の「夕顔・浮舟」的境涯と、貴顕の乳母というしたたかな顕栄の座とは、一見あまりにも対照的である。両極を揺れる大きな振幅が若さだといえばそれまでだが、一個の統一体の中で、それはどのような形で共存し得るのだろうか。

更級日記の奥書に、同一作者の創作として名の見える散佚物語『あさくら』は、松尾聡・小木喬・樋口芳麻呂の諸先覚によってその全貌が窺えるようになったが、その大筋は次のようであるという。

女主人公の父は三河守の任を退いて出家を遂げ娘を置いて旅に出る。一方娘は後宮に出仕して貴公子（後に関白）の愛を受けるようになり、洛西大内山あるいは洛東白河に隠し据えられるが、身重のからだで白河を出奔し、父を頼って東国へ向かう途中、粟津で入水する（又は入水したと見なされる）。苦節の後、彼女を捜し求める関白と廻り合い、儲生の娘は入内して皇后となる。

この女主人公は、たしかに夕顔や浮舟のように劇的な漂泊・悲運を体験するが、と同時に見事に返り咲いて無類な栄達を遂げる。どうやら『あさくら』の女主人公は、現象的に「夕顔・浮舟」的要素を帯びるが、何から何まで『源氏物語』そっくりではないのだった。悪役（堀河殿）の迫害による流浪だとか、式部卿宮の横恋慕から身の潔白を晴らす為の入水だとかいった「夕顔・浮舟」ばりの悲劇的要素を存分に盛り込みつつ、それが男主人公の愛着を増させ、ひいては女主人公の高き宿世を保証するよすがとなるような構造をとっている。奥書に従って『あさくら』と『更級日記』を同一作者と考えるならば、『更級日記』の、「光の源氏の夕顔、宇治の大将の浮舟のやうに山里に隠し据ゑられて」に託された希求は、必ずしも夕顔の儚い死や、浮舟の内省的苦悩や厭世観にまで及ぶものでなく、罪の翳りない生き方はそのまま「帝后の陰に隠るべき」顕栄の座にすんなりと繋ってくるのではないか。とするならば、晩年の悔恨から逆照射される栄達の夢は、既に少女時代の「夕顔・浮舟」憧憬の中に早く胚胎していると見てよい。「夕顔・浮舟」憧憬は破滅的生への共感ではないのである。そういう作者にとって、栄達を保証するかも知れない信仰を無視することはどういう意味を持つか。作者はくり返し、信仰を奨める夢を無視して物語に走った、と回顧する。信仰を顧みなかったのは、親の消極性もあるにせよ、作者の一つの選択であったにちがいない。少女時代、物語と出会うために薬師仏をつくった作者である（その実態は明らかでないが）。理想の実現が信仰で果されると信じられれば、どうしてまがりなりにも携わらないことがあろうか。恐らく青春時代の作者には、信仰といった摑み所のない他力依存よりも、理想実現への確実な方途が見えていたからにちがいない。信仰を放擲して物語に走った、とは、まさしく物語こそが信仰より確実な理想実現の方途として見えていたことの表明ではないか。いうまでもなく物語耽溺は、享受から創作の段階へ入っていたであろう。物語は憧憬の対象であると同時に、中流知識層出身の少女にとって、憧憬の世界に生身で踏み込む恰好な方便なのであった。十三才で旅の記を物した早熟な少女は、源氏作者に追随すべく、物詣などに脇目をふらず創作家への道を歩み出したに相違ない。そういう主体的な選択が明らかな誤りだったことに、晩年に思い到ったというのが、冒頭に引いた痛切な悔恨の核であろう。

なまじ物語作者などを目指さずに、たとえその時は摑み所がなかろうとも、信仰に精を出す方が理想実現の早道だったと、作者が切実に思い知ったのは、後冷泉帝即位の前後ではなかったか。即位大嘗会の殷賑を無視した気狂い染みた長谷詣では、この頃の作者の動揺を雄弁に語る。後冷泉即位は、恐らく多くの世人にとっても予想外な価値の逆転を生み出したのではなかったか。一つは尊仁親王（後三条）の立坊である。今鏡で知られる様に、皇女腹の東宮の出現は、摂関家の何としても避けたい事態だったにも拘らず、摂関家側の皇儲の不如意からよんどころなく実現した。この時、作者の脳裏には、日記に描かれる第一の夢があざあざと去来したのではなかったか。後三条帝の生母陽明門院が一品宮と呼ばれた少女時代、母后妍子が六角堂観音に作善したという夢告である。観音がここでも伊勢大神宮と繋がるのであれば（永井義憲・松本寧至・小内一明の諸先覚による長谷、伊勢同体信仰を他の観音に及ぼし得るのであれば）、これはまさしく皇位継承を呪祝する吉夢の筈である。今一つは、やがて後冷泉后となる寛子の入内の具体化である。彼女の生母は一介の女房進命婦、更級作者の夫と同族の橘俊遠の妻である。頼通正妻の縁に繋がるとはいえ、これも又、正嫡による子女誕生の不如意が破天荒の幸い人を現出した事件であった。これこそ、更級作者の渇望をある意味で地で行った生き方であるまいか。作者の夢みた実現のし方とはおよそ対蹠的であったけれども。

（『むらさき』22　一九八五・七）

清原元輔の晩年—「無常所」をめぐって—

一

書陵部蔵の元輔集（桂宮甲本）に、次の一首がある。

　同じ山里に侍る比、人々とぶらはむとてまうできて、物などいひ侍りしをりに

160 惜しからぬ命やさらに延びぬらんをはりのけぶりしむる宿にて

この歌は『拾遺集』にも収め、その詞書には「神名寺の辺に無常所まうけて侍りけるが、いとおもしろく侍りければ」とある（巻八　雑上五〇二　もとすけ）。「無常所」は実に用例の少ない言葉らしく、日本国語大辞典でも「拾遺集」のこの一例のみ。語釈として「墓場、墓所、墓地」を掲げる。（ちなみに、季吟の八代集抄には無常所に施注していない）。岩波新大系「拾遺和歌集」（小町谷照彦氏注）も無常所に注して「火葬場、墓地」とされるのは、この辞典の語釈や元輔自身の歌の解釈からして自然のなりゆきと思われる。とすると、詞書の状況は具体的にどのように解し得るだろうか。二つの資料を無作為につきあわせるならば、山里に墓地を準備したところが風情があっておもしろく、友達が

やってきて観賞した、ということにでもなろうか。このいささか奇妙な状況に、藤本一恵氏は『清原元輔集全釈』のなかで家集と拾遺集を比べ、

> 『拾遺集』の詞書は家集（底本＝歌仙家集本・書陵部本）のそれと全く異るので、他に証本があったかも知れないが、いまそれを明らかにすることはできない。とりあえず、底本によって解釈しておくが、『拾遺集』の「神明寺の辺云々」も捨てがたい。この大きな相違については後考を俟つ。

とされている。この異伝を一つことがらの裏表として解釈するのは無理であろうか。

景勝の地を占めて墓地を造成し、生前に買い置いて好季節に散策に訪れるなどというのは現代のこと。まして元輔自身が生前特に、自分の墓地を準備するなどという今様は、この時代考えがたい。尤も、高僧の場合は話は別で、横川僧正良源はその遺告の中に、生前に石卒都婆を用意して墓地に置きたいと述べているという。[1] 天禄元年十月十六日付文書であるが、良源はさらに十五年生き、永観三年、七十四歳でなくなっている。これは極めて特殊な場合で、在俗の人には高位権門にも例を見ない。また仮に生前墳墓の地を点定することがあったにしても、墳墓は当時もともと遺族や子孫にこそ意味のあるもので、いかに風雅に出来上がったからとて、被葬予定者の生前に友人が訪ねるというのはどうであろう。清原家代々の墓とすれば尚更である。一体に、墓を「おもしろし」とする観念自体が平安時代らしからぬものに思われる。愛宕（おたぎ）や鳥辺野のように、火葬所と墓地は一つながりの物で、火葬を行なった場所の近くにその場で埋葬するという場合も多かったらしく、生前に個人や家に属する墓地を「設ける」という観念そのものが希薄であったのが、平安当時の実態ではあるまいか。[2] さればこそ「更級日記」の乳母は作者の姉の「はかどころ」を探しわびたのであろう。

帝后の陵墓は別として、人臣第一を誇る藤原氏にしてからが、十世紀末の時点では必ずしも墓地を重視していなかったことも、知られる所である。すなわち栄華物語巻十五「うたがひ」によれば、藤原氏の墓地として先祖昭宣公（基経）の点定し置いた木幡に、若い道長が父兼家に従って赴いた際、その荒廃に一念発起して、後に浄妙寺を建立したという話は有名である。（『江談抄』第一「藤氏寺々事」・水言抄二三六「藤氏建立伽藍事」にも）。

いづれの人も、あるは先祖の建て給へる堂にてこそ、忌日にも説経・説法もし給ふめれ。真実の御身を斂められ給へるこの山には、ただ標ばかりの石の卒都婆一本ばかり立てれば、また参り寄る人もなし。これいと本意なきことなり、と思しめして云々。

大鏡「藤氏物語」によれば、道長父子の木幡行きは兼家が右大臣となった貞元三年（九七八）のこと。そして実際に道長が実力を得て浄妙寺を建立し、宿願を果たしたのは、さらに三十年ほどの後の寛弘二年（一〇〇五）のことという（御堂関白記元・二年条）。道長が氏墓の荒廃を嘆いた貞元三年当時、元輔は七十一歳、さらに浄妙寺建立による整備は、元輔没後二十年ほどのこととなる。栄華物語の言うように、当時物故者の遺族にとってむしろ重んじられたのは、故人ゆかりの寺院や堂塔であり、墓地はどうやらよほどの時以外、関心の外にあったと思しい。木幡がその後、僧侶たちによってゆかしい場所となるのも、墓地そのものでなく、浄妙寺という依り所ができたからである。先祖の眠る墓地であっても、傍らに寺院堂塔が建つことによって初めて身近な場所になってくるのである。「無常所」を墓地そのものと解すると、それを「おもしろし」とする拾遺集詞書の感覚は、当時の墓地観からしてやや異様なものに思われる。

二

ところで「無常所」の語は、兼好伝の側からはよく知られていたことのようだが、『兼好法師家集』の一節にも、次のようにある。

　　ならびのをかに無常所まうけて、かたはらにさくらをうゑさすとて
20　ちぎりおく花とならびのをかのへにあはれいくよの春をすぐさむ

この「無常所」も現在、多くは墓と解されているようであるが、その解釈は、人により時により多様である。富倉徳次郎氏は『兼好法師研究』（富倉二郎、昭12）の中で、「園太暦」の逸文といわれる次の記事

　康永二歳七月廿七日、卜部氏兼好法師洛西並岡之麓建立一塔婆、兼而依一世哀之述懐一為二諸縁家並故友逆修一云々。塔婆之長サ四尺五寸。南無阿弥陀仏之六字之脇。「宇殖於幾志花登奈良比之岡野辺尓阿波礼以久世之春於経奴羅牟」右之歌刻之傍種二桜樹数十株一云々

を掲げて、「親戚知友の跡を弔はんがために塔婆を立て、桜を植ゑて「植ゑおきし云々」の歌を詠んだ」とされ、

　これによると兼好は仁和寺近くの雙岡に暫く住んだと云ってもいいやうである。

と云われている。冨倉氏が、「親戚知友の」と解釈されるように、「諸縁家並故友逆修」という記述からは、氏墓や身

内の誰それ、又は自分の生前の墓という意識は窺いがたい。無常観に発する供養碑ともいうべきもので、墳墓とは云い難いのである。ここにいわゆる「園太暦」逸文が後代の附会であるとして、その筆者は兼好家集の詠歌事情を、そのように理解したということになろう。冨倉氏は一方で、同書巻末「兼好自撰家集評釈」の同歌の項には、「無常所」に注して、「墓場。此処は生前設けた墓である」とし、「余説」に、

この歌によると、彼はどうもこの雙岡にしばし住まうとしたやうに思はれる。この歌の「過さん」(3)の主格はどうしても作者其の人と考へなくてはならぬからである。

と云われている。山城名勝志などのいう兼好旧跡を俗説として避けつつも、晩年の双岡隠棲を推定し、後に晩年説を壮年時代説に変えつつも、大方の認める所となっている。ここではいわゆる「園太暦逸文」の「諸縁家ならびに故友」ではなく、自分自身の墓を生前に用意したという解釈である。

これに対し、林瑞栄氏（『兼好発掘』昭58）は「無常所」すなわち墓という解釈に立って、家集からとりだせる事実は、墓を立て桜を植えた事だけであるとして「双の岡の住居」に疑いを呈し、墓は母かあるいは兄のものであろうかと推定する。そして、「自らのための墓のいとなみ」は「むしろ、みにくさの伴うものである」との感想を洩らされている。無常所を墓と読む立場に立つとき、それがどういう目的をもった墓であるのか、一定した像を結びがたい。

ところで、江戸時代の人々が兼好を「双岡の粋法師」と呼んだのは、何がしかの伝承によっているのかも知れないが、万一家集の例のくだりが出所であるとしたら、彼らが「無常所」を墓地とのみはみなさなかった現われではあるまいか。仁和寺法師の興味深い逸話が多いことだけから、仁和寺付近に住んだと結論するのは早計かもしれないが、「無常所」が墓としか読めなかったとしたら、出てこない伝えではあるまいか。

また、金子金治郎氏が指摘された[4]「実隆公記」の記事、
浄光院（割り注　兼好法師旧跡）（文亀三年七月十九日条）
も墓所としてでなく住居跡と見ている言い方である。
その傍らに桜を植え、「あはれいくよの春をすごさん」というのも、そこに自らが住んでこそ生きてくる言辞と思われる。元輔の「命やさらに延びぬらん」と云い、兼好の「いくよの春をすごさん」と云い、言い合わせたように人生の残りを言っているのも、墓を前にしての感懐だといえばそれまでだが、終の棲家をさだめた者の言葉として、もっとも適うように思われる。
そうした棲家は、多く「庵室《あんじち》」の呼び方で表わされる。[5] 元輔や兼好の云う「無常所」を、墓でなく、この庵室のようなものではないかと思うのは、一つに、両者に共通する「設けて」の語であるが、さらに重要なのは、元輔のそれが「おもしろく」即ちみどころある作り様で、人々が訪ね興じたという要素である。庵室は終の棲家ながらに情趣を誘う要素も大きかったらしく、増基の「いほぬし」には
庵室ども二三百ばかり、各々思ひ〳〵にしたるさまどもいとをかし（16詞書）
などもあり、宇津保「あて宮」の源少将が篭った水尾や、源氏「若紫」の北山の僧都の坊などに人の集う場面が描かれるのは、そうしたあらわれといえる。山家集を始め緇衣歌人の集は、自他の庵を賑わす花々の記録に満ちている。

三

「元輔集」詞書に「同じ山里」とあった。冒頭にあげた歌に先立つ一五九番は次のようである。

山里にまかりかよひし所侍るに、花見にとて人々のまうで来たりしに

159 とふ人もあらじと思ひし山里に花のたよりに人目見るかな

これも拾遺集春（五一）に収めるが、題知らずで決め手を欠く。山里は一般に郊外の山荘などを指すが、元輔の使用した山荘として知られるのは、自分所有の桂山荘あるいは女婿藤原棟世の月輪山荘である。(6)そしてこの場合、以下のような傍証から桂山荘ということになる。小町谷氏は「拾遺集」の五〇二番歌の脚注で、拾遺集元輔歌の異伝として「能宣集」詞書を引かれている。今、西本願寺本「能宣集」の当該箇所の全文を引く。

元輔が桂の家にて、のちのよのために法事し侍、とぶらひにまかりて

443 夏山のこぐらきみちをたづねきてのりのひかりにあへるけふかな（原文四句「のりひかりに」）

かへし、もとすけ

444 をしからぬいのちやさらにのびぬらむをはりのけぶりしむるやどにて

歌仙家集本「元輔集」には、「能宣集」四四三番歌が、あたかも元輔自身の歌であるかのように、単独で

五月五日かうきき侍りて

247　夏山のこぐらき道を尋来て　法の師にあへる今日にも有哉

と載せるが、後半部、混入歌の多い歌仙本元輔集よりは、「夏山の」一首の詠歌事情は能宣集に依るべきであろう。ただ捨てがたいのは、能宣集のいう「法事」が元輔集によれば具体的には「講」たとえば「法華講」のようなものであり、五月五日を中心に行なわれたのではないかということである。歌友を集えて雅びを楽しんだ桂山荘を、こんどは仏事供養の場として、元輔が提供したことがわかる。とすれば、「無常所」は元輔の桂山荘そのものだということになりはしまいか。そうした場合、無常所とは何を意味するだろう。

四

「往生要集」巻中、「別時念仏」第二、臨終行儀の冒頭には次の一節がある。

祇園の西北の角、日光の没する処に無常院を為れり。もし病者あらば安置して中に在く。およそ貪染を生ずるものは、本房の内の衣鉢・衆具を見て、多く恋着を生じ、心厭背することなきを以ての故に、制して別処に至らしむるなり。堂を無常と号く。（岩波『日本思想大系』6「源信」）（石田瑞麿氏の訓による）。

（『法苑樹林』巻九五にも。大正新修大蔵経第五三–九八七頁上。往生要集の注に臨終行儀条の典拠を四分律抄の瞻病送終とする[7]）。

因みに「祇園精舎図」によれば、無常院は精舎の西端（但し図は一般の方向意識とは逆に、図の右を西とする）「凡夫出家院」（図右上端）と「病院」（無常院下）とに挟まれてある。無常院はまた無常堂とも延寿堂ともいう。

ここに述べられるのは無常所でなく「無常院」だが、それは知られるように、浄土教の世界で人生の最期を迎える為に用意された建物である。元輔の歌中の「をはりの煙しむる宿」はまさしくそうした意味合いを含むのにふさわしい[8]。

元輔が当時中下級官人層を席巻した浄土願生思潮の影響下にあったことは、改めて申すまでもあるまい[9]。拾遺集は、元輔の歌のことばに引かれてのことかも知れないが、元輔の桂山荘を、最期をむかえるべき準備の整った別所とみなしたのである。桂という土地柄が後生に願いを託す持仏堂建立などに叶っていたのは、源氏物語「松風」でも有名な所、そして、山荘がそのまま仏道修業の場となり、最期を迎える庵として機能することも、宇治十帖の語る所であった。八の宮山荘は、若い姉妹が同居していたことで、宮の為には最期の機能を果たし得なかったわけだが、その姉妹の住まう有様も「仏の御隔てに障子ばかりを隔ててぞおはすべかめる」（橋姫）と描かれ、浄土願生の庵と踵を接した場所である。十世紀末の浄土願生者たちにとって、山寺近い山荘は、日常から彼岸への格好な足掛かりであったのだ。

元輔が神名寺に住む持経者・叡実と近しかった事は、元輔集（桂宮丙本＝定家本系三十六人集）のつぎのような記述からよく知られている。

叡実が（底本「えせる」甲本「ひえさか」）もとにまかりて、司のほしく侍ることは功徳のためと言ひてよみ侍りし

130 世を渡すひじりをのみ（他本「さへ」）ややまさん深き願ひのならず成りせば（甲本134五句「ながくなりなば」）

三月許に、なにとかやかみの名といふてらに、さくらのいみじうさきたるに、よる風のいたくふきしかば

137 くれてのちうしろめたきを山ざくらかぜのおとさへあらくきこゆる（甲本歌欠）

これがかへしを叡実（底本えせ）がよみてはべし、そのかへし

138 ながきよのゆめのはるこそかなしけれはなをはなとも思はれぬ身は（甲142四句「ゆめをゆめとも」）

まかりかへるとてまた

139 山ざくらみすててかへるこころをばなににたとへて人にかたらん（甲本143）

神名寺は早く廃寺となったようで、その所在地も明らかではないが、関連資料からの推論もある。『宇治拾遺物語』巻十二「持経者叡実功験事」（『今昔物語』巻十二第三十五話「神名ノ叡実持経者ノ語」も同話）によれば、神名寺は「京の西」にあり、瘧病治療に向かった閑院公季が「賀耶川」の辺で発作が起こったが、自邸に帰るよりは寺に近いと、そのまま行き着いたという話である。今昔物語集の「賀耶川」を『宇治拾遺』に「荒見川」とし、岩波大系頭注に「賀耶川」は紙屋川の音便表記であろうという。萩谷朴氏はここから、神名（明）寺に近いという桂山荘も「現在の上桂よりも更に桂川上流、松尾大社付近、又は、更に嵐山寄りにあった」と見る。[10]

また兼澄集（書陵部谷森＝私家集大成中古Ⅰ40）には

八月つごもりに神明といふ寺に、もとすけとぶらひにまかりたるに、せんざいのいとおもしろくはべりしに

40　かへるさのものうき秋のゆふぐれにいとどもまねくはなすすきかな（Ⅱ74島原松平）

ともあって、元輔が神名寺にこもっていた時期のある事を示している。ここから、例の無常所が元輔山荘ではなく、神名寺内に設けられた僧坊かという推定もなされよう。拾遺集の詞書の解釈としてはその方が自然であるかも知れない。そうであれば、能宣が混同するほど、桂山荘と神名寺の僧坊は不可分の関係にあったということにもなるだろう。今はしばらく、能宣集に従って桂山荘と考えておく。

元輔が寺籠もりをして、人に出家したかと思われた折りのことも家集に見える。

山寺にまかりたりしを、ある人の「法師になりにたなり」などいひしかば、つかはしし

156　うき世もしほかになしやと家出しを道に入りぬとたれか伝へし

この山寺も神名寺と考えてよいであろう。いつ出家しても不思議はないと周囲からみられていたのである。それにしても、一三〇番歌の元輔を、往生伝に名を残す筋金入りの浄土願生者たちに比べる時、あまりにも対比的なその現世欲に驚かされる。しかし現世の富がなくては後生への積善はできない道理である。往生伝にしばしば讃えられるような、持てる物を全て施して、我が身が無一物になって後生を祈る、といった徹底ぶりではない。そして相手の叡実も、元輔の不徹底で世俗的な信仰を真っ向から否定せずに、快く相手になった人物らしく思われる。

果たして叡実には、一見持経者らしからぬ世俗的な一面が伝えられる。『法華経験記』巻中の第六十六話「神明寺の叡実法師」によれば、愛宕聖として慈悲行に厚かった叡実は、都の貴賤から崇敬を受けたが、後年、鎮西に下って

世渡りに精を出し、田畑を耕し、米ばかりか酒まで造って財をなし、肉食を拒まず、あまつさえ自から弓矢をも執ったという。不思議なことに、煮焼きした魚は法華経を誦すれば甦り、弓胡録を背負って歩けば、人の目には咄嗟に蓮華を背負って行くと見えたという。さらに興味深いのは、叡実の富や人望を快く思わない肥後守が叡実を誹謗して、信者を遠避けようとしたところ、逆に守の妻が不治の病をえて、結局、叡実の霊験に救われたという話である。叡実が鎮西に下って住んだのは、ほかならぬ元輔最晩年の任地、肥後だったのだ。叡実は元輔に従って西下したのではあるまいか。もとより、叡実を誹謗した肥後守が、叡実を信仰する元輔であるわけはない。元輔の生前、その支持と後援のもとに自由に振る舞っていた叡実が、元輔の死替で赴任した新任国司に忌避されたという所であろうか。極楽往生の為には功徳を積まねばならぬ。そのためには最期まで積善の努力が惜しまれてはならない。しかもその方法は現世の富による仏への喜捨だと元輔は考えた。当時の貴族が親炙した今一つの思想、儒教では、晩年は潔く官を引いて、心静かに余生を送るのをよしとした。元輔とて知らぬ筈はないが、そうした体裁のよい生き方では浄土願生は達せられないというのが、元輔の考え方であったと思われる。元輔と叡実は同じ目的意識のもとに強い協力体制を組み、手を携えて西下したのではなかったか。

これまで、元輔は肥後の任地で亡くなったことになっている。『三十六人歌仙伝』の末尾が「寛和二年正月任肥後守、永祚二年六月卒」とあることによる。とすれば、最期を心静かに迎えるべく、洛西に所有の山荘を寺とし、そこに朋輩を迎えるなどしながら、一方で領官運動に精を出し、七十九歳で筑紫へ赴任し、客死したということになる。事実、元輔の後任「源為親」は永祚二年八月三十日の任であり（小右記十月二十三日条出、『国司補任』）元輔が死没に先立って退官したり、帰京して無常所に入ったりした余裕は見出せそうにない。臨終への設けが無常所であるとするなら、元輔は往生に対する積善に執するあまり、折角用意した終の住かを放棄したことになるが、叡実が臨終の枕辺にあったとすれば、それはそれで極めて理想的な最期であったと云わねばならない。兼好の伝記からみても、仁和寺付近での居住を認める立場も、必ずしもその時期を最晩年とは見ていず、「無常所」は経典にいう「無常院」（臨終を迎える建物）よりは広い意味で、庵室とほとんど同義に用いられていたのではあるまいか。もっと用例が欲しい所だが、不思議と「往生伝」の類にも見当らない。

注

（1）『慈恵大僧正御遺告』（群書類従四四三・平安遺文二―三〇五「廬山寺文書」）のうち「収骨所」。「入棺焼所人々中可勤之、石卒都婆生前欲作運、若未運之前命終者、且立仮卒都婆云々」。『葬送墓制研究集成』四「墓の習俗」所収「石塔と墓塔」（土井卓治氏）。

（2）平安時代の葬制を薄葬という視点から見る田中久夫氏（「平安時代の貴族の葬制―特に十一世紀を中心として―」『祖先祭祀の研究』所収、弘文堂、昭和五十三年）に対し、近時、水藤真氏『中世の葬送・墓制―石塔を造立すること―』（吉川弘文館　平成三年十月十日刊）が批判をのべられている。必ずしも薄葬とは云えない根拠として、天皇陵や参陵使の存在、延喜二年の格に「諸氏家墓云々」（類聚三代格）とあって、氏墓は天皇や上層貴族のみに止まらなかったこと、藤原氏がその氏墓木幡に参った記録は、十世紀以来、枚挙にいとまがないこと、などを挙げられている。以下に述べる墓地への意識は、氏の批判された田中説に近いといえるかも知れない。ただし、水藤氏も、石塔建立の習慣は十四世紀からと云われるように、墓域の整備は平安と中世ではやはり段階が異なるように思われる。

（3）冨倉氏所引「園太暦逸文」に「経奴羅牟」とあるのは、この時桜樹を植えたとあることと考え合わせると意味をなさない。

（4）金子金治郎氏「晩年の兼好法師」（『国文学攷』13　昭和29-11、『日本文学研究資料叢書』「方丈記・徒然草」所収）。金子氏は「無常所」を草庵と見ておられるわけではなく、通説に従って「生前自らの墓所を営んだ」とみながら、そうであれば「その地に住んだろうとは自然の推測で」と言われている。そして冨倉氏『兼好法師研究』（東洋閣　昭和12、丁字屋書店　昭和18、22）もその理解だとされている。冨倉氏の人物叢書では双の丘時代を兼好四十代の事項に含め、必ずしも墓と見る書き方をしておられない。

（5）増基法師「いほぬし」によれば、旅中、仮の宿りに作るのが「いほり」（14詞）、それに対して居住するのが「庵室」（16・82詞）。

（6）三田村雅子氏「月の輪山荘私考—清少納言伝の通説を疑う—」（『並木の里』6　昭和47-6）。先の拙稿「清少納言の居宅」（『国文目白』27　昭和62-12）において、月輪山荘の持ち主を元輔の女婿藤原棟世と見抜かれた論を、萩谷朴氏「清少納言の晩年と『月の輪』」（大東文化大学『日本文学研究』20　昭和56-1）としたが、三田村氏論が早い。御論の存在を知りながら直に参考しなかった故の誤りである。両氏にお詫びするとともに謹んで訂正したい。

（7）大正新修大蔵経一八〇四「四分律删繁補闕行哥鈔巻下之四」瞻病送終篇第二十六。一四四頁上。

（8）元輔歌二三句「命やさらに延びぬらん」が、無常院の別称「延寿堂」にかかわるのかどうか詳らかでない。

（9）増田繁夫氏「花山朝の文人たち—勧学会結集の終焉—」（『甲南大学文学会論集』二一　昭和38・10）、後藤昭雄氏「勧学会記について」（『国語と国文学』昭和61-6）、大曽根章介氏「康保の青春群像」（『リポート笠間』27「平安朝の漢文学」昭和61-10）には時代思想を先導する勧学会会衆の顔触れが知られる。元輔自身は世代的に会衆の上（師）つまり源順の世代に属するが、その両世代を繋ぐ河原院の交友でもあり、源順集（書陵部蔵「三十六人集」本三五）に、元輔の弟「学生元真」の死を悼む応酬もあって、勧学会開始の康保頃の空気と遠い所にあったとも思われない。しかしより直接には、愛宕聖叡実との関係で、保胤などの思想とは似て非なるものであったと見られるのである。

(10) 萩谷氏前掲論（注6）。

（日本女子大学紀要文学部41　一九九一）

清少納言の居宅 ―『公任卿集』注釈余滴―

一　公任集の記述

清少納言の後半生を垣間見る資料として、『大納言公任卿集』の次のくだりは有名である。

(1)清少納言が月の輪にかへりすむ比

395 ありつゝも雲まにすめる月のをはいくよながめて行帰るらむ

返り事も聞こえで程経て、憂ふることありて御文を聞こえて、その事いかにと聞こえければ

405 何事も答へぬことと慣らひにし人と知る知る問ふや誰ぞも

返し

415 答《たふ》なきは苦しきものとならはして人の上をば思ひ知らなむ

とてなむとあれば、黄なる菊に插し給ひて

425 くちなしの色にならひてひと言を聞くとも何か見えむとぞ思ふ

返し

435　をしなべてきくとしもこそ見えざらめこはいとをしきかたにわけかし

かならずしも年次順ではない公任集の配列からは、これらの詠作年次を決定することはできないが、ここにいう「月の輪」在住が清少納言の生涯のうちでおそらく最末に属するだろうことでは、諸説は大かたの一致を見ているといっていい。さらに近時、「月の輪」の地理についてもそれまでの通説を覆す検討が加えられ、晩年の清少納言像は伝説の闇から抜け出して輪廓をあらわしてきたといえる。萩谷朴氏(2)はその御論の中で、公任集にいう「月の輪」が、いわゆる都の東南に位置する紀伊郡鳥辺野陵南の月輪（今の泉涌寺辺）ではなく、その対称地点ともいうべき都の西北の葛野《かどの》郡愛宕《あたご》山腹鎌倉《けんそう》山白雲《はくうん》寺の界隈であることを主張された。小論もまた、萩谷氏および三田村雅子氏(3)の提供された精査資料に導かれつつ、結論的に鳥辺野陵南説を否定しようとするものであるが、同時に愛宕説に関してもいくつかの疑問を呈したいと思っている。

二　つきのわ（つきのを）山荘の雅交

清少納言が「かへり住」むにふさわしい「月の輪」山荘の名は、その父元輔周辺の家集に散見するそれと同一であることは論をまたない。既に論じ尽された観があるが、行論の便宜上、一通り触れておきたい。

梨壺での共同作業以来の古馴染みである元輔と能宣は、能宣の子輔親や女婿兼澄を加えて、しばしば私的歌会を楽しんだ。そうした場は、多く、若い輔親の作歌修業の場でもあったらしい。その一例が諸書に残る輔親の「つきの

わ」詠である。後拾遺集雑四に

桂なる所に人々まかりて歌よみて、又来むといひて後に、かの桂にはまからで月の輪といふ所に人々まかり逢ひて、桂を改めて来たる由よみ侍りけるに、土器とりて

さきの日に桂の宿を見しゆゑは今日月のわに来べきなりけり

とあるこの歌は、「月」と「桂」の絶妙なかけ合わせが面白がられて、『袋草紙』『五代集歌枕』などに採られたが、原拠ともいうべき『輔親集』の詞書は次のようである。

さるべきわざして又人々来むといひしを、かつらへは行かでやましろのかみの月のをといふ所にこれかれいきて、かつらを改めてここに来たる心ばへをよむに（輔親集Ⅰ88）（Ⅱ91は傍線部を「月のわ」とする）

この時の詠は「能宣集」「元輔集」にも見え、それぞれ次のようである。

過ぎにし日、桂といふ所に行き会はむとこれかれ契り侍りしを、さもあらで、後に致頼朝臣の月ことにみなまかりあひて歌詠侍し

月のわのかずをばこよひ見つれどももとの桂はいかが忘れむ（能宣集Ⅰ430）

かつらなる所に参らむとすと人のいひ侍りし①、そこにはまからで月のをといふ所にまかり帰りて②

月のをに改まるとも知らずしてかつらはまたや君を待つらむ（元輔集Ⅱ203）

（元輔集Ⅳ181では傍線①の部分が「まからむと人々いひ契りて侍り」、②が「まかりて」となっている。）

右の「輔親集」に見える「山城守」と「能宣集」の「致頼朝臣」をつき合わせて、山城守藤原棟世だと喝破されたの

は萩谷氏（追補）の前掲論である。清少納言の夫で上東門院小馬命婦の父。清少納言との結婚は、元輔が肥後に赴任した寛和二年（九八六）かともいわれるが、(4) 長徳まで下るか。とすれば、元輔在京のこの時の雅交は未だ婿舅の関係を結ぶ以前ということになろうが、清少納言が晩年に帰り住んだのは、父元輔のではなく夫棟世の家なのだった。とすれば、これ又、清少納言の後半生を窺わせる材料としてしばしば引き合いに出される『赤染衛門集』の記述、

　元輔が昔住みける家の傍らに、清少納言住みし頃、雪のいみじく降りて、隔ての垣もなく倒れて見渡されし

　あともなく雪降る里の荒れたるをいづれ昔の垣根とか見る

とはこれ又別で、詞書中の「住みし」の時制から、赤染衛門集のそれは終焉の地より一つ前の元輔邸脇だったろうとする萩谷説に従いたい。そこで公任集やその他にいう「月のわ」とはどこだろうか。

三　月輪殿（紀伊郡月輪）の成立

清少納言が、定子皇后の鳥辺野陵南に位置する月輪に隠棲したとする想定は、一見まことにふさわしい。にも拘らずそれが否定されるのは、この地に「月の輪」の称が冠せられたのが清少納言の生存時代よりほぼ二世紀後の十三世紀初頭以後と考えられるからである。萩谷氏は『明月記』建仁二年（一二〇二）正月廿八日条

天晴。入道殿渡御。午時許、隆信朝臣使者来《リテ》云《ク》。夜前九条殿於二法性寺一御出家。幽閒及訖者《テヘレバ》、入道殿遷御之後、申始許、参二入法性寺月輪殿新御堂一。夜前御仏事等訖《ンス》。子時許、御《ハス》二此御堂一。法然房参入、被レ遂二御本意一、奈良法印奉レ剃給《フト》云々。

を引き、法然房源空に崇敬厚かった兼実が、九条家伝来の法性寺内に月輪殿と呼ばれる一宇を建てた折に、さらに法然のために一堂を建て、そこを出家剃髪の場所とした、とされた。資料的に、洛南の月輪の初出例である。ただ、氏は「月輪殿」という堂舎の呼称については、

「月の輪」という地名と月輪殿という殿号と月輪関白という人称と、三者のいずれが原拠であったか、判断すべくもない。

として、兼実以前の「月の輪」という地名の存在も可能性なしとしないとされる。果してそうだろうか。萩谷氏が「月の輪」の地に比定された葛野郡愛宕山月輪寺の『縁起』(5)には、兼実が月輪殿と呼ばれた由縁として、法然に深く帰依し、その法難を救い得ない無力を嘆じて、

遂に月輪寺へ遁世したまふ。依て月輪殿下と称したてまつる

とある。愛宕月輪寺→兼実→兼実居宅→東福寺辺の地名説である。けれども兼実の月輪寺隠棲は現在あまり信じられてはいない。最も通俗的な伝承、すなわち、承元元年(一二〇七)浄土一門が法難にあって配流される際、法然と親鸞がこの地に兼実を訪れ、三人互いに別れを惜しんだという伝承では、そのときそれぞれ木像を自刻して形見としたと伝え、三祖像と呼ばれている旨であるが、それは現在、次のような批判が加えられている。たとえば、竹村俊則氏(6)の『昭和京都名所図会』によると、兼実の愛宕山閑居説は、彼が東山月輪の地に営んだ山荘月輪殿と洛北月輪寺との名の相似から後世付会されたものであり、兼実像と伝えられる木像(重文・平安)は実は僧形文殊像で、法然・親鸞像は江戸時代の作であるという。ただし、この判断で再考の余地があるのは、もともと月の輪と呼ばれた地に兼実が地名をとって月輪殿を建てたのか(鳥羽殿などのように)、むしろ逆に、兼実が月輪殿を建てたことによってその地

を月輪と呼ぶようになったのか（御室《おむろ》などのように）の先後問題である。先に引いた『月輪寺縁起』は後者の立場の変型（洛南の月輪殿と愛宕月輪寺のちがいこそあれ）といえるが、その『縁起』は、兼実・法然・親鸞の別離を伝えながら三祖像伝承は伝えていない。すなわち愛宕月輪寺伝承は決して一層ではないのであって、三祖像伝承が否定されたり、兼実の愛宕閑居が否定されたりしても、それで洛南月輪の地名起源まで否定される必要はないのである。兼実が月輪殿を作り、月輪殿と呼ばれたからその地を月輪と呼ぶようになったのだという考え方は成り立つのではないか。それというのも、現存資料に見る限り、平安時代において明らかにこの地を指して月の輪と呼んだ例は皆無であり、さらに強力な根拠と思うのは、『縁起』が、兼実の月輪殿という呼称を愛宕山月輪寺と結びつけようとしているまさにその点にある。京の人々が月輪と呼びならわしていた故に兼実がその地に建てた堂に月輪殿と命名したのだとしたら、どうして『縁起』のような呼称由来譚の生じて来るわけがあろうか。兼実が、愛宕月輪寺との因縁は不明ながら、法然に深く帰依して御堂月輪殿を建て、その故に月輪殿と呼ばれ、その地をやがて月輪と呼びならわすことになったと考えてこそ、右のような『縁起』の論理が生ずる余地もあったのではないか。そのようにみてくると、くり返しめくが、清少納言の生存時代に鳥辺野陵南辺を月の輪と呼ぶことはなかったろうという萩谷氏説の第一前提は、もっと確信的に主張されてもよいと思われる。

四　愛宕山月輪寺

そこで浮上してきたのが愛宕山月輪寺周辺説である。月輪寺は洛西の高峯愛宕山東側の大鷲《おおわし》峯山腹にある。愛宕五山寺の一つで天応元年（七八一）慶俊僧都の開創と伝えられる（愛宕山縁起）。五山寺第一である愛宕山白雲寺《はくうんじ》に属し、月輪の寺号は、開基の際出土した宝鏡の銘文「奇観自在、照体普弥綸、仏祖大円鑑、人天満月輪」によるという（山城名勝志）。月輪の名称のみならず、後にのべるような桂の地との近さから有力視されるのであり、萩谷氏のほか、『後拾遺和歌集全訳注』において、藤本一恵氏もこの説によられている。すなわち後拾遺集春下に

月輪といふ所にまかりて、元輔・恵慶などとともに、庭の藤の花をもてあそびてよみ侍りける

大中臣能宣朝臣

521　藤の花さかりとなれば庭の面におもひもかけぬ波ぞたちける

とあるのに注して、

ここは東山東福寺、泉涌寺辺の月輪でなしに、洛西愛宕山のふもと清滝辺の月輪寺あたりの月輪であろう。といわれているのがそれである。ちなみにこの歌、現存能宣集のどれにも見えず、また元輔・恵慶の家集にも「月の輪」山荘の庭の藤やそれに近い状況の歌は見えない。ところでその「月の輪」とは具体的に清滝から愛宕山月輪寺に至るどのあたりを指すのであろうか。

月輪寺への登山道は愛宕山頂の権現参詣路よりもむしろ険しい。三キロほどの行程のうち、最初の一キロは清滝右岸を川上へ、左は上り斜面、右は深い渓谷に挟まれた山道で、現在も愛宕登山口（いわゆる清滝）にしか人家はない。残り二キロは渓谷を背にして上るこれ又胸つきの急坂で、岩肌の露出した崖道。その急坂の登り口からやや左方数百米奥に空也滝があり、今も修行僧が滝に打たれている、昼なお暗い霊地である。清滝から奥は、古来修行僧が庵を結ぶのに、法力によって水瓶を飛ばして河の水を汲むといった『志貴山縁起』もどきの霊話を伝える地であり(7)、栂尾の

明恵や高雄の文覚同様、俗世を断った者の苛酷な修行の場なのである。愛宕（愛太子）山頂白雲寺への崇敬は深く、聖の住む地であり（源氏物語「東屋」）厭世隠遁の場として恰好であったらしく、[8]太宰府配流前の内大臣伊周も隠れ籠ったり関白頼通が赴いたりもしている。しかしどうも、世俗を捨てるとは云い条、宮廷女流の籠る所とは思われない。ましてそれが、父元輔や夫棟世などの曾遊の地、山荘を営んだ場所ということになると、首をかしげざるを得ない。清滝辺まで降りればどうだろう、といわれるかも知れない。それならなぜ清滝といわずに月のわなのだろう。山頂近くの月輪寺からとった地名であるならば、清滝の名で通る渓谷近辺まで下ろして考えることは意味がない。それというのも、前掲資料の「月のわ」には、寺とのかかわりを暗示する要素が何一つないのである。

五　月林寺のこと

萩谷氏が愛宕山月輪寺を平安貴紳曳杖の地と認定されたのには、次のような資料の存在があった。

①　小野宮の大臣月のわに花見にまかりしに
誰が為に明日は残さむ桜花こぼれて匂へ今日のかたみに（元輔集Ⅰ11）（傍線部、Ⅱ9「月林寺」・Ⅳ9「月りうし」・Ⅴ9「月輪寺」・新古今春下「月輪寺」）

②　小野宮の、月輪寺におはしましまして桜の花を翫ばせ給ひしに
山風に散らでまちける桜花今日ぞこぼれて匂ふべらなる（高遠集11）

③　小野宮の大臣の花御覧じにおはしましたりしに、此歌は月輪寺供養の日詠レ之云々

山桜あくまで今日は見つる哉花散るべくも風吹かぬよに（兼盛集Ⅰ4）

④　清慎公月林寺にまかりけるに、後れてまうで来てよみ侍りける

昔我が折しり桂のかひもなしつきの林の召しに入らねば（拾遺集雑上　藤原後生）

以上の資料は恐らく『日本紀略』康保四年（九六七）二月廿八日条にいう関白左大臣実頼（小野宮、また清慎公）の月林寺遊覧のそれである。そして萩谷氏は、これらの資料に見える月林寺は月輪寺と同じであり、すなわち愛宕月輪寺のことだとされる。けれどもこれらは比叡の西坂下の月林寺（曼殊院近く）であろう。右の①〜④資料のうち、歌句に「月のはやし」を持つものに④があるが、「月のわ」を歌うものは皆無である。資料①の詞書「月のわ」は異本に「月輪寺」「月林寺」「月りう寺」の異文を持つ。月林寺が「月りう（りん）寺」から「月輪寺」に転ずるのは自然のなりゆきだろう。月林寺は十世紀末の貴族社会では勧学会の寺として有名であった。天延二年（九七四）八月十日付、日向守橘倚平に勧学会専用の堂宇建立の浄材供出を勧進した慶滋保胤の書状に

抑此会創設以降十一年矣、期有二常期一、三月九月十五日、処無二定処一、親林月林一両寺云々[9]

とある。月林寺は親林寺と対称されたのである。桃裕行氏は、院政期の延久三年（一〇七一）、初度の勧学会を偲んだ範綱の文章に

慕二月林之昔儀一催二雲林之今会一（朝野群載三）

とあるのを引いて、最初の会が両寺のうちでも特に月林寺で行なわれたことを示すのかも知れないといわれている。前掲資料④後生の歌に「桂を折る」と歌っているのも、康保元年（九六四）に勧学会を創始した学生たちと月林寺との浅からぬ因縁を示しているだろう。西坂下の月林寺は右の他にも所見がある。その創建は『西宮記』の

三月三日御灯、貞観以来於㆓霊厳寺㆒被㆑奉、寛平初用㆓月林寺㆒。

の記事から寛平以前だろうと言われ、また『小右記』寛仁三年十二月十一日条には月林寺領の田畠のことも見える。

こうして月林寺関係の資料を切りはずして見る時、愛宕月輪寺界隈は清少納言居宅の推定地から遠ざかるといえる。

ところで月林寺だが、萩谷氏は愛宕月輪寺を月林寺ともいうか、とされた。今度はその逆に、西坂下月林寺が月輪寺とも称せられた可能性にふれておかねばなるまい。前掲資料のうち、兼盛集・高遠集の私家集大成本に「月輪寺」とあった。多くの伝本をつき合わせるまでもなく、月輪は月林の誤り、としたのが前節であるが、この断定には問題がないでもない。現在、月林寺跡と呼ばれる場所は、左京区一乗月輪寺町の地にある。見なれない月林の字を改めて町名に採ったというのだろうか。それに関して引いておかなければならないのは、高階積善の次の詩である。「七言暮秋勧学会於㆓法興院㆒聴㆑講㆓法華経㆒同賦㆓世尊大恩㆒」と題するこの詩序（本朝文粋第十詩序）は、

月輪像前、講筵空しく暴露之冷壁に倚る。天台山下、詩境徒らに望雲之故郷と為る。

の文言を含む。勧学会恒例の暮春暮秋（三月九月）十五日、会衆は月輪像の前に会したのである。月輪像とは恐らく密教の月輪《がちりん》観を観ずる為に掛ける図像のことで直径一肘（約五三センチ）の月輪の中に八葉の白蓮華を描き、その上に金色の阿字を書いたもの。結跏趺坐して印を結び、阿字本不生の理を体得する観法という。[10] 場所こそちがえ、萩谷氏のいわれる様に月林と月輪が相通なのだとしたら、月林寺の命名は、親林・禅林などの命名法に準じつつ、この月輪観をも内包していたことになる。元輔集の三種の表記、兼盛、高遠集の表記も、無意味な誤記ではない、ということだろうか。ひいては藤原棟世の「つきのわ」山荘は月林寺界隈に営まれたということにでもなるのであろうか。場所は修学院に近く、山荘の立地として悪くはない。

六　元輔の桂山荘

月輪山荘を洛東西坂下に想定する案にも難点を呈されそうである。その一つはいうまでもなく、今も昔もそこに「月の輪」の地名が伝えられていないこと。元輔集一本（Ⅰ16）が唯一の例外だが、あまりにも少なすぎ、むしろ、月林寺→月輪寺→つきのわ、に誤転していったと考える方が自然だろうことは前にのべた。加えて元輔の桂山荘との地理的関係が問われることになるだろう。第二節で掲げた資料から、三田村・萩谷両氏は、月の輪山荘は元輔の桂山荘からほど遠くない場所、すなわち、桂に行くつもりだった道を曲げて行き着く様な場所を想定されている。その桂山荘とはどういう所か。その資料も挙げ尽されているが、便宜上ふたたび掲げておく。

　八月ばかりに桂といふ所にまかりて、月のいと明き夜河の面清くて影の見えしをりに

桂川月の光に水まさり秋の夜深くなりにけるかな（元輔集Ⅰ148、Ⅱ168、Ⅳ151）

からは、この山荘が桂河畔にあったこと。

　元輔が桂の家にて古き橋の上にて人々歌よみしに

古へと今日との事をはしにして後の世までし思ひ渡らむ（兼澄集Ⅰ60、Ⅱ106）

　かつらなる人の家に逍遙しに彼此いきて、前なる呉橋に下りゐて、皆人は久しく見たる心ばへによめば、始めて行きたる人にて

面馴れて水だに見なむ年経たる橋をはじめて今日わたるとも（輔親集Ⅰ87、Ⅱ90）

桂のわたりに住み侍りける人の許にまかりて、古びたる橋のもとにて、その心の歌よむべしと人々申せば

昔より人の云ひ来し津の国の長柄の橋はこれにやあるらむ（能宣集Ⅰ429）

などから、前庭に古びた呉橋のある、よしある山荘であったこと、又、前掲の棟世「月のわ」山荘での歌会と同様、これも輔親が彼らの雅交に加わり始めて間もない頃のことであること。

入道の兵部卿の宮土佐へ下り侍りし日、かつらといふ所にて物語などして、入道の宮下り侍り、女三宮のまかり帰り侍りしによみ侍りし

かつ見ても惑はれけるは行き帰り妹兄の山の遠近の道（元輔集Ⅰ143、Ⅱ156、Ⅳ146）

からは、謙譲語に疑問があるものの、桂山荘が、村上皇子致平親王（入道兵部卿宮）の出家（天元四年（九八一）五月十一日）以後、妹宮保子内親王の薨去（永延元年（九八七）八月二十一日）以前の時点で、親王兄妹の別離に供する様な位置にあったこと。

元輔が桂の家にて後の世のために法事し侍るとぶらひにまかりて

夏山の木暗き道を尋ね来て法の光にあへる今日かな（能宣集Ⅰ443）

かへし　元輔

惜しからぬ命やさらにのびぬらむをはりの煙しむる宿にて（同右444・拾遺集雑上「神明寺の辺に無常所設けて侍りけるがいと面白く侍りければ」）

および、

三月許りに、何とかやかみの名といふ寺に桜のいみじう咲きたるに、夜、風のいたく吹きしかば

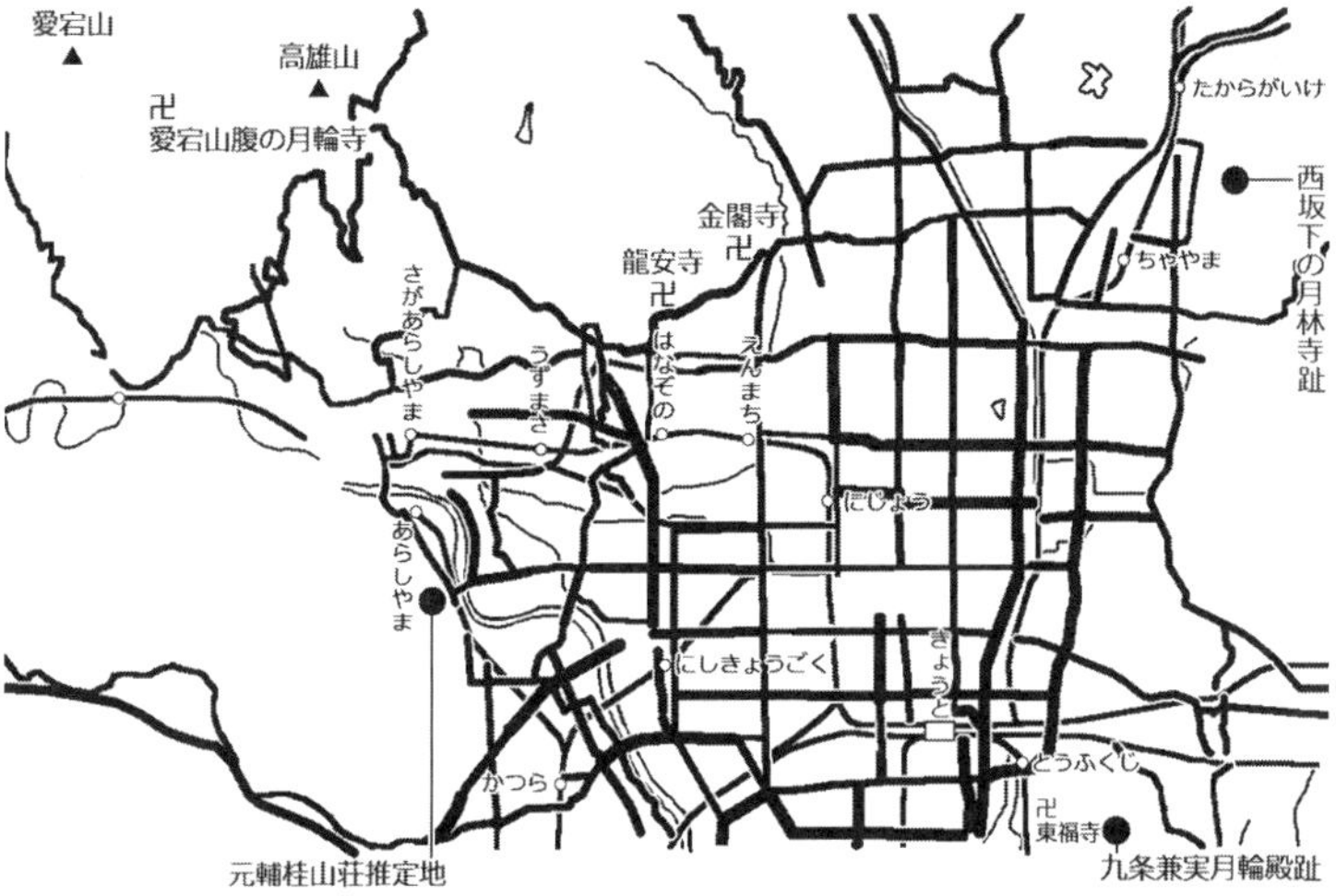

暮れて後うしろめたきを山桜風の音さへあらく聞こゆる（元輔集Ⅰ137、Ⅱ141傍線部「かみといふ所」、Ⅳ133傍線部なし）

などから、叡実という持経者で有名な神名寺に近いことが窺われる。叡実の名は元輔集にも見える。萩谷氏はその神名（明とも）寺の位置を『宇治拾遺』巻十二「持経者叡実効験事」から割り出され、元輔桂山荘も、「現在の上桂よりも更に桂川上流、松尾大社附近、又は、更に嵐山寄りにあった」かと推定されている。土佐に下る人が見送りの身内と別れを惜しむ場所としてはいささか上流すぎる気がしないでもないが、それは措くとして、それが「つきのわ」の位置推定にどう響いて来るか。これまでにのべてきた、定子の月輪陵、愛宕山月輪寺、西坂本の月林寺趾、それに元輔の桂山荘と思しき位置を、現在の京都市街図の上に印してみた。清滝上方は、たしかに都を起点としてみたとき、桂山荘に最も近く同方向に位置しているといえようが、先に掲げた難点を押して比定することができるかどうか。むしろ、輔親集などの記述を虚心に見るならば、桂と月の輪の関係はその地理的近さよりも「月の桂」という詩歌の言葉の親近性をこそ問題としているのであり、そこから位置を比定することはできないのではないか。

　こう考えてきて、東福寺辺でもなく愛宕山腹でもない「月の輪」の位置を見きわめることに、はたと行き詰ってしまったが、たとえば西坂本の月輪寺町付近だとしたらどんなに自然だろう。公任の北白河山荘にはほど近く、清少納言が隠棲後にも身内の訴えごとを大納言公任にそれとなく持ち込むには恰好の地の利であり、権門の公任にとっても、わざわざ愛宕山腹まで使いを走らせる大袈裟さではない。西坂本修学院のあたりは、愛宕山腹と異なり、山荘を営めば豊かな庭居の楽しめそうな場所で、藤の花の賞翫にもふさわしい。清少納言の晩年が「愛宕の聖」のような超脱俗的なものであったとしたら、はたして公任に身内の相談事を訴えたりする気になるかどうか。まだまだ充分に世俗の匂いのする場所であった様に思うがどうだろうか。

注

（1）公任集以下諸家集の本文と番号は便宜上『私家集大成　中古Ⅰ・Ⅱ』所収のものにより適宜漢字仮名を改めた。
（2）萩谷　朴氏「清少納言の晩年と『月の輪』」（大東文化大学『日本文学研究』20　昭56・1）。
（3）三田村雅子氏「月の輪山荘私考――清少納言伝の通説を疑う――」（『並木の里』6号　昭47・6）。
（4）増淵勝一氏「評伝・清少納言」（『解釈と鑑賞』昭52・11）。
（5）『月輪寺略縁起』（「碧冲洞叢書六八輯」）。
（6）竹村俊則氏『昭和京都名所図会洛北篇』（駸々堂）三三四頁。

（7）今昔物語集二〇―三九「清滝河奥聖人成慢悔語」。

（8）『小右記』天元五年六月三日条に、左近少将惟章、右近将監遠理が出家入山。

（9）本朝文料第十二　牒「勧学会所牒二贈日州刺史館下一欲下被レ分二月俸一建中立仏堂一宇二状、慶保胤」。桃裕行『上代学制の研究』三六二頁～。増田繁夫氏「花山朝の文人たち――勧学会結衆の終焉――」（『甲南大学文学会論集』二一号昭38・10）後藤昭雄氏『平安朝漢文学論考』（桜楓社）。

（10）中村元『仏教語大辞典』（東京書籍　昭50）。

付記　小稿を成すにあたり、京の文学地理に御造詣の深い森本茂氏に格別の御助言をいただいたことを深く感謝申上げる。御教示を十分に生かしきれていない点が多いが、ひとまず卑見を申しのべて御批正を仰ぎたい。

（『国文目白』27　一九八七・一二）

追補　一六八頁「致頼朝臣」を「藤原棟世」と読み解いて月の輪山荘論に大きい進歩をもたらした功績は三田村雅子氏の論（注3掲出）にある。萩谷氏とした誤りを訂正しお詫びしたい。

和歌史の周辺

河原の院「塩釜」庭園の命名者

五条大橋の西の袂には今も「源融河原院跡」の碑があり、付近の町には「本塩釜町」といった町名が付され、やや西南に位置する渉成園の池島には河原院の往時を偲ばせる供養塔などもあって、千年前の名園の存在を窺わせる材料にこと欠かないが、これまでこの伝説の名園は何よりも、奥州塩釜の絶景を模したものとして知られてきた。私どもはこれまで、この伝承の真偽を疑ったことがあったろうか。それはまず、『今昔物語集』巻二十七の第二話「川原院融左大臣霊宇陀院見給語」に次のように明記される。

今ハ昔、川原ノ院ハ、融ノ左大臣ノ造テ住給ケル家ナリ。陸奥ノ国ノ塩釜ノ形ヲ造テ、塩ノ水ヲ汲ミ入テ、池ニ湛ヘタリケリ。

さらに巻二十四の第四十六話「於河原院歌読共来読和歌語」には、

今ハ昔、河原ノ院ニ宇多ノ院住マセ給ヒケルニ、失サセ給ヒケレバ、住ム人モ無クテ、院ノ内荒タリケルヲ、紀貫之、土佐ノ国ヨリ上テ行テ見ケルニ、哀也ケレバ、読ケル

キミマサデ煙タエニシ塩ガマノウラサビシクモミエワタルカナ

ト。此ノ院ハ陸奥ノ国ノ塩釜ノ様ヲ造テ、潮ノ水ヲ湛ヘ汲ミ入レタリケレバ、此ク読ナルベシ。

すなわち『今昔物語集』では両話とも、河原院はその初めから、奥州塩釜の景を模して造られたものであり、貫之歌の如く池畔で塩を焼いたからには、その水は塩水だったであろうことを前提として語られているのである。そしてやがて、その塩水は難波から運び上げたという伝承が生まれて来る。島内景二氏はその著『読む技法　書く技法』(1)の中で、司馬遼太郎の『この国のかたち』にいう「源融は……河原院という庭園をいとなみ、池を穿って奥州塩釜の景をつくり、塩を焼く煙までたなびかせた。そのために難波の海から毎月三十石の海水を運ばせ池に入れたという。」のくだりを引いて、「潮三十石注いで海水に住む魚介類を棲息させたり、潮水から塩を作る塩竈の煙をたなびかせたことは平安・中世の古今集注釈書にいくらも述べられているが、『難波の海から』という説明がなされるのは、どうやら江戸時代に入ってからあとのようである」と言われている。

その平安時代を代表する古今集註釈として法橋顕昭の注を引いて置こう。すなわち古今集哀傷部に載る前掲貫之歌（八五二）の注に、

カノ家ト云ルハ、今ノ河原院也。六条坊門ヨリハ南、六条ヨリハ北、万里小路ヨリハ東、河原ヨリハ西方、四町也。池ニ毎月ニ塩三十斛ヲ入テ海底ノ魚虫令住之由、清輔所注也。

とあるのがそれで、ほぼ同主旨で顕注密勘にも見える。そして難波の海から潮を運ばせたという一節が加わる江戸時代の地誌『雍州府志』には、

……古へ、左大臣源融公戯ニ、人夫ヲシテ摂州難波ノ浦ヨリ海潮ヲ汲マシメテ茲ニ於テ塩ヲ焼カシム。是レ、千賀ノ塩竈之景ヲ模シテ遊興寓スル者也。

とする。

ところで島内氏が、塩水が「難波の海から」運ばれたことに問題の切り口を見出だされたのは、説話生成の機微を衝いたものとしてまことに興味深い。河原院の池水で塩を焼いたとしたら、それは難波から運ばせたに相違ないと後人は考えたのだ。平安時代の伝承にはそれに該当する言及が見あたらないにも関わらず、汐水は難波から淀川を遡って来るしかないではないか、というのが説話増補者の確信である。その前提には無論、「潮三十石を注いで魚介類を棲まわせ、塩を焼いた」という清輔流の説話構成に対する信頼がある。だが果たしてそうか、という疑問が首をもたげる。潮を難波から運ばせたこと以前に、河原院の池水は果たして潮水だったのだろうかという疑問である。海の魚介を住まわせ、塩を焼いたこと自体、もっとも根幹的な資料である『伊勢物語』や『古今集』そのものには見えないのだ。たしかに『古今集』「哀傷」部には、

河原の左のおほいまうちぎみの身まかりての丶ち、家にまかりてありけるに、塩竈といふ所のさまをつくれ

りけるを見てよめる　　貫之

君まさで煙たえにし塩竈のうらさびしくも見えわたるかな

のようにあって、融の没した寛平七年（八九五）当時すでに、池や島が陸奥の塩竈の景色を写したものだと受けとめられていたことは動かないにしても、貫之の歌にある「煙絶え」の句が、融生前の塩焼く仕業まで意味したかどうかは、はなはだおぼつかないのである。修辞技法として「煙絶え」は、融の死の喩というだけで充分だからだ。ひょっとしたら私どもは、藻塩を焼く「煙を立て」たり、まして「塩水に魚介類を棲ませ」たりといったことを、歌学書（顕昭所引「清輔古今集注」）や後代説話（今昔物語集）によって信じ込まされてきただけなのではないか。話はいつもこういう具合に、漸層的に具体性が増し、まことしやかになっていくものなのだ。

河原院が果たして、陸奥の塩竈を忠実にうつしとった作庭だったのかどうかについて、不審を抱き始めたきっかけは、歌枕浮島である。河原院に浮島と呼ばれる池島のあったらしいことは、融の後裔にあたる十世紀後半の歌僧安法やその歌友恵慶の家集の、次のような記述から窺われる。

この河原院に昔、陸奥国に塩竈の浦、浮島、籬の島写し造られたりければ、大臣隠れ給ひて後、躬恒・貫之など来つつ詠めりければ、それがいと限りなければ、人の詠まぬを試みにとて忍びに詠める

年古りて海士ぞなれたる塩竈の浦の煙はまたぞ残れる（安法法師集一三）

うきしま

沖つなみたてでただよふ浮島は昔の風の名残りなりけり（同一四）

河原院にて塩竈・浮島といふ題を人々詠むに

わたのはら潮満つほどの浮島をさだめなき世に譬へてぞ見る（恵慶法師集一四二）

塩竈

海士もなく浦のさびしき塩竈は人の心を焼くばかりなり（同一四三）

『安法法師集』に「躬恒・貫之など来つつ」詠んだと言っている、その貫之の歌は、さきの古今集哀傷部のそれに違いない。ただし躬恒が一緒だったかどうかは貫之集からも躬恒集の側からも明徴がなく、疑わしい。『源氏物語』「桐壺」巻に、長恨歌屏風を「伊勢・貫之に詠ませ給へる」とあるのに、実際にはそれに関わったのは伊勢だけらしい、というのと同類の連想かも知れない。従ってこの安法法師集詞書からは『古今集』の貫之の歌の詞書以上の情報を期待するのは無理で、貫之の当時すでに、河原院に「浮島・籬の島」と命名される池島があったことの根拠とするわけにはいかないのである。まして融生前に、これが浮島、あれが籬の島といった池島の一つ一つの弁別があったものかどうかは、はなはだ疑わしい。融は陸奥按察使になったから、陸奥塩竈を実見して京の池亭に再現したという見方もあるけれども、遥任とみるのが穏当であろう。(2)とすると、現地に赴任して塩釜の浦を実見した受領などに、池亭の設計をさせたものだろうか。そもそもはたして、寝殿造りの庭園に具体的な名所歌枕を再現するといった庭造りの作法が九世紀当時あったろうか（追記）。十一世紀に入ると、大中臣輔親の手で丹後の歌枕「海の橋立」を謳った作

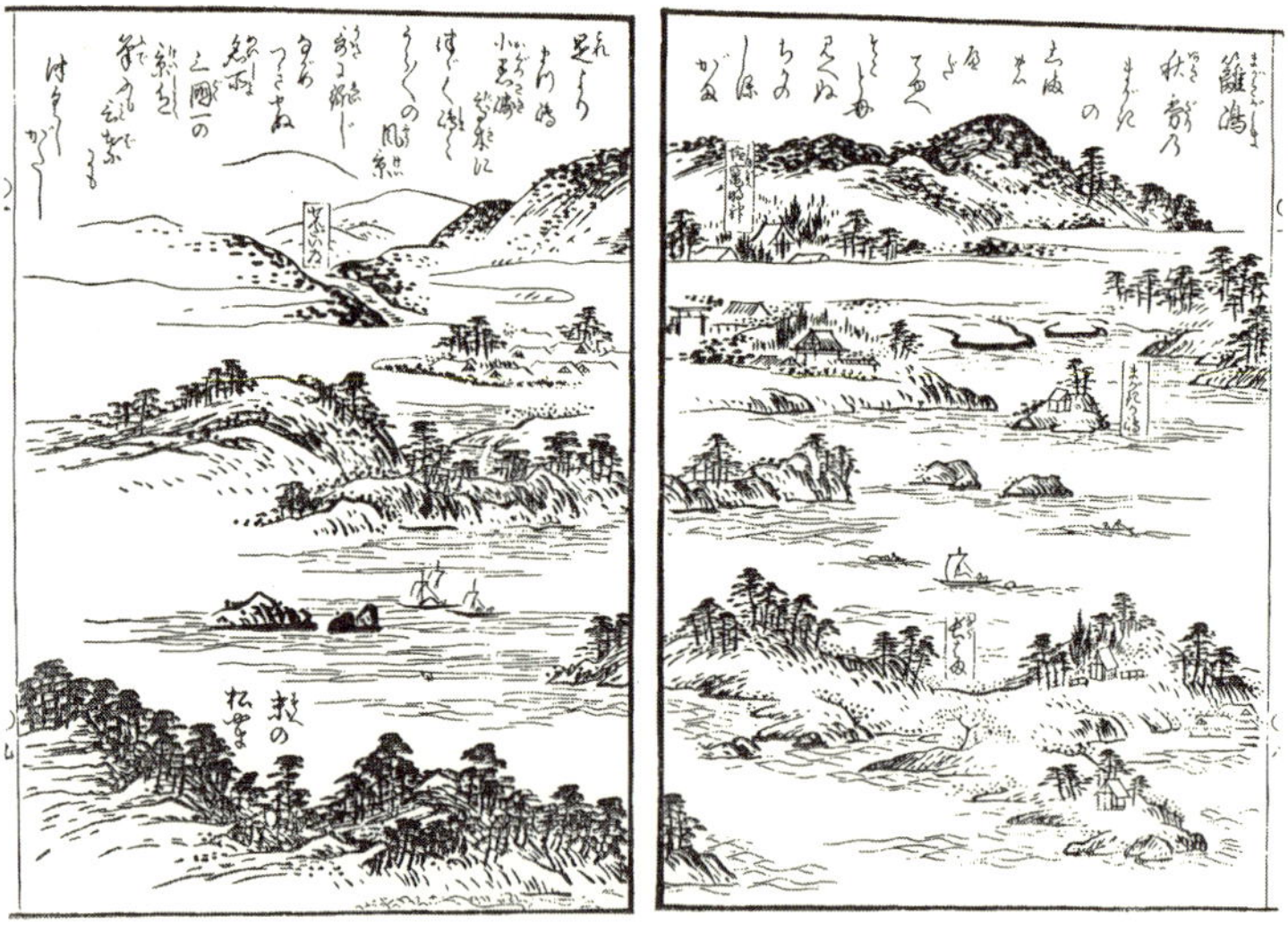

中央上部が塩竈明神
（佐々木忠慧氏編・鳥飼酔雅『東国名勝志』（昭和62　新典社））

庭が現れるのであるが、これこそ河原院の向こうを張って、意識的に歌枕再現を計った庭の嚆矢であったと思われる。『作庭記』には立石・島の姿・滝の様・遣水・池の作り様にいたるまで、さまざまの作法があるけれども、名所歌枕をかたどる造作法のことは見えない。そしてこれらの池庭をしばしば一般に大海に見立てたことは、立石様の筆頭「大海のやう」にも知られる所。源高明の西宮池亭を詠ずる源順詩序にも「浸塩成海」の修辞がある（本朝文粋巻十）。実際に塩水を注ぎこむわけでなく、池は海に見立てられたのである。そうした中で河原院だけが景観から特定の地名と結びつくためには、よほど正確な現地の知識か、さもなければ影響力の強い命名伝承がなければならない。そしてこの場合、前者の可能性は希薄である。

それというのも、実際の塩竈の浦にはどうやら「浮島」が存在しなかったらしいのである。このことを指摘したのはベルナール・フランク氏で、小沢正夫氏訳編『フランスの日本古典研究』[3]に紹介されているが、氏は浮島が現在、塩釜沖の海上にないことと同時に、千年前の島がいつか忽然と消えたというほどの大きな地殻変動はあった痕跡がないという地理学的裏付けも得ている。事実、江戸時代の名勝図にも「浮島」が欠けていることは、佐佐木忠慧氏の翻刻・紹介にかかる鳥飼酔雅の『東国名勝志』なかんずく影印の名勝図からも窺える。(4) 浮島の位置については古歌に、「塩竈の前に浮きたる浮島の浮きて思ひのある世なりけり」(新古今集　山口女王・古今六帖三―三四四)とあるので、『名勝志』のうちまず、「塩竈明神」を描く「籬が島」図を見るに、塩釜の沖に浮島は見えない(前頁図参照)。また念のため同じ『名勝志』に収める他の陸奥海浜図「松島」や「金華山」を見ても浮島はない。実景図をともなう近世名勝志では、海上に実在しない浮島をあげるわけにはいかなかったということであろう。

ところが平安和歌の世界では「浮島」は疑うべくもない有力な名所歌枕の一つであった。ひめまつの会の『平安和歌歌枕地名索引』の恩恵に浴してのべれば、万葉歌人山口女王から鎌倉歌人の家隆まで、次の二十五首があがる(配列はほぼ年代順、歌集番号は便宜、新編国歌大観に直してある。また「浮島」の項目下に分類されたもののうち、飛鳥井雅経と順徳院の歌は駿河の歌枕「浮島が原」に属するので省いてある)。

1　塩竈の前に浮きたる浮島の浮きて思ひのある世なりけり(山口女王　古今六帖三・新古今一三七八)
2　陸奥は世をうき島もありといふを関こゆるぎの急がざらなん(小町集・続千載旅七五八・歌枕名寄・名所歌枕)
3　白波のうち驚かす浮島に立てるなみだに音こそ泣かるれ(伊勢集四二七　無題)
4　ほど遠く聞きのみ渡る浮島の浮きたるほどに頼むなるかな(清慎公実頼集四八　贈答歌の内、女返し)
5　憂きことも聞こえぬものを浮島は所違への名にこそありけれ(信明集二九　天暦八年中宮七十賀屏風)

6　頼まれぬ心からにや浮島に立ち寄る波のとまらざるらん（中務集三〇　村上の先帝の屏風）
7　沖津波よせば寄せなん浮島に年経る松をここながら見む（忠見集一四　屏風）
8　沖津波立てばただよふ浮島は昔の風の名残なりけり（安法法師集一四　前掲）
9　定めなき人の心に比ぶればただ浮島は名のみなりけり（源順集二六四　永観元年一条藤大納言家寝殿障子絵歌）
10　わたつみの底に根ざさぬ浮島は亀の背中に積める塵かも（能宣集一八五　一条太政大臣家障子に）
11　水の面によるべ定めぬ浮島も下枝に春は帰らざりけり（兼澄集一一九　一条殿の障子の絵に）
12　浮島と名に聞きくれど波の上に所も変へぬ世をぞ経にける（桂宮本能宣集三二　屏風）
13　わたつみの波にも濡れぬ浮島の松に心を寄せて頼まむ（桂宮本能宣集一二七・拾遺集四五八「物へまかりける人に幣遣しける、衣筥に浮島の形押侍りて」）
14　いづくなる所をか見し我が身よりまた浮島はあらじとぞ思ふ（和泉式部続集四七八「人のもとより詠みてとありし」）
15　浮島に港をいかで離れけむ乗り通ひける舟の便りに（相模集三　天王寺和歌のうち「舟」題）
16　漁りすと浮島めぐる海士人はいづれの浦か泊まりとはする（長久元年斎宮良子貝合七「うきしま」）
17　浮島の花見るほどは陸奥に沈めることも忘られにけり（為仲集一五八「浮島に詣りたるに花いとおもしろし」）
18　祈りつつ猶こそ頼め陸奥に沈め給ふな浮島の神（為仲集一四五「浮島に詣りて」）
19　一夜とは祈らざりしを甲斐もなく心定めぬ浮島の神（顕輔集一〇五　長承元年十二月二十三日内裏和歌題十五首のうち「会不逢恋」）

20　わたつみの波に漂う浮島は宿も定めぬ海士や住むらむ（清輔集三六六　二十五名所中に）
21　定めなき波に漂ふ浮島はいづれの方を寄る辺とは見る（公重風情集八一　二十五所を人々詠むに）
22　定めたる所なぎさの浮島にいつかは海士の潜きしに来る（忠盛集一四五　「あまた人の、木曽路の橋ときこゆる女に物云てのち音もせぬに、女のもとより怨みければ」）
23　落ち積もる涙は海となりぬれば身は浮島の心地こそすれ（粟田口別当入道惟方集一八四　「寄島恋」）
24　降りしけどたまらぬ雪の波の上にひとむら積もる浮島の松（郁芳三品範宗集四五五　建保五年十一月四日順徳天皇内裏冬題歌合）
25　荻の風たゆたふ雲と払ふ夜は月の氷に浮島の松（家隆壬二集一二八五　為家卿家百首「秋」）

2の小町歌のように、浮島は「憂き島」の含意を帯びて詠まれ（5・14）、あるいは不安定・一所不定の象徴であり（1・4・9・12・19・20・21）、実地に見ない伝聞詠みや想像詠み、比喩のとりなしが圧倒的に多いのではあるが、海島らしく浪が寄せたり（6中務・7忠見）、また正真正銘、地底につながらない島として詠んだものも少くない（10能宣・11兼澄・20清輔・21公重・22忠盛）。とりわけ5信明・6中務夫妻のは村上朝屛風歌、9源順・10能宣・11兼澄のは一条大納言為光家障子絵歌であったから、絵のなかの特定の島をそれとみて詠んだに相違ない。枕草子は「島は八十島、浮島、たはれ島云々」といって海中の島群に含み、源氏物語「東屋」では浮舟の母中将の君が二条の奥方（中の君）への土産話に、「年頃の物語、浮島のあはれなりしことも聞こえ出づ」などと言って、海中の島の寄る辺ないイメージを伴いつつ、浮島は語りつがれ歌いつがれたのである。

ところで、11の能宣の歌は歌仙本二八によると、「うき島の橋渡して侍ところに」という奇妙な詞書で載る。小野宮実頼七十賀屛風の一首である。海中の島に橋を渡すとは壮大な光景である。近代の先進技術ならいざ知らず、実用の橋でさえとかく壊れがちであった古代に、人が住むとも思われない海中の島に橋を渡す苦労が果たして実行されただろうか。首をかしげざるを得ない。これはまさしく、庭園中島の光景としてこそ自然であろう。そして平安時代人が歌枕「浮島」の光景をこうしたものとして受けとめていたとしたら、それは河原院の庭の景を措いて他に無い。

河原院の景色を詠んだとすると納得のいく歌がもう一首ある。他でもない、塩釜と浮島の位置関係の根拠として先に引いた古今六帖の山口女王の歌である。山口女王はいったい何を根拠に浮島を「塩釜の前に浮きたる」と詠んだのだろうか。女王は万葉集で家持に歌六首を贈っている女性で、その内の五首が古今六帖には採られるが、「塩釜」の歌は実は万葉の女王の歌ではない。そして万葉から古今六帖に採られた女王の歌五首のうち、二首は作者表記があり、三首にはない。「塩釜」の歌から十数首遡った位置にも一首、女王の歌が「潮」題で採録されている。となると「塩釜の前に浮きたる」の一首は、本来女王の歌ではなく、古今六帖編集の加除移動の際に、誤って作者表記が結びついたのではないかと思われてくる。これが十世紀歌人の歌だとすれば、この景色はまさしく河原院の「塩釜・浮島」の位置関係なのだ。

ところで、陸奥に浮島がまったく実在しないかというとそうではない。海中の島としてでなく陸上の地名として、陸奥国府、多賀城址の北数百メートルに位置する浮島明神がそれであり、平安後期の陸奥守橘為仲は、一度ならずこれを家集に書き残している。陸奥赴任の神拝に際してのものらしい（前掲17・18）。「うき島」は多く、「憂き島」のとりなしで詠まれるが、為仲の場合は陸奥に沈む身を「浮かび」上らせてくれる神として詠まれている。実地に赴任して浮島を目のあたりにした所から詠みだされている歌は、平安和歌では実はこの位である。源信明などは陸奥に赴任したのだから、確かな認識で詠み残してくれてもよさそうに思うが、その屏風歌は実は赴任前の作なのである。さらに橘為仲が、浮島は海中の島でなく、国守などが参拝する明神社なのだという作歌例を残してくれたにも関わらず、歌人たちはその後も営々と、塩釜の沖に浮かぶ名所歌枕として詠み続けた、ということになる。陸奥へ度々足を運び、現地の地勢を熟知していた筈の西行などは、こうした現象をどのような目で見たのであろうか。

以上の次第を原点に立ち返って今一度確認してみたい。源融は海の景色をかたどって定石通りの作庭をした。そこへ新築祝いに訪れた客たちが家誉めの歌を詠んだのが、ご存じ『伊勢物語』八十一段である。あまりに有名な章段で今更の感はあるが、以下の行文の都合上、全文を引いておく。

昔、左の大臣いまそかりけり。賀茂川のほとりに、六条わたりに、家をいとおもしろくつくりて住み給ひけり。神無月のつごもり方、菊の花移ろひ盛りなるに、紅葉のちくさに見ゆるをり、親王たちおはしまさせて、夜一夜酒飲みし遊びて、夜明けもてゆくほどに、この殿のおもしろきを誉むる歌詠む。そこにありけるかたゐ翁、いたしきの下に這ひ歩きて、人にみな詠ませはてて詠める。

塩釜にいつか来にけむ朝なぎに釣りする舟はここに寄らなむ

と詠みけるは、陸奥に行きたりけるに、あやしくおもしろき所々多かりけり。わがみかど六十余国の中に、塩釜といふ所に似たる所なかりけり。さればなむ、かの翁、さらにここをめでて、塩釜にいつか来にけむ、と詠めりける。

この章段の語り方による限り、六条河原の院を名所「塩釜」と命名したのは他ならぬ「かたゐ翁」すなわち業平である。渡辺実氏は『新潮古典集成　伊勢物語』解説において、「業平の『塩釜に……』の見立てが契機となって、融の塩釜傾倒が始まったのかも知れない」という解釈の可能性を仄めかしながら、結局それを放棄された。融自身がそもそも塩釜に惚れ込み、財に飽かせて潮を汲み入れた、という古来の伝承との食い違いを合理化しようと試みられた為であった。その結果この章段は、融自身の発見をあたかも業平のものとして語る前段と、第一発見者である融の塩釜礼賛を付加する後段との二重構造として理解され、業平と融による章段の共同製作の場を想定させる章段として位置づけられた。融をパトロンとする雅び男の一群が、業平を核として、即業平・脱業平の両側面を持つ物語制作に共同参画するという構図は、いかにもと思われ、たとえ河原院を塩釜と見立てた張本人が融自身でなく業平であったとして、それはそれで、右の文学圏の想定を損なうことにはならないであろう。一座はむしろ業平の奇抜な見立てによって、まだ見ぬ陸奥の歌枕に豊かな想像を馳せたのではないか。融がその後、業平の見立てに従って、塩釜の実景に歩み寄って行ったという想定もできないではないが、その必要はあるまい。見立てられたことで、河原院の池庭はいつしか、作庭された当初の形のまま、名勝「塩釜」として認識されるようになったであろう。貫之が懐古したのはこの段階である。貫之の歌の「君まさで煙絶えにし」の修辞は、繰り返すようだが、実際の製塩作業を必要とはしない。融生前の威勢を失った喩として理解するだけで充分であろう。貫之も亡くなり十世紀もなかばになると、池の中島がそれぞれ陸奥の具体的な地名に引きあてて理解されるようになる。ただし実地の様態と河原院のそれとが正確に対応したかというと、その限りではないであろう。屏風歌も同じことで、例えば春日の原から吉野山の景色が望めたりするのである。(5) 中島の一つが塩釜沖の浮島として見立てられたとしても不思議はない。そうした仮構の名勝がいつしか実質をともなって伝承されはじめる。安法や恵慶はまさしくそうした時代の光景を詠んでいるのだ。そこで気になるのは、やや後発の参加ではあるが、河原院会衆の一人として親しく出入りし、一方で実地に再三陸奥を訪れた能因が、この事態をどう理解したか、である。もっとも彼の体験も、河原院の方が先で陸奥行がかなり後であるらしく、その時分にはすでに河原院の荒廃がかなり進んでいたことと思われる。実地の浮島がどうこう云う段階ではなかったかも知れない。

注

（1）島内景二氏『読む技法　書く技法』平成七　講談社
（2）山崎正伸氏「古今集後の河原院」『和歌文学論集2　古今集とその前後』平成六　風間書房
（3）昭和六〇　ぺりかん社
（4）昭和六二　新典社
（5）斎藤煕子氏「『春日』と『吉野』」『赤染衛門とその周辺』平成一一　笠間書院

（『日本の美学』30「特集　絵・文字・ことば」二〇〇〇・三　ぺりかん社）

追記　近時、倉田実氏に『庭園思想と平安文学の寝殿造から』（二〇一八　花鳥社）の好著があるが、名所歌枕を意匠とした庭園の問題はとり上げられていない。

追記二　名所枳殻邸（渉成園）は現在、東本願寺別院として知られるが、左大臣源融の千年忌に当たる明治二十七年（一八九四）頃（融の没年は八九五）その血筋を汲む平戸松浦家が千年忌を営み、京の名士たちに歌を詠ませて歌集を編んだという事歴を図らずも知る機会を得た。明治の女性実業家広岡浅子女史の家集「草詠」がそれで、次の三首が載る。

旧平戸松浦家先祖、河原の左大臣千年忌の歌集、水上の菊といふ題にて

201　松浦川この川上に咲く菊の千年の稚も香ぞ匂ひける

旧平戸松浦家先祖河原左大臣の千年忌の歌集に、塩釜の煙といふ題にて

293　塩釜の名のみ流れて鴨川は川浪のみぞうち煙るなり

塩窯煙

294　藻塩焼く浦の煙も末つひに御空の雲とたちなびきつつ

（高野晴代監修『広岡浅子「草詠」』施注解説　二〇一九　翰林書房）

平安の万葉二題——山口女王歌と「をはただ」——

一　古今六帖の山口女王と歌枕「浮島」

古今六帖の万葉歌については多くの先行研究がある。就中、圧倒的な数量の人麿歌には論議が集中するが、阿蘇瑞枝博士の考証(1)は精緻なことで定評がある。そうした部厚な研究状況のなかで、群小歌人の一異伝歌はまことにささやかな問題であるが、平安文学の側から少しく考えてみたい。

古今六帖巻三に「しほがま」と題する歌が七首ある。その冒頭の一首

しほがまのまへにうきたるうきしまのうきておもひのあるよ成けり（『図書寮叢刊』本による、第三—三三四四。国歌大観番号一七九六）

は『図書寮叢刊』の底本（桂宮本）で「山ぐちの女らう」と作者表記し、「ら」の傍には御所本による「わ」の異文注記がある。古今六帖には、万葉集で大伴家持と交流のあった山口女王の歌六首のうち五首までもが、

・葦辺より満ち来る潮のいや増しに念へか君が忘れかねつる（万四—六一七、六帖三—三三三〇（一七八二）、初句「葦間より」下句「思ひは増せど逢はぬ君かな」）

・相念はぬ人をやもとな白細の袖漬づまでに哭のみし泣かも（万四―六一四、六帖五―一〇一（二四二六）、二句「人をやあやな」五句「泣きのみ泣かむ」）

の二首が「山口の女王」の記名で、また

・吾が背子は相念はずとも敷細の君が枕は夢に見えこそ（万四―六一五、六帖五―一〇七（二六三二）、結句「ゆめにみえたへ」）

・剣太刀名の惜しけくも吾は無し君に逢はずて年の経ぬれば（万四―六一六、六帖五―九〇六（三四三一）、四句「君にあらずて」）

・秋萩に置きたる露の風吹きて落つる涙は留めかねつも（万八―一六一七、六帖一―五八二（五八二）、二三四句「置く白露のかげろふは落つる涙の」）

の三首は無記名で採録されている上に、古今集および三代集の前後に、これと紛らわしい女流歌人名も無いから、万葉集自体に前掲「しほがま」の歌が無い点は不審としながらも、ひとまず、万葉歌人「山口女王」の歌と認定されてきた。同歌はさらに新古今集（巻十五―一三七八）に載り、「葦辺より」の歌とともにここでも山口女王の作とされるが、歌風の点で早くから、平安の作品にふさわしいという見方がされてきた(2)。しかし歌口の印象批評にとどまり、それを補強する裏付けがなかった。さらにその上、この歌こそ歌枕「浮島」が陸奥の名勝「塩釜」の前方海上に実在するかの如き錯覚をもたらしてきたのである。恥ずかしいことながら私も、「浮島」は塩釜の沖合に位置する一小島であろう程度の認識を出たことはなかった。これに一石を投じたのはベルナール・フランク氏である。氏は「和歌の浮島は実在か虚構か」(3)という論文のなかで、現地を訪れて海上に浮島のないことに不審を抱き、江戸時代すでに堀田政敦の『松前紀行』に同様な指摘のあることを云い、堀田説を越えて、浮島が実は海上の島ではなく、内陸の、多賀城址の北数百メートルの所に位置する浮島村の浮島明神社をその実体として指摘されたのであった。この神社は平安時代には存在し、十一世紀中頃に陸奥守として赴任した橘為仲は在任中に一度ならず参拝して歌に詠み込んでいる。

浮島に参りて

祈りつつ猶こそたのめ道の奥に沈め給ふな浮島の神（為仲集Ⅱ37）

浮島に参りたるに花いとおもしろし

浮島の花見るほどは道の奥に沈めることも忘られにけり（54）

総社がまだ確立されなかった時分、国守たちはまず巡拝のために、これらの神社を実見したことであろう。そうした実体験者たちにとっては、浮島の実体は紛れるべくもない。それなら「塩釜の前に浮く」浮島はどのようにして想像可能だろうか。これもすでにベルナール・フランク氏が同論文の「付記」で指摘していることだが、大中臣能宣集の屏風歌

浮島の橋渡してはべる所に

浮島と名に聞きくれど浪の上にところも去らず世をぞ経にける（能宣集三二一）

の光景は「河原院の庭園のように、浮島をまねた島が作ってあった池をさすのであろう」とされる如く、塩釜を意識した模型が実体をもって受け止められた事態を想定するのが相応しい。しかも当時都で、池中に「浮島」と名付けられる島を持っていた庭は、「河原院の庭園のよう」ではなくまさに「河原院」以外にはあり得ないであろう。その浮島には池畔から橋が渡されていたのだ。寝殿作りの前庭に位置する池の中島の景は大体そのようである。もっとも庭

作りと命名の順序という点では、私は逆に考えている。すなわち、塩釜の景を念頭に置いて作庭した際に想像上の「浮島を真似て」池島が作られたのでなく、作った後で塩釜の景と評された池島に、追い追いに具体的島名が付されていったのではないか、と。作庭の段階から現地の模写を企図したものであったとしたら、現地とは異なった命名が生まれる可能性は少なく、すでにできあがった光景に歌人たちの想像上のイメージで命名したが故に、実際からは遠い解釈の生まれる余地が生じたのではなかったか。そもそも後代説話でこそ、源融の河原院は当初から陸奥塩釜の再現を企図して作庭され、池には海水を満たし、魚介を棲ませ、塩焼く煙を立てたことになっているけれども、話が古くなるほど融自身の企図はあいまいで、その原点に位置する『伊勢物語』八十一段の記述からして、融自身の意図はどこにも触れられていない（「家をいとおもしろく作りて住みたまひけり」）。それを塩釜と決定するのは他ならぬ業平の名歌である。（この殿のおもしろきを誉むる歌詠む云々）

塩釜にいつか来にけむ朝なぎに釣りする舟はここに寄らなむ

となむ詠みけるは、陸奥に行きたりけるに、あやしくおもしろき所多かりけり。我がみかど六十余国の中に、塩釜といふ所に似たる所無かりけり。さればなむ、かの翁、さらにここを愛でて、「塩釜にいつか来にけむ」と詠めりける。

これを文字通りにとれば、河原院の作庭を「塩釜」と詠んだのは業平のとびきりの賛辞であって、たとえば『俊頼髄脳』に見える観祐の琵琶湖を前にしての歌、「湖と思はざりせば陸奥のまがきの島と見てや過ぎまし」などと同工の見立てなのである。河原院伝承は古今集の段階で早くも、「塩釜といふ所のさまを作れりけるを」（巻十六哀傷　貫之作歌詞書）となり、「塩釜」という命名の固定化を裏付けるが、歌詞に「君まさで煙絶えにし塩釜」とあるのは、実際に庭で塩焼く煙を立てていたというより、家主の死の喩と理解するだけで充分であろう。実地に塩焼伝承を生むのはさらに後のことである（今昔物語集）。池中の島や入り江が、あれは籬の島、これが千賀の浦と固有の地名に結びつき始めたのはいつのことか。河原院をめぐっては、貫之の次の世代が十世紀中頃の後撰集撰者群、次が十世紀末から十一世紀初頭にかけて、能宣の子の輔親や婿の源兼澄の時代となる。(4) 融の後裔で庵主の安法によれば、十世紀後半には賀茂川の氾濫で大きな被害を受けたことを嘆いている（安法法師集二四）。(5) 河原院がまだ往時の面影を残し、一方で屛風作成に名所歌枕詠を量産した後撰集撰者の時代こそ、「塩釜の前に浮きたる浮島」の光景が実地の模写と錯覚される条件が整っていたものと思われる。

二　歌語「をはただ」

和泉式部集に、「帥宮亡せたまひてのころ」宮の叔父に当たる春宮傳道綱と応酬した歌群がある。まず和泉の方から、「さる目見て世にあらじとや思ふらん哀れを知れる人の問はぬは」と弔問を督促、道綱が「袖濡れて和泉といふ名は絶えにきと聞きしをあまた人の汲むなる」と和泉の健在ぶりを揶揄すると、「影見たる人だにあらじ招くとも和泉てふ名の流ればかりぞ」といなす応酬があり、次の段階では道綱の方から「音に聞くならしの岡の郭公言語らはん聞くや聞かずや」と『日記』冒頭の宮との贈答を踏まえて、側近の代筆で挑発、これを返事もせずにはねつけるとまた、「人行かぬ道ならなくに何しかも板田の橋の踏み返すらん」としつこく言い寄られて、

なほ止めよ踏み返さるるをはただの板田の橋は壊れもぞする（正集二三九）

と返すくだりがある。この最後の歌の腰句に詠み込まれた「をはただ」は、万葉集巻十一

小墾田之　板田乃橋之　壊者　従桁将去　莫恋吾妹（二六五二旧二六四四）

をはりだのいただのはしのこぼれなばけたよりゆかむなこひそわぎも

の「小墾田」の平安的転化と云われるものだが、この読み癖は古典和歌の世界では徹底していて、国歌大観によると、かな表記による「をはたた」は重複を除いて後掲の二〇例、それに対してかな表記の「をはりた」は色葉和難集の一首に過ぎない。（和難集のついでに歌学大系を見ると、正編には「をはりた」が一首もないが、続編では形勢が逆転して、「をはりた」九例「をはたた」三例となるのは、契沖[6]によって「をはりた」が復活してからの長歌論に頻出するからである）。今これらを、万葉の原歌（前掲）を除いて、便宜上できるだけ年代順に列記しておく。（なお、歌語「をはたた」のかな表記に関しては、国歌大観でも作品によって「をはただ」「をばただ」の二様があり、一定しないので、便宜上濁点を付さないかな表記の「をはたた」に統一しておいた）。

①をはたたの板田の橋のこほれなは桁よりゆかん恋ふなわきもこ（古今六帖三―一六七・俊頼髄脳一三二（三句「くづれなば」末句「かへれわがせこ」）・和歌童蒙抄（末句「こふなわがいも」）・五代集歌枕一八八二「板だの橋　同（摂津）」・古来風体抄一三〇・夫木抄九三九四「板田の橋　尾張　万十一」）

②前掲和泉式部歌

③桁落ちて苔むしにけりをはたたの板田の沼に渡す棚橋（堀河百首一四三一　仲実・題林愚抄八六六二・夫木抄一一三六〇「板田の沼　河内　仲実朝臣」・歌枕名寄四四八二）

④夜は暗し妹はた恋しをはたたの板田の橋をいかが踏みまし（堀河百首一四三五　基俊・題林愚抄八六六六・歌枕名寄

四四七七）

⑤いかにして君恨むらんをはたたの板田の橋は桁よりも来で（基俊集六六　恋）

⑥君があたりをはたた川の無くもがな桁より行かむ橋も危ふし（承安二年閏十二月東山歌合「隔川恋」平経正。清輔判・夫木抄一〇九七六）

⑦えぞ行かぬをはたたの里の妹がりは板田の橋の桁も途絶えて（承安二年閏十二月東山歌合「隔川恋」道因法師）

⑧朽ちはてて危ふく見えしをはたたの板田の橋も今渡すなり（千載集一二四三　法橋泰覚「勧持品」・歌枕名寄四四七九）

⑨をはたたの板田の橋の途絶えしを踏み直しても渡る君かな（玉葉集二〇七六、善信法師より二条院讃岐へ・歌枕名寄四四八〇）

⑩をはたたの板田の沼に葦枯れて風さへわたる真木の棚橋（有房集三六八「橋辺寒蘆」）

⑪をはたたの宮の古道いかならん絶えにし後は夢の浮き橋（土御門院百首九〇・続古今集一七五三・夫木抄一四二六九「をはただの宮　小墾田　大和或摂津　百首御歌　土御門院御製」・歌枕名寄四四七五「小墾田宮　板田橋　沼」）

⑫荒れはてて人も通はぬをはたたの板田の橋は苔生ひにけり（光経集四一二「橋上苔」）

⑬行く人の袖こそ見えねをはたたの板田の橋の霞む夕暮れ（同四三二「春橋霞」）

⑭をはたたの板田の橋のいたづらに絶えにし中を恋ひや渡らん（柳葉集七九七）

⑮長き夜ぞさながら残るをはたたの板田に渡す夢の浮き橋（春夢集一九一〇「短夢」）

⑯をはたたの板田の橋のいたづらに何事なくて世をや渡らむ（師兼千首八七二「名所橋」）

⑰をはたたの朽ちたる橋の君にして桁より行かむ人ぞ難面き（基佐集「橋に寄せて恨むる恋を　しげゆき」）

⑱をはたたの板田の橋と零るるは渡らぬ仲の涙なりけり（新続古今集一一四三　源兼氏・井蛙抄五三八）
⑲降る雪も空にこぼれてをはたたの板田の橋は行く人もなし（漫吟集一八八三）
⑳小治田の　年魚市県は　潟もよし　浦もよろしも　その浦の　浪路をせきて（八十浦の玉九九四）

王朝人が「小墾田」を「をはたた」と読んだらしいことは『類聚古集』（巻五。臨川版一一二頁）によっても知られるが（ただし片かなで「リタ」と傍記）、殊に歌枕類書での扱いは、果たしてこれが大和飛鳥の小墾田の宮と意識されていたのかを疑わせる。すなわち、夫木抄九三九四が万葉当該歌を採って「板田の橋、尾張」と注記し（なお西本願寺本を底本とする新編国歌大観『万葉集』三二七四には「小沼田之　年魚道水乎云々」とある。⑳『八十浦之玉』九九四もこの歌の影響下にある）、同じ夫木抄一一三六〇には『堀河百首』の仲実の歌③を「河内」とし、『歌枕名寄』巻十六は「小墾田宮」を摂津に入れる。また夫木抄一四二六九では土御門院百首の⑪を「大和或摂津」とも云う。『日本書紀』の訓釈でも「おはただ」と読んだことは、例えば巻一八安閑天皇元年冬十月庚戌条「小墾田屯倉」の「小墾」に「ヲハタ」と施訓していることでも知れる（兼右本。注6参照）。蘇我氏の滅亡によって、ゆかりの地小墾田も後人たちに実感の薄い地名になり果せてしまったらしい。承安二年（一一七二）閏十二月　宰相入道観蓮歌合（大成八―三八八）は残念ながら証本を残さないが、『夫木抄』巻二十四に残る清輔判詞は、平安人にとっての万葉地名「をはたた」への認識を語る。すなわち「隔川恋」題、平経正歌⑥の判詞に、

此歌、判者（清輔朝臣）云、をはただ河こそおぼつかなけれ。をはただの板田の橋と詠める歌は万葉集には一首侍る。何の里とも見えず。また河有りとも知らず。をはたた河といふ事、何に見えて侍るにか。河にこそ橋は渡したらめとは思へど、さらぬ橋もあり。まさしく見えたる事のなければ、承らまほしき也と、云々。

とあり、また「をはたた」の語は詠み込まれないものの、同じく「隔川恋」題の登蓮の歌

待つほどに板田の橋も桁朽ちば渡瀬なしとて年を経よとや

にも

此歌判者云、板田の橋は河の橋といふ事おぼつかなく思う給ふるに、名誉の人の詠まれて侍めれば、いまぞ疑闕の歩を開き侍りぬる。

ともあって、実態の知られない歌枕であったことが分る。その意味で、前掲の和泉と道綱の応酬に、先に「板田の橋」を詠み込んだのが道綱の方であったとは云え、より問題の多い「をはただ」を果敢に詠み込むのが和泉の側であったことは、何かにつけ前衛的な資質をここでもよく表していることになろうか。和泉が万葉集の本を所蔵していたことは知られている。(7) 当時一般に流布した万葉集がそうであったように、(8) これも完本ではなかったであろうが、古今六帖歌からの引用ばかりでなく、曲がりなりにも万葉集そのものに親しんでいたことが窺われる。

願わくば和泉式部集の少なからぬ不通個所が、平安の万葉訓を復元することで読み解ける部分があるのではないかという妄想を抱いているが、未だ力及ばないでいる。

注

(1) 阿蘇瑞枝「人麻呂の伝承と享受—古今和歌六帖における人麻呂歌—」『論集上代文学』第三冊　昭和四七。

(2) 早く石塚龍麿の『考証古今歌六帖』に契沖の『和歌拾遺六帖』の言を引いて、「下句のさま此女王の比の体にあらず。万葉をよくみる人しるべし」と云い、さらに続後撰恋三にこれも女王の名で載せる「我が思ふ心もしるく陸奥のちかの塩釜近づきに

けり」（八一三）とともに、「塩釜の起こりは坂上田村麿鎮守府将軍にて下られしよりの事といふ説あればいよよおぼつかなし」と疑問を呈している（田林義信編　有精堂出版　昭和五九）。「下句のさま」とあるのは新古今集注釈において、「塩釜」の歌の類歌「朝な朝な立つ朝霧の空にのみ浮きて思ひのある世なりけり」（古今集恋一　五一三読み人不知）が指摘される如くである（久保田淳校注、新潮古典集成）。その他、大まかな指摘になるが、「歌風もずっと後である」（石田吉貞『全註解』）「作風はすっかり異っていて平安時代の歌と思われる」（窪田空穂『評釈』）など。

（3）ベルナール・フランク「和歌の浮島は実在か虚構か」（原著論文は1980年にアグノエル氏の八十歳記念献呈論文集「日本研究篇」所収。小沢正夫訳・編『フランスの日本古典研究』ぺりかん社　昭和六〇　による）。

（4）河原院研究は犬養廉氏などの論を皮切りに、源氏物語六条院の源泉としても言及が多いが、吉海直人氏が論文目録をまとめられているのでそれに譲る（吉海直人「『源氏物語』テーマ別研究文献目録」『同志社女子大学学術研究年報』四十八巻4　1997）。

（5）安法法師集二四「天元二年（九八〇）大風吹き、大水出でて皆木もなく池も埋もれてのち、君の問へる、詠む　松もなく池もあせぬる宿なれば風も音なく月も影なし」。（岩波　新日本古典文学大系『平安私家集』）

（6）『万葉代匠記』五　当該歌の注に、「小墾田は大和国高市郡ナリ。推古紀云。十一年冬十月己巳朔壬申、遷于小墾田宮。続日本紀云。高市小治田宮云々。日本紀ニハヲハタト点ズ。ヲハリタト云ベキヲ、リヲ略シタリ。……六帖橋ノ歌ニ此ヲ入レタルニハ、ヲ〈ハ朱〉タ（、消）田ノトアリ。続後拾遺集此ニ同ジ。此ハ誤ナレドオソヒ来タレリ。云々」とある。ただし「日本紀に「ヲハタ」とあるのは「リの略」」とする解には従いがたい。兼右本の付訓によっても、「ヲハタ」の訓は「小墾田」全体にかかるのではなく、「小墾」にのみかかっている。すなわち「墾」を「ハリ」でなく「ハタ」と読んだのである。もしも「信濃路は今の墾道」（巻十四―三四一七）が仮名表記でなかったら、平安訓でどう読まれたかは興味ある問題である。

（7）続集四八三に「人のもとより万葉集しばしとあるを、なし、柿の本留めず、とて」と詞書して「憂きながら長らふるだにあるものを何か此の世に集（執）も留めむ」。

（8）『四条宮下野集』に見える、右馬頭師基から示された師基の外祖父日野資業撰の万葉集抄「秋の巻」など（下野集二六）。

（『国文目白』38　一九九九・二）

『秘府本万葉集抄』の作者

はじめに

万葉集の読解作業は、天暦年間の古点作業に始まるが、曾禰好忠などを急先鋒とする万葉語復活の新風和歌は、その頃からようやく盛んとなり、平安後期になると、歌学・実作相俟って著しい流行を見た。次点は古点とちがって施点が相当な長期にわたるが、考証的な訓点作業のかたわら、競って万葉語を実作にとり込んでいった意欲的グループの存在も浮かんでくる。近時注目されているのは堀河百首における集団的試作グループの存在である。(1)そこでは歌人としては六条藤家の顕季を中心に基俊・匡房・藤原顕仲・河内・仲実・公実・俊頼・紀伊など、又、歌語としては「つぼ菫」「やかた尾のましろの（しらふの）たか」、「いそのかみ」「苔むしろ・青嶺が嶺」（竹下氏）、「あられたばしる」「ほどろ」（鳥井氏）などが指摘されている。

そのような和歌史的状況は、それではどこまで遡り得るであろうか。ここでは『秘府本万葉集抄』の作者をめぐって、いささかそのような観点から、平安後期歌壇の一様相を窺ってみたい。

問題の所在

宮内庁書陵部に収める『万葉集抄』は、一般に『秘府本万葉集抄』の名で知られ、『万葉集叢書』九に収めて公けにされているが、万葉歌一六八首に施注した小規模な万葉語解説書であり、現存最古の万葉集注釈書として知られている。寿永二年（一一八三）頃には成立していたとされる（久曾神昇博士による）『袖中抄』に「万葉集抄云」として引いている十二ヶ条に（巻十三「ココロモシヌニ」一例を除いて）ことごとく合致することから、顕昭の用いた『万葉集抄』は現行の秘府本とほぼ同じ内容のものと考えてよいと思われ、従って、成立はさらにそれを遡ると考え得ることによる。ところで、その作者については、同叢書解題（正しくは『序言』と『攷』）において佐佐木信綱博士が藤原盛方説を掲げられて以来、特に異説を見ない。[2]『万葉集抄』の本文末尾には「撰者範永朝臣」の記述があるが、奥書（永仁六年、藤原資経）にこれを批判して次のようにいう。

抑此抄範永朝臣撰之由伝聞、又奥載彼名字、然者雖不可有疑、今抄、児手柏之釈、範永朝臣任大和国司之時、過奈良坂云々、件朝臣為自抄者、何可載朝臣之字哉、今案、若範永以後之人撰之欤

この意味するところは、同書三八三六番歌の注に、児手柏《コノテガシハ》を注釈して

範永朝臣ノ大和守ニテクダリケルニ、奈良坂ノホトリニテ花ノイミジク多クサキタリケルヲ、国トネリノトモナリケルガ、ユ、シクサキタルコノテガシハカナト云ケルヲ聞テ、範永馬ヲトヾメテイカニイフゾト問ケレバ……

のようにあるのであるが、「範永朝臣」と呼ぶのは尊称であって、範永自身の撰書と考えるわけにはいかない、とい

うのが奥書筆者資経の云い分である。

藤原盛方作者説

そこで佐佐木信綱博士は右の資経の疑問を承けて範永撰説を否定されたのち、次の盛方説を掲げられる。その大要をのべると、『万代集』巻十八雑歌五に次の贈答が載る。

藤原盛方朝臣かきおける万葉集の抄《（ナシイ）》をかりて侍けるを身まかりて後あとにかへしつかはすとて、　平　忠度朝臣

ありし世は思はざりけむかきおきてこれをかたみと人忍べとは

かへし　藤原盛方朝臣妻

みても猶袖ぞぬれぬるなき人のかたみとしのぶ水くきの跡

同歌は『忠度集』（私家集大成中古Ⅱ98所収書陵部本）九一・九二にほぼ同趣で収め、「万葉集抄」の部分を「万葉抄」とする。さてこの盛方は、平氏と深い繋りのある葉室流顕時男、千載歌人の盛方とする佐佐木説に拠るべきであろう。盛方といえば、院政期の盛方については近時、新藤協三氏に考証があり、(3)「三十六人歌仙伝」の撰者盛房が往々にして盛方と誤写された事例を掲げておられ、歌書の撰者として直ちに連想が働くが、忠度（天養元・一一四四～寿永三・一一八四）がその未亡人と贈答し得る世代の盛方は、承保二年・一〇七五頃「歌仙伝」を撰し、俊頼（一〇五五頃～一一二九）と親交のあった金葉集作者盛房と同人ではあり得ず、この場合は考慮の外に置いてよいであろう。又一方、葉室流盛方と同時代の他の二人の盛方（定方流為宣男（本名資隆）、及び兼輔流盛信男）は、歌の業績や、また何よりも平

氏との繫りからいって、佐佐木博士の掲げられる葉室流盛方の蓋然性の強さに及ばないだろう。この盛方は平忠盛女を母とし、即ち忠度とは従兄弟に当り、妹に平大納言時忠室・安徳天皇乳母の典侍があるといった関係である。『万代集』・『忠度集』にいう『万葉集抄』の書き手はこの盛方にちがいない。治承二年（一一七八）十一月十二日四十二才で卒しているから、右の贈答はそれから忠度の死まで、というより平氏西海落ちまでの数年に絞られる。

盛方説への疑問

ところで佐佐木博士は三つの点で、万葉集抄盛方撰説にかすかな留保を与えている。第一は『忠度集』の群書類従本が、書名を「万葉集抄」とせず「万葉集」としている点だが、末流に属する群書類従一本の異文はこの際あまり問題にするには当るまい。それよりも次の二つの問題の方がより大きいと思われる。第二は盛方の書いた「万葉集抄」の内容が、果して『秘府本万葉集抄』のような万葉集注釈書であるのか、万葉歌を単に抄出した小歌集のようなものであるのかという点である。万葉集が廿巻という完本形態とは別に、平安時代「春の巻」とか「秋の巻」とかのような抄出形態でも世に行なわれたりしたことは『四条宮下野集』などにも見る所である。すなわちその十八段（清水彰氏[4]の章立てによる）に

　馬の頭師基、「殿へ召すにだに参らぬもの見せむ」とて、祖父の入道の選りたる万葉集の秋の巻のみおこせ給ひて……

とある。祖父の入道には父方でなく外祖父日野藤家の資業を当てるべきことは、清水氏の以前にも樋口芳麻呂氏[5]に論

があった。ついでにいえば下野集にはもう一箇所、万葉集にかかわる歌書のやりとりがある。

　摂津守師家、入道の一品の宮の書かせ給へる万葉集の抄を得させ給ふとて……

師家は前記師基の兄で隆家孫、父経輔は入道一品宮（修子内親王）と従兄妹関係になる。一代の碩学、高階成忠の血が入った中関白家の末裔たちは、一般にはとっつきにくい万葉集の書写伝承に親しむ環境にあったと思われる。「万葉集の抄」と呼ばれる書物は、平安最末の盛方を待たず既にこの時期に少なくも一つはあったことになる。

さて、佐佐木博士が掲げられる疑問の第三にして最大のものは、「書き置く」という盛方の行為が、すでにある本の書写のみを指すのか、注釈の選述に及ぶのかといった点であろう。例えば前掲『下野集』の記述にしても、資業の行為は万葉集の抄出に過ぎないのに「撰《え》る」で、修子内親王の扱った本は注釈であるかも知れないのに「書く」であるのは、主体的な部類抄出行為と、単なる書写行為とのちがいを区別したものであろう。とは云え、「書く」が書写行為に限定されず選述行為にも及ぶことは、例えば

　清輔朝臣と申しし者の奥義とかいひて髄脳とて書きて侍なるものには……（古来風体抄上）

などによってもいえる。従って『万葉集抄』盛方撰説の可否は、いま少し違った角度から考えられねばならない。

範永説の再浮上

『万葉集抄』本文の末尾に「撰者範永朝臣」とあるのを、書写者資経は無造作に否定する。たしかに、範永は本文に「朝臣」の尊称で登場するのだから、撰者その人である筈がない。しかし又範永（延久五・一〇七三〜承保二・

一〇七五比没。樋口説）の没後一世紀も経ってから活躍期を迎える盛方（一一三七〜一一七八）がどうして親しく範永の体験を聞き書きし得るだろうか。

『万葉集抄』三八三六番歌の注にある範永の名は、『袖中抄』巻七「コノテガシハ」の引用でも異同はない。にもかかわらず、ここには少なからぬ疑問がある。さきに引いた如く、『万葉集抄』には「範永朝臣の大和守にて下りけるに」とあるが、和歌史上有名な藤原範永には大和守の閲歴が見えない。その家集『範永集』の末尾には詳しい閲歴の勘物が載るが(6)、それによれば範永の国守経験は、甲斐権守・伯耆守・尾張守・但馬守・阿波守・摂津守である。『尊卑分脈』傍注はこのうち甲斐を除く五国を記しているが何れにも大和国守のことは見えない。他にも範永の大和守任官を裏付けるものはない。範永集勘物は、長和六年補蔵人（二十四・五才）から康平八年任摂津守（七十三・四才）までを辿り、摂津守が最終官だったろうと考える点で諸説異論はない(7)。とすればここは、範永に紛れやすい名の大和守であった可能性があるのではないか。範永と同時代の「のりなが」によく似た名乗りの大和守として思い浮かぶのは、大和守在任中になくなった藤原義忠である。もし三八三六番歌の「範永」が「範永」でなく「義忠」であるとすれば、巻末の「撰者範永朝臣」は一概に否定されるべきではないかも知れない。資経の時代、既にこの巻末の記載があったことからすれば、これは相当信憑性の高い伝えではないだろうか。三八三六番歌注における「朝臣」の語が、撰者の自称としてはふさわしくないという感覚は、書き本の書写者とて資経にまさるとも劣らなかったであろうに、あえて巻末の撰者名記載を書き伝えた所を見ると、これはかなり根拠のある記載と認められるからである。

さてここで、範永撰説、及び義忠の万葉語への関心と範永との交宜の痕跡などに及んでいくわけであるが、その前に念のため、盛方撰説の蓋然性を、彼の歌風や歌歴の点からも検討しておきたい。彼はたしかに平安末期の歌人として、「治承三十六人」に数えられる歌人ではあるが、その詠風は『万葉集抄』の作者という印象からは遠い。萩谷朴氏『平安朝歌合大成』によれば、出詠歌合八ヶ度のうち半数に証本があり、いずれも俊成判でこまかな判詞が知られるが、盛方の詠み振りには万葉語の影響や、『万葉集抄』が好んで引く日本紀訓点・漢籍本文などの衒学趣味は見られず、優美平明な典型的王朝歌風である。盛方には家集もあったらしいが（夫木抄二十六）今知られない。その意味ではやや資料不足のきらいもあるが、現在知られる限りの、少なからぬ和歌活動において、万葉歌の影響や万葉語への関心の跡は窺えないと云ってよいだろう。『忠度集』に見える、『万葉集抄』(8)（内容不明）に対する盛方の役割は、一応書写者にとどまるものと見ておくべきではあるまいか。

範永と万葉語

さて範永の万葉語への関心の如何であるが、結論から先にいえば、万葉集注釈の事歴を積極的に証明するほどの材料は、彼の和歌作品の中から抽出し得ない。『範永集』の歌も、清澄な自然詠に特色があるが、とりわけ万葉語への傾倒が著しいわけでも、珍奇な語句や云い廻しを好んだわけでもない。なかんづく、『万葉集抄』中に解説された歌語を読みこんだ事例は見出すことができない。ただ、前記盛方にくらべれば、万葉語めいた歌語への関心はまだいくらかあったというべきであろうか。それは次のような例である。まず地名で万葉集を感じさせるのは「かつまた」「いそのかみ」「かすがの山」「ならしのをか」などである。

○かつまた

左のおほいとのにて、かつまたの池

九　鳥もゐでいく世へぬらんかつまたの池には槭のあとだにもなし

この歌は左大臣頼通家の歌会で詠まれているから、範永個人の傾向というより、主催者や題者を含む時代の好尚というべきだが、「かつまた（の池）」のそれ以前の用例を見ると、『平安和歌歌枕地名索引』によれば、古今六帖の三首と曾禰好忠の二首があるばかりある。そして範永の歌意はこれら五首のうちでは次の六帖歌に最も近い。

かつまたの池に鳥ゐし昔よりこふる妹をぞけふ今に見ゆ（六帖二―一〇六六）

しかし今一つ見過せないのは『袖中抄』三に引く佚書『良玉集』の道済の歌である。

良玉集云、物へ参りける道に、昔のかつまたの池とて槭のあとばかり見えけるに

道済

朽ちたてる槭なかりせばかつまたの昔の池と誰か告げまし

範永の歌は、前掲の六帖歌、あるいはその異伝歌である

かつまたの池に鳥ゐし昔より世はうきものと思ひ知りにき（袖中抄所引）

と道済歌を共に本歌として詠まれているが、これらに共通するのは、古い大和の歌枕への回帰意識である。万葉集ではかつまたの池は巻十六―三八三五番に、新田部親王と応答した婦人の戯歌ということになっている

かつまたの池は我知る蓮なししか云ふ君が髯なきがごと

の一首に詠まれるだけだが、六帖の三首は大和時代の歌枕という認識で伝えられたと見ることができるであろう。万葉圏の地名なのである。

それに対して「いそのかみ」「春日の山」は三代集時代に諸歌人によって多く詠み馴らわされているが、やはり万葉集にも頻出する大和の地名という点で範永集の用例をここに掲げておく。

○いそのかみ

叢露・石上といふ題を済慶律師の詠ませけるに

一一　見しよりも荒れぞしにけるいそのかみ秋は時雨のふりまさりつゝ

讃岐前司（兼房の君）、又人々集りて散る花惜しむ心

二二　散る花もあはれと見ずやいそのかみふりはつるまで惜しむ心を

ここでも「石上」題は、範永個人の選択ではなく、歌会主催者あるいは題者という主体においてあらわれた時代の好尚である。そして範永の歌は、例えば古今集の貫之歌

いそのかみふるの中道なかなかにみずは恋しと思はましやは

などにくらべる時、大和歌枕実見の志向が強い。それは次の例でもいえる

○かすがの・ならしのをか

関白殿の歌合に題三、桜、郭公、鹿、

一六九　明けばまづ来て見るべきは霞たつかすがの山の桜なりけり

一七〇　初声を聞きそめしよりほと丶ぎすならしのをかに幾夜来ぬらん

ここでは題は歌枕でなく月並な四季題であるのに、殊に大和国歌枕を景とし、実見の立場で読んでいる。万葉歌枕への志向は、時代的趨勢に加えて範永個人のそれでもあったとしないわけにはいかない。

次に地名以外の詩想・歌材・云いまわしで万葉臭を感じさせるものを二、三あげておく、

右京大夫（道雅）八条家障子、

初夏、山里なる家に郭公待つ

五　今朝来鳴くさやまの峰の郭公やどにもうすき衣かたしく（万葉一六九六・二二六五・二二六一三）

叢露、済慶律師のよませけるに

一〇　今朝きつる野原の露に我ぬれぬうつりやしぬる萩が花摺り（万葉二一〇五）

雨によりて野花色変る

三九　あかなくに野辺の秋萩雨ふれば光ことなる露ぞおきける（万葉二二三一・二二三三・二〇九九・二一一五・二一一〇）

以上、範永における万葉志向を摘出し、盛方に比して万葉集への関心がいささかは高いことを見たが、それは必ずしも、範永自身を『秘府本万葉集抄』の作者に比定できるほどの強い例証とはなり得ない。ただ、次のような想定は可能であろう。すなわち、『万葉集抄』三八三六番歌の「大和守範永」が「義忠」の誤伝だとすれば（「のりたゞ」──→「のりなが」──→「範永」の転訛を想定するわけだが）、範永が義忠の逸話を伝えるという関係は以下に見るように自然であり、そのような逸話を含めて、万葉語への関心が薄くはなかった範永を、後生の縁者が『万葉集抄』の撰者として仕立て上げることは、これ又自然な状況にあった、ということである。これらについて以下にのべたい。

範永と義忠

範永を、後朱雀朝頃に形成されたと思しき和歌六人党の領袖として伝えるのは『袋草紙』だが、近年の研究成果[9]によれば、彼の始発は六人党よりかなり早く、又、活動の場も、六人党が師房あたりを後援者として登壇しているのに対して、後一条朝殿上歌壇、あるいは公任・定頼親子の周辺に発することが知られる。[10]これに対し、義忠の活躍の場もこれに近い。すなわち義忠は、『長久二年二月十二日弘徽殿女御生子歌合』の判者となっているが、生子は教通と公任女の間に生まれた娘であり、義忠は公任・定頼・教通にきわめて親しく仕えた関係であることが知られている。[11]世代的にいうと、公任より定頼を軸として、範永と義忠が近い関係にあったろうことは想像に難くない。義忠が、定頼を慕う大和宣旨を妻とし（古本説話集）、教通の寵厚かった遊女香爐を晩年の大和守時代に妾とした事実（古事談・伊勢大輔集）なども、これらの人間関係をよく語っているだろう。

さてその義忠であるが、長元八年賀陽院水閣歌合による後期摂関時代歌合再盛期に先がけて、万寿二年（一〇二五）五月五日『東宮学士義忠朝臣歌合』を催していることは注目される（『平安朝歌合大成三』一二〇所収）。十世紀後半の規子内親王前栽歌合に範をとって、源順もどきに判歌を付しており、歌合再開において和漢兼作の儒者の果した役割が奈辺にあったかを雄弁に物語る。[12]賀陽院歌合の経営にも、先述した日野藤氏資業が何ほどか拘っていたものと想像され、[13]それは又彼等が、この時期に大きく形をととのえた大嘗会悠紀主基屏風歌作者として重要な役割を果したこととも関連する。[14]万寿二年義忠歌合の歌題は「谷中菖蒲」「園中蓬」「取苗人」「引糸女」「野草路滋」の如く漢文脈のそれであり、判詞も漢籍の知識に根ざしたはなはだ衒学趣味なものでさえあったことが指摘されている（『歌合大成』）。例えば一番「谷中菖蒲」では、

　左
谷深みたづねてぞ引くあやめ草千歳あるべき薬と思へば
　右
谷深み生ふるあやめの長き根は引き勝つ人もあらじとぞ思ふ

の番いに対して、

九節の菖蒲の生ひたる谷のうちの石の上に、年毎の今日、人々の集りつゝ、菖蒲の根を採りて薬とすれば、その水の心を汲みてぞ詠むべきを、右の歌おもては、まれにみる人もやあらむ、題の心をば知らず、根の長さをのみ引きたれば、負くるを深きにやとぞ

と評して左を勝としているのであるが、「根の長さをのみ」詠むのが、当時の根合せや端午節歌合の「菖蒲」題歌としてはむしろ普通で、「薬草」の効験を強調した左歌などは稀有の例に属する。無論これは云われる様に、「荊楚歳時記」をはじめとする漢籍の記述に拠っているのである。あるいは谷すなわち「山澗」に生じる「九節の菖蒲」を重んずることは『潜確類書』歳時に見えるという。[15]又「園中蓬」題の判にも

昔の人々、今日の暁に鶏と共に起きて、園の蓬の人に似たるところをとりて、蔭に干して薬としたるを、左右その事を知らざりけるにや

と云い、『荊楚歳時記』の「採レ艾為二人形一、懸二門戸上一、以攘二毒気一」[16]を踏まえるべきことを云っている。こうした

知識の和歌詠作への導入は、姿勢において、『万葉集抄』のそれと一連のものであろう。例えば同抄巻頭の万葉集四番歌「玉尅《タマキ》春《ハル》内乃《ウチノ》大野尓馬《コマ》枚而《ナメテ》朝《アサ》布麻《フマ》須等《スラ》六《ム》其《ソノ》草《クサ》深《フケ》野《ノ》」では『十節録』というものを引いて、

十節録云、黄帝与蚩尤合戦坂泉之野、有鉄身、黄帝之箭不中、黄帝仰天訴之時、玉女降自天反閇蚩尤身、如湯解被殺了、仍取蚩尤頭毬之、取眼射之也云々

とのべている。『十節録』は『河海抄』の賢木や初音（『十節記』）にも引くが、年中行事の起源を説いた有職故実書の様なものか。『袖中抄』巻十「タマキハル」にも、『万葉集抄』と断らず、酷似した文章を引いている。『史記』五帝本紀とはかなり異った伝承を持つ『十節録』が、ここでは万葉歌の理解の為に引証されている。前述の資業が万葉集の抄出を行なったと同じ時期に、同じく和歌に深いかかわりを求められる義忠が、万葉語「コノテガシハ」の実体に執着して、先の様な逸話を残したとして少しもおかしくはない。

範永の末裔たち――直系子孫――

さて、右において、『万葉集抄』三八三六番歌に出て来る「大和守範永朝臣」が、大和守・東宮学士「藤原義忠」の誤伝ではないかという蓋然性についてのべたのであるが、そのことは、『万葉集抄』の撰者を「義忠」のような人物とすることではない。むしろ、三八三六番歌の「範永」から、十一世紀有数の歌壇指導者であった範永を開放し、巻末にいう『万葉集抄』範永撰説を再構築する試みであることは先にのべた如くである。但しこれものべたように、「範永撰説」を再浮上させるということは、必ずしも範永自身が撰述したと考えるべきことを意味しない。しかるべ

き後人が範永の名のもとに著したという可能性をここでは考えたいのである。もっとも、範永は義忠よりはるか後代まで生き、院政期近臣団の和歌指導者でもあったのだから、範永自身の撰述を考えられるなら考えてもよいが、それよりはむしろ、古今六帖などの万葉的古語にとどまらず万葉語らしい万葉語を積極的に用いはじめた院政期において、範永の名を利用して撰述されたと考えた方が蓋然性が大きいと思うのである。その場合、最も自然なのは、範永と何らかの血縁的繋りのある歌人であろう。さて範永には知られる限りで男女十人の子女がおり、嫡孫・外孫はかなりの数に上るが（女子の子の範囲は必らずしも明確でない）、和歌的事蹟をとどめるのは二男清家とその子孫である。

まず清家は後拾遺作者、四条皇后宮寛子の進（春秋歌合）。又、母方の祖父能通も後拾遺作者で儒林畠の能吏であった。ただしその作品は秀麗だが格別万葉への親炙は見られない。

よしの山八重たつ峯の白雲に重ねて見ゆる花桜かな（後拾春上一二一）、

その清家の子に永実（金葉集作者）があり、金葉集に四首、詞花集に一首、続詞花に三首（うち連歌は袋草紙三に重出）摂政忠実家歌合に二箇度（うち一首は金葉集出）の作品が知られるが、これも特に万葉語への傾斜は見られない。ただ、詞花集入集歌に歌語「錦木」を読みこんだ一首があり

いたづらに千束朽ちにし錦木を猶こりずまに思立つかな（詞花二一四）、

又、父清家の死に際して俊頼の弔問が見え（散木奇歌集八四四）、堀河院後宮で範永の後として周防内侍を相手に連歌を試みられ、面目を施していることからしても、堀河歌壇の周辺に身を置いた、俊頼昵懇の間柄が窺われるだろう。

この永実の甥に当る永雅男範綱は詞花集作者（但被除歌）、出家の後、西遊ともいい千載集二首、続詞花四首（うち一首は千載重出）入集、丹後守為忠の常盤井五番歌合（大成六―三二一八）、家成歌合（同三三三・三四六）に計四首（一首は

詞花集被除歌）、重家歌合五首、の如くであるが、俊成や顕昭と同時代の範綱は、むしろ堀河歌壇の後塵を拝する万葉語流行の渦中にあったと見てよく、次のように顕著な作例が多く見られる。

すみよしのあさざは小野の忘れ水たえだえならで逢ふ由もがな（家成歌合雑載、詞花集二三八）

さざ浪やながらの山の峯つゞきみせばや人に花のさかりを（重家歌合、千載集七五）

（「ながらの山」も万葉の「なみくら山」と関連あるか）

印南野は朝ふみ渡る狩人の笠のうはばになびく荻原（為忠常盤井五番歌合）

我袖はすさの入江の磯なれやなづさふ浪のかけぬまぞなき（家成歌合）

郭公信太の杜のしのび音は木路ゆく我ぞまづは聞きける（重家歌合）

はつ〳〵に山の端出る月見ればいかにかすべき入らむ惜しさを

こうした範綱を『万葉集抄』の実際の撰者に比定することは、前掲盛方などと比すればはるかに考えやすいが、『無名抄』（俊頼髄脳）以下の歌書の引用に当ってその撰者名を記すくせのある『袖中抄』で『万葉集抄』に撰述者名を注記していないことは、顕昭が同時代歌人で交流もある範綱をその撰者と考える可能性のなかったことを裏書きしていよう。範綱は、当時人々の関心が高かった信夫摺の狩衣（伊勢物語初段出）を子の清綱に着せ、感じ入った左京大夫顕輔が範綱に歌を送っているから（『顕輔集』一四四・『千載集』九七三・『袖中抄』十八「シノブモヂズリ」）、歌合での同席というだけでなく顕昭とは相当近かったと考えてよい。つまり顕昭は『万葉集抄』を、同時代の知友の述作とは見なしていなかったのであり、もっと早い時代のものと考えるべき痕跡があったということだろう。

範永の女婿公基とその周辺

晩年の範永が歌人として力を籍したのは、子息たちではなくその女婿である。存在の明らかな娘は四人いるが、その一人が為光公流の公基の妻となり、範永は公基を主役に据えて二度の歌合を経営していることが知られる。『平安朝歌合大成四』一七一「天喜六年八月右近少将公基歌合」と同一七八「康平六年十月三日丹後守公基歌合」がそれである。前者は京の範永邸、後者は丹後の任国で行なわれたとされている。前者は女流たち（恐らくは公基妻の姉妹縁者が）が主だが、後者には公基や津守国基・永胤・永範・橘成元といった数奇者に伍して、公基男伊家が出詠している。

金葉集に入った

谷川にしがらみかけよ竜田姫みねの紅葉に嵐ふくなり

という、能因・経信ばりの叙景歌を詠んで、「いとをかしき歌なり」と祖父範永の目を細めさせているから、外祖父の血を承けて素質もあり、薫育もされたのだろう。伊家は後拾遺初出以来、新古今まで各集入集のいっぱしの歌人である。すなわち後拾遺一首、金葉二首、詞花三首、千載二首、新古今一首の他、後葉二首（いずれも詞花重出）、続詞花二首（一首千載集出）、公基歌合一首（金葉集出）、承保内裏歌合一首、承暦内裏歌合二ヶ度五首（うち一首詞花・後葉重出）の如くであるが、例えばそのうち、

杵散るいはまをかづくかもどりはをのがあをばももみぢしにけり（金葉集二六七）

今はしも穂に出でぬらむ東路の岩田の小野の篠の小薄（千載集二七〇）

春来ればすだちの小野の鶯の声ならはしに今ぞなくなる（承暦二年内裏歌合後番）

に万葉語彙を認めることができ、又、千載集の一首

秋山の麓を占むる家居にはすそ野の萩ぞまがきなりける（千載集二四七）

の第四句が「すゑ野の萩」（続詞花）の本文をとるとすれば、これ又万葉の歌枕「陶の原野」とかかわるかも知れない。麓と裾野が一首にあっては同心病ともなり兼ねないから、「すゑ野」の蓋然性は小さくない。

ここに用いられる万葉語は、先にみた範永の場合と比べるなら、彼が古今六帖的・平安的であったのに対し、より万葉に即したものということができる。

伊家は匡房や俊頼と親交を結び（各家集）、歌人として人の歌を褒賞するような優位な立場にあり（袋草紙）、出生・環境はもとより、弁官という文事に秀でた職掌からしても、さらに何よりも堀河歌壇に先がけての万葉歌語の使用例からしても、範永撰『万葉集抄』の伝領者として、あるいはさらに集大成者としての可能性が小さくない。範永が晩年に編み与えたとすれば最も自然だが、範永に仮託された後人の所為と考える場合にも、人物・時代ともに最も蓋然性が高いと思うのである。

注

（1）竹下豊氏「『堀河百首』の成立事情とその一性格―堀河百首研究㈠―」大阪女子大学『女子大文学』三十六号　昭60・3。『堀川院御時百首の研究』（風間書房　二〇〇四）

鳥井千鶴子氏の口頭発表「『堀河百首』とその背景」（於中古文学会昭和六十年度春季大会、学習院大学、五月十八日）。

（2）久松潜一博士『日本文学評論史』。明治書院版『和歌文学大辞典』にも「撰者不詳、一説盛方」、『国書総目録』にも「藤原盛方?」とする。
（3）新藤協三氏「異本三十六人歌仙伝―翻刻ならびに解説―」（『国文学研究資料館紀要』第八号　昭57・3）
（4）清水彰氏『四条宮下野集全釈』（昭50・9　笠間書院）
（5）樋口芳麻呂氏「藤原資業の万葉部類本について」（『和歌史研究会会報』第34号　昭44・8）
（6）宮内庁書陵部蔵。『私家集大成　中古2』所収。
（7）樋口芳麻呂氏「袋草紙・無名草子の成立時期について―付藤原範永の没年―」（『国語と国文学』昭45・4）、千葉義孝氏「藤原範永試論―和歌六人党をめぐって―」『国語と国文学』昭45・8）。
（8）盛方の詠歌を出典だけ示しておく。『治承三十六人歌合』（谷山茂・樋口芳麻呂編『未刊中世歌合集』「古典文庫」所収、昭34・3）十首、『経盛歌合』（『平安朝歌合大成七』三六〇所収）一首、『刑部卿頼輔歌合』（同三七四所収）一首、『住吉社歌合』（同三八一所収）三首、『建春門院北面歌合』（同三八二所収）三首、『広田社歌合』（同三八七所収）三首、『賀茂別雷社歌合』（同八―四一〇所収）三首、『千載集』一首、『新勅撰集』一首、『続後撰集』一首、『新続古今集』一首、『夫木抄』（前出との重複を除いて）四首。
（9）注（7）に同じ。
（10）範永が公任家歌会に参加したこと（金葉集二度本四二二（新編国歌大観による）・範永の秀歌を公任が伝聞して絶讃したが、歌及び讃辞の伝播者はいずれも定頼であったこと（袋草紙）など。もっとも前者歌会は「紅葉・天橋立・恋」題から成ると伝え、範永の女婿公基主催・範永判の歌合「康平六年十月三日丹後守公基歌合」の題と共通するから、公任は公基の誤伝の可能性もなしとしない。ただし、範永判が即日だとすれば遅参を話の主要な種にする金葉集の所伝とは食い違う。

(11)『栄花物語』「後悔大将」巻を例に、萩谷朴氏ものべられる(『平安朝歌合大成』三—一二一八。八四九頁)。
(12) 拙稿「後期摂関時代の歌壇」(学燈社『国文学』昭56・9)
(13) 川村晃生氏「日野三位資業—その伝と文学活動について—」(『国語と国文学』昭56・2)。
(14) 注(12)拙稿及び藤田百合子氏「大嘗会屏風歌の性格をめぐって」(『国語と国文学』昭53・4)。
(15) 小林茂美氏「五月節供の諸相と基盤」(『日本民俗研究大系　第五巻　周期伝承』昭58・5　国学院大学刊)。
(16) 山中裕氏『平安朝の年中行事』(塙選書、昭47・6)

(『国文目白』25　一九八六・二)

女流による男歌―式子内親王歌への一視点―

「玉の緒よ」は果たして体験詠か

問題の発端は、百人一首の式子内親王歌にある。自賛歌とあって、百人一首のうちでも恐らく十首に入る佳詠だが、『式子内親王集』の根幹部にはなく、いわゆる巻末付載、「雖入勅撰不見家集歌」に収められる。すなわち新古今集から拾い収められたその詞書によれば「百首歌の中、忍恋」とある。ちなみに新古今集では、恋一―一〇三四「百首歌の中に、忍恋を」と詞書する三首の第一首目。百首歌というからには当初から題詠で、作者自身の経験である必要はないが、解釈としては従来、式子内親王という生身の女性の感懐として読むことにおおかたの了解はあったのではあるまいか。少なくも、近現代の新古今集・百人一首両注釈史において、この歌を女の恋心と読む見方は大勢的であるように思われる。さらには、忍従の姿勢の異常なまでの厳しさに、斎院という特殊な立場からする制約を読み、あるいは戦乱という時代相の中での悲劇的王族（以仁王の同母妹）という境遇を併せ読む、作者の伝記に密着した解釈も少なくなかった。

そのような立場の究極に定家との悲恋が幻視されたのは当然のなりゆきであったかも知れない。式子の歌を女性の恋歌と規定するのは近現代の注釈に限られるが、式子と定家の恋の発端にこの歌を据えるものに『渓雲問答』（一七一〇成）があり、[1]さらに遡って謡曲『定家』のいわゆる定家蔓の伝承があったことは、近現代の評者が歌一首の背景に思いをめぐらす上で、決定的な影響力を持ったと思われる。さらに、定家との恋の想定は資料の裏付けを得てふくらみ、歌一首の解釈を超えて自立するに至った。藤平春男氏に、これら諸資料に対する端的な総括と批判がある（『別冊歴史読本』百人一首一〇〇人の生涯　新人物往来社　昭和五五・一）。すなわち氏は、状況証拠としてそれまでにあげられてきたことを、

・定家『明月記』の式子内親王関係の記事
・『定家小本』中の式子内親王関係の記載
・伝式子内親王筆消息文への定家筆の和歌書き入れ
・式子内親王作の恋歌の大部分が、忍ぶ恋的な内面に鬱屈する心情をうたったものであること

の諸点にまとめられた上で、これらの資料を具体的に見れば、特に二人の恋愛関係を匂わせるような根拠は存しないし、消息の資料的価値にも疑問が多い、とされている。

ところで、近世以前の歌評においては、謡曲『定家』のような悲恋物語を生んだ時代にもかかわらず、当該歌に関していえば、これを式子の定家に対する忍ぶ恋の思いだとする読みは、不思議なほどさっぱりと残されていない。つまり、近世以前の式子の恋伝承は、「玉の緒」詠を必ずしも基盤としたものではなかったのである。もし近世以前の注釈者が、「玉の緒」詠に式子の恋を窺い見たのであれば、その真偽などにこそ大方の論議は尽くされる筈であろうのに、西沢美仁氏の担当された式子の歌の諸注集成によれば、論議の中心はむしろ、結句の「もぞする」を「治定に

働く」とする「幽斎抄・三奥抄」の読みを「危惧」説へと修正する流れにあったようで(『国文学』昭和五六・二)、歌の背景たる実人生への関心は議論の外であったらしい。というよりもむしろ、式子の歌をはたして女性の恋歌として読んできたのであったかどうか。

たとえば『三奥抄』には、

忍ぶる恋のならひ、年経て後には、おもひあまりて、色にも出るためし、上の等朝臣、兼盛が歌等にみえたり。しかれば、我おもひも、終にはさだめて忍びよはる期有べしとおしはかるゆへに、唯今の内にいのちも絶ばやとはねがふなり。

という。式子の歌の先蹤は、百人一首三八番、

浅茅生の小野の篠原しのぶれどあまりてなどか人の恋しき(参議等)

であり、また三九番、

しのぶれど色に出にけり我恋は物や思ふと人の問ふまで(平兼盛)

だというのである。いずれも男性歌人の歌であり、内容的にも男性の「忍恋」の思いであって女の歌ではない。「忍恋」の心情に男も女もあるまいという批判があろう。たしかにその筈だが、こと平安和歌の現存資料に関するかぎり、「忍恋」は原則として男性の側のものという印象は拭えないのではあるまいか。改めていうまでもあるまいが、「忍恋」は「忍ぶる恋」と読んで恋の相手に我が思いを秘めて明かさないことであって、既に相愛の男女が人目を忍んで恋しあうことでないのは、前掲兼盛・参議等の歌からも明らかである。(2)

「忍ぶる恋」は恋の始発期に属する。勅撰集ではながいこと、恋の前段階の発言は男性から、という鉄則が頑固に守られていたと思われる節がある。

平安前期の恋歌（古今集の場合）

まず第一勅撰集「古今集」の場合、恋に割りふられた五巻の構成は、恋の時間的経過によって配列されているという共通理解を認めてよいであろう。すなわち恋一は、まだ見ぬ恋・初恋・忍恋など、恋の萌芽期を扱っているとの理解である（初恋が後代のように人生で初めての恋愛体験でなく、ある恋の始まりをいうこともことわっておくべきか）。この約束事は後撰集では崩れて、恋一から恋の破綻が歌われることも、ある程度知られた事柄であろう。

さてその古今集「恋一」だが、そこに収める八十三首のうち、作者記名歌十一首の作者はすべて男である。また、読人不知のうち、業平との贈答をなすことで詠作事情の知れる唯一の女性の歌は次の如くである。

（業平）見ずもあらず見もせぬ人の恋しくはあやなくけふやながめくらさむ

かへし

（女）知るしらぬなにかあやなくわきていはむ思ひのみこそしるべなりけれ

恋の初期段階における女の歌は、男の求愛表現をいなし、たしなめるもの（折口信夫のいわゆる女房歌）であることの、典型のような応酬である。

恋二では恋一にくらべ読人不知が極端に少なくなり、全六十四首中、男性歌人十五人・五十七首、女性（小町）四首、読人不知三首となる。恋一・恋二を通じて女性の作の絶対的寡少は明らかなのだが、恋二では例の、小町の夢の歌三首、「思ひつつ」「うたたねに」「いとせめて」を別とすれば、残りの一首は次の贈答歌である。

つつめども袖にたまらぬ白玉は人を見ぬめの涙なりけり（安倍清行朝臣）

かへし

おろかなる涙ぞ袖に玉はなす我はせきあへずたぎつ瀬なれば（小町）

この限りにおいて、恋の初期段階と目される恋一・恋二の女の歌は、男からの求愛に対する「いなし」の歌だといっていい。小町の夢の歌はこの点からも、奇異な例外と映る。

恋三に入ると恋は新展開を示し、初会あるいは「行けど逢はず」・「会ひて逢はず」の様相を歌うが、ここでは六十一首中、女性歌人が三人七首、また、読人不知中にも贈答で女とわかるもの二首、業平による義妹の代作一首、といった具合に女の歌の占める割合が大きくなる。数の上からばかりでなく、歌の内実も、

しののめの別れを惜しみ我ぞまづ鳥よりさきになきはじめつる（寵）

知るといへば枕だにせで寝しものを塵ならぬ名の空に立つかな（伊勢）

のように、朝の別れを惜しみ、浮名を怖れるなど、恋の前段階の「いなし」から一挙に恋の渦中に突入する。女の側から送られてきた伊勢斎宮の後朝歌（六四五）は特別としても、橘清樹の相手の女（六六四）など、女からの贈歌も交じる。

さらに恋四に入ると、総歌数七〇首のうち女性歌人六名八首、加えて読人不知の女性歌二首、業平、素性による女歌二首（三首か）と割合はいよいよ高くなる。男の不実をなじり、ふりゆく我が身を嘆く、典型的な怨み歌の体である。

恋五はさらに女歌的様相が色濃い。作者別でみると、総歌数八二首中、女流は無名有常女を含めて七名十二首だが、たとえば題知らずで収める次の遍昭・素性はどう見ても女歌であろう。

わが宿は道もなきまで荒れにけりつれなき人を待つとせしまに（七〇〇　遍昭）

今来むと云ひて別れし朝より思ひくらしの音をのみぞなく（七七一　同）

思ふとも離れなむ人をいかにせむあかず散りぬる花とこそ見め（七九九　素性）

あるいは次のようなものも。

住江のまつほど久になりぬれば葦たづのねに鳴かぬ日はなし（七七九　兼覧王）

実は読人不知の大半（四十一首中の過半二十一首）が、男の訪れを待つ点で女歌であることの明らかな歌である。もとより、単なる心変りを怨んだ歌や、離反を嘆き述懐する歌が男性側の心情を詠んだ歌ばかりとはかぎるまいから（むしろ恋の経緯の約束事からすれば女歌の公算が大きいから）、恋五で潜在的に想定される女歌ははるかにこれを超えるであろう。

改めて言えば、古今集において女の恋歌は、前半に稀で後半に重い。しかも恋の始発においては、男の求愛をはぐらかし、たしなめるのが定型なのであり、小町の夢の歌を除いて例外はない。

小町の夢の歌の異様なたたずまいは、従来も多く論じられて来た所であり、私もまた先覚の驥尾について、中国詩の夢の発想を敷いてみたことがあった。出自環境から見て、それは大いにあり得ようが、今一つ、作者の性別による枠をはずして見る見方もできないわけでもない。右に見たように、そして百人一首の素性の歌で周知のように、古今集ですでに、男性歌人による女歌は市民権を得ていて枚挙にいとまがない。就中、業平・遍昭・素性・兼覧王と挙げてくると、こうした男女倒錯趣味は、古今集歌人の中でもとりわけ、六歌仙とその周辺に集中していることが想像される。実はそれでこそ六歌仙なのであり、歌のプロたちと目されたのではなかったか。小町の夢の歌を、恋の始発期における男歌とみなすと、次のような類想が了解できる。

うたたねに恋しき人をみてしより夢てふものはたのみそめてき（小町）
わびぬればしひて忘れむと思へども夢とふものぞ人だのめなる（興風）

うつつにはさもこそあらめ夢にさへ人めをよくと見るが侘しさ（小町）
住江の岸によるなみ夜さへや夢のかよひぢ人めよくらむ（敏行）

思ひつつぬればや人の見えつらむ夢と知りせば覚めざらましを（小町）
はかなくて夢にも人を見つる夜はあしたの床ぞおきうかりける（素性）

すなわち、興風・敏行・素性をそれぞれ男の立場からする恋歌だとするならば、小町の歌も同様に解し得る道理である。相手を「恋しき人」「思ひつつ寝」と詠む大胆な恋愛表現は女には珍しい。そしてまた、小町の歌を女の恋歌だとすれば、男性歌人の歌も女歌だといっていいことになろう。

女の恋—天空を恋うる女—

しかし結論から云えば、小町の歌はやはり従来考えられている如く、女の恋歌とすべきであろう。女の側から恋してよい唯一の場合、すなわち、限りなく高貴な相手に対してのみ、稀に女からの切ない恋歌が詠まれ得たのであった。小町の恋の相手が天皇か皇子ではないかとする古来からの推定や伝承は、まさしくこの、歌それ自体の発散する異様な慕情から来ている。大和物語の猿沢の采女（百五十段）は、

顔かたちいみじう清らにて、人々よばひ、殿上人などもよばひけれど、あはざりけり。そのあはぬ心は、帝をかぎりなくめでたきものになむ思ひたてまつりける。

というのであった。同じ物語の桂の皇女に仕える童女も、皇女の夫君、敦慶親王に人しれぬ恋心を抱いている（四十段）。

この男宮をいとめでたしと思ひかけたてまつりけるをも、え知りたまはざりけり。

そこで女の童は、親王に螢を奉るのにことよせて、

つつめどもかくれぬものは夏虫の身よりあまれる思ひなりけり

と詠むのである。また天皇や親王ではないが、当時の代表的女流歌人、少将季縄の女右近が恋したのも、若くて蔵人頭を勤める権門の貴公子であった。

思ふ人雨とふりくるものならばわがもる床はかへさざらまし（八十三段）

これなどは片思いではなく、関係成立後の恋歌であるにしても、不実を詰る怨み歌や関係を悔いる嘆きの歌と違って、女の側からの慕情が直截に歌われている所に、右と通ずる所がある。女の恋する人は「天から降って」くるのでなくてはならなかった。

つれづれと空ぞみらるる思ふ人天下りこむものならなくに

という和泉式部歌はその典型である。

古代インドの習慣では、女性は自分より上位の身分の男性と結婚すること（アヌローマ）は合法とされたが、逆の場合（プロティローマ）は聖典の決まりで違法とされたという。[3] 源氏物語「若菜」および「夕霧」巻で、朱雀院皇女の降嫁に頻りに禁忌が云われ、諸注で『継嗣令』が引き合いに出されるのも同様な思考からきているであろう。すなわち令義解巻四『継嗣令』第十三に、

凡そ王、親王を娶り、臣、五世の王を娶らば聴せ。唯し五世の王は、親王を娶ることを得じ。

とある。この思想、というより感覚は、上流貴族社会にとどまらず、社会一般の無言の規範であったと思われる。今昔物語集の旅の女が自分の操を守るために我が子を見殺しにした話（巻二九第二九話）は、児童の人権という見地からすればいかにも残酷だけれども、[4] 母親の利己に驚くまえに、この時代、卑しい者から犯されることがどれほど許しがたいタブーであったかを知るのである。現に話の本筋は女の母性の欠落を咎めだてしているわけではないらしい。敷衍して云えば、近世の女敵討ち、人妻と奉公人との不倫に対する法度や制裁も、一人、家主の面子にとどまらず、そうした社会秩序破壊にたいする、共同体的な危機意識の現われとも見うるだろう。

王朝の女たちは、不思議なほど自らの平凡な結婚生活を描かない。『更級日記』における、結婚生活や夫橘俊通に

対する冷淡な叙述と、中納言資通に対する慕情との好対照は常々問題になる所だが、それはなにも孝標女に限ったことではない。清少納言におけるかつての夫橘則光と斉信・行成、伊勢大輔における夫高階成順と源雅通、赤染衛門における夫匡衡と大原少将源時叙、そして和泉式部における橘道貞と敦道親王。あまりに対比的なそれらの描き分けは、当時の女たちにおける結婚の意味を改めて考えさせる。和泉ばかりが「けしからぬ女」と評判が悪かったのは、相手親王の軽佻な人柄や早逝が災いしたので、事柄それ自体は不貞を難じられる時代ではないのである。関白頼通の子女をあげて「幸い人」とうたわれた召し人の進命婦はもと受領の妻だったし、そうした女たちは枚挙に暇がない。新しい関係を全うして不首尾に終わらせないならば、二夫にまみえても志は高いほどよい。そういう価値意識は尊貴な男に対する女性側からの恋うたを当然のこととして認めたであろう。小町の一連の夢のうたを、小野貞樹や安倍清行に対する恋うたとは認めがたい所以である。とすると、式子内親王もまた、貴顕を恋したのであろうか。内親王がひそかに慕い得る尊貴な相手がありうるのだろうか。宇多天皇の皇女、桂のみこは異母兄弟の敦慶親王と近親結婚をしているが、大和物語によれば、むしろ女性側からの恋であったと知れる。内親王にとっても、親王は恋慕の対象となりうるのである。式子の場合もそうした事態がありえたであろうか。式子は近親であるがゆえに、あるいは斎院という自らの桎梏ゆえに、恋慕を秘して抑えなければならなかったのだろうか。式子の歌を生身の女性の歌としか解せないとすれば、そういうことになる。つまり（逢った後の後悔や怨みにことよせて関係の継続を迫る体の女歌を除外すると）純粋に「人を恋う」という主題の恋歌は、男性の恋歌か、貴顕に憧れる女歌が原則だということになる。

女流による「男うた」代作

「男うた」などという術語は一般的でなく、新たな混乱を怖れるものであるが、いわゆる従来の「女うた」という概念に対して、男性の立場で詠まれた歌を総じていうこととする。これを女性がよんだ例としてよく知られたものに、虚構あるいは実生活上の代作歌がある。たとえば伊勢による長恨歌屏風の玄宗皇帝の立場での詠作。あるいは同じく伊勢による、大和絵屏風歌のをとこ。また和泉式部には、男が女に贈るための歌を代作している例が一、二ならず見える。

男の、人のもとにやるに代りて
おぼめくな誰ともなくて宵々に夢に見えけむ我ぞその人（続集二一三・後拾遺六一二）
十二月ばかり、女のもとに行きてつとめて、男のよませし
うちわびて涙にしきし片敷の袖の氷ぞ今朝はとけたる（正集四四五・続集三六一）
これも人にかはりて
昨日までなに嘆きけん今朝のまに恋こそはいと苦しかりけれ（続集三六二）
月のいとあかき夜、初て女にやるとて男のよませし
人知れぬ心のうちも見えぬらんかばかり照らす月の光に（続集三七九）
七月八日、男の女の許にやるとてよませし

いむとてぞきのふはかけずなりにしを今日彦ほしの心地こそすれ（続集三八三）

男の、女のがりいきて、えあはで帰り来て、つとめてやるとてよませし

ここながら恋は死ぬともそこまではいかずぞかねてあるべかりける（続集三八三）

ただ語らひたる男のもとより、女にやらむとて、歌ひとつといひたるに、やらむとて

語らへば慰むこともあるものを忘れやしなむ恋のまぎれに（正集一七三・続集五七〇）

かへりごとさらにせぬ女にやるとてよませし

たけからぬ涙のかかる我が袖にながるる水といはせてしがな（続集二二八）

みそぎのまたの日、女のもとへやるとて男のよませし

今日をわがあふ日ともがなみな人のかざすその日はうれしげもなし（続集二九九）

七月晦日、女のもとに初てやるとて、よませし

はなすすきほのめかすより白露を結ばんとのみ思ほゆるかな（続集三一六）

代作の数も一通りでないが、このような男たちは、和泉にとって一体どういう関係にあるのか。道綱母は道綱のために求愛歌を作り、赤染衛門も、和泉の妹を妻とした息挙周のために代作しているが、和泉にはその様な関係の身内はいなかったらしいから、たとえば正集一七三（続集五七〇重出）の「ただ語らひたる男」の様な、あっさりした関係の男友達の実用的な恋文の代作を再々して遣っていた、ということらしい。そのあたりにもこの女流の面目躍如たるものがある。さらに面白いことに、これらの恋歌の多くは、実際の男性の作った恋歌よりはよほど思い切って厚かましい。後拾遺に入った「おぼめくな」などはまるで神婚譚の男神を思わせる。代作なればこそというべきか。

男性恋歌の代作ということでは、同時代の女流にも次のような例がある。
やむごとなき人を思ひかけるをとこにかはりて
尽もせず恋に涙をわかすかなこやななくりの出湯なるらむ（後拾遺恋一・六四三　相模）
人のもとにかよふ人にかはりてよめる
けふくるるほどまつだにもひさしきにいかで心をかけてすぎけん（同二・六七〇　伊勢大輔）
和泉ほどではないにしても、歌の専門家と目された女たちである。
それにしても、明らかな男の代作以外に、和泉はどんな恋歌をよんでいるだろう。たとえば巻頭百首の「恋」題は次の一八首である。
80いたづらに身をぞ捨てつる人を思ふ心や深き谷となるらむ
81つれづれと空ぞみらるる思ふ人天下りこむものならなくに（玉葉一四六七）
82見えもせん見もせん人を朝ごとにおきては向かふ鏡ともがな（新勅撰九二六）
83田子の浦に寄せてはよする波の如たつやと人を見るよしもがな
84よそにては恋しまさればみさごゐる磯による船さし出だにせず
85さまらばれ雲井ながらも山の端に出でゐる夜の月とだに見ば（新勅撰九五五）
86黒髪の乱れも知らず打ちふせばまづかきやりし人ぞ恋しき（後拾遺七五五）
87夢にだに見えもやするとしきたへの枕うごきていだに寝られず
88をしと思ふ命にそへておそろしく恋しき人の魂かはるもの

89あふことを息の緒にする身にしあれば絶ゆるもいかが悲しと思はぬ
90わたつみに人をみるめの生ひませばいづれの浦の海人とならまし
91きみ恋ふる心はちぢにくだくれどひとつも失せぬものにぞありける（後拾遺八〇一）
92かく恋ひば耐へず死ぬべしよそに見し人こそ己が命なりけれ（続後撰七〇三）
93涙川おなじ身よりは流るれど恋をば消たぬものにぞありける（後拾遺八〇二）
94わが袖は水の下なる石なれや人に知られで乾くまもなし
95山陰にみがくれ生る山草のやまずよ人を思ふ心は
96かれを聞け小夜更け行かば我ならでつま呼ぶ千鳥さこそ鳴くなれ
97世中に恋といふ色はなけれども深く身にしむ物にぞありける（後拾遺八〇二）

この配列は決して古今集的時間配列によっているのでもなく、男女の対応や分類がなされているのでもないらしい。明らかに女の歌と思われる86があるかと思えば、男の歌としか読み様のない92、96もあり、全体的には概して言って、恋初めた男の歌とも、やんごとない人を恋うる女の歌とも両様によめる歌群である。大量な歌群の家集を残し、歌人として知られた赤染衛門や伊勢大輔にも、こういう歌群はない。つまり十一世紀初頭のこの時代、身内や男友達の恋歌の代作といった例には事欠かないが、明らかに男うたとして恋歌を量産した歌人はないのであり、わずかに和泉にその萌芽が見られるといってよいであろう。それには、否応なく恋歌の種々相を詠み分けねばならない、百首歌という分野に挑戦したことが、不可欠にかかわっているであろう。先にのべたように、男性歌人による女歌がはやく市民権を得ていたらしいのに対し、女流による男歌の詠じられた場面はかなり限られたものであったと思われる。

女流による「男うた」題詠

歌合の世界ではどうか。三代集の時代に女性が恋題を詠じている例に次のものがある。

「延喜十三年三月十三日亭子院歌合」（大成二〇）恋

68伊勢「逢ふことの君に絶えにしわが身よりいくらの涙ながれ出でぬらむ」

「天徳四年三月三十日内裏歌合」（大成五五）恋

34中務「君恋ふる心は空に天の原かひなくて経る月日なりけり」

35本院侍従「人知れず逢ふを待つ間に恋ひ死なば何にかへたる命とかいはむ」

36中務「ことならば雲井の月となりななむ恋ひしき影や空に見ゆると」

「応和二年三月資子内親王歌合」（大成五九）逸文（万代集）

御息所藤原懐子「田子の浦の浪ものどけしわが恋にたとへむかたのなきぞ侘しき」

「正暦四年五月五日東宮居貞親王帯刀陣歌合」（大成九七）

20右大将道綱母「思ひつつ恋ひつつは寝じ逢ふとみる夢をさめてはくやしかりけり」

男女いづれの立場の歌かあきらかでない歌が多いが、基本的には「恋」題は男の立場のものとしてよいであろう。勅撰集の場合と違って、歌合の分野で早くから女流による「恋」の題詠が見られるのは、勅撰集の歌が終始、作者名付きで記され、作者その人に属するのに対して、歌合の歌は本来無名で、それぞれの方の出品物として出されるからではあるまいか。その意味で歌合歌は、日常生活での代作歌と似た事情を持っているといえる。とはいえ三代集時代の女流の恋歌は、男性作家に比して決定的に割合が低いし、明らかな「男うた（男性恋歌）」もみられない。

歌合における女流の恋題詠作は、十一世紀に入るとにわかに活況を呈して来る。「弘徽殿女御生子歌合」（大成一二八）では伊勢大輔と赤染衛門が恋題を詠み分け、「修子内親王歌合」（一三一）「媞子内親王歌合」（一三五・一三八・一六六）「祐子内親王歌合」（一七五）と女流の題詠恋歌は確定的な地歩を占めはじめる。注意すべきなのは、内親王歌合では、出詠者がすべて女性歌人であることで、好むと好まざるとにかかわらず、男役がなければ納まらなかった所であろう。また相模が、後冷泉朝内裏歌合（一三六・一四六）において恋題を振られているのは、和泉に次ぐ全円的歌人と目されていたことを語る。

さらに院政期に入って、「能実歌合」（二三四）に大量の女流による恋歌が詠まれ、目にも明らかな男性恋歌が混ざるのは注目に値する。

若草の妹をはつかに見てしよりしげくなりゆく恋もするかな（周防内侍）

聞きしより袖のみ濡るる音羽川いつを逢ふ瀬と恋ひわたるらむ（斎院出雲君）

は、どうまちがっても女うたと解される気遣いはない。

院政期の和歌創作熱の結晶として、堀川百首（一一〇六成るか）はさまざまな意味で新天地を拓いているが、女性歌人による「怨み歌」ならぬ恋歌題詠の大量発生を画するのも、この百首であった。そこには十数人の男性歌人に伍して、肥後・紀伊・河内（斎院の百合花）の三女歌人が出詠し、同じ百題を与えられてよんでいる。そのうち恋題は「初恋・不被知人恋・不遇恋・初逢恋・後朝恋・会不逢恋・旅恋・思・片思・恨」の十題だが、三人の女流の作のうち次のものは、どう見ても男性恋歌としか読めない。

初恋

肥後　まだ知らぬ人を初めて恋ふるかな思ふ心よ道しるべせよ

不被知人恋

肥後　谷深み木の葉がくれをゆく水の下に流れていくよ経ぬらん

不遇恋

肥後　つれなきに思ひもこりで恋わたるわが心をぞいまは怨むる

初逢恋

紀伊　つれなさに思ひこりずと嘆きしをけさはうれしき心なりけり

後朝恋

肥後　そま川のせぜのしら波よるながら明けずは何かくれをまたまし

紀伊　あひみてのあしたの恋にくらぶれば待ちし月日は何ならぬかな

河内　昨日まで嘆きし事は数ならでけさこそものはおもふなりけれ

会不逢恋

河内　あふさかのせきはこえにしあづまぢをなどいまさらにまたまどふらん

旅恋

肥後　もしほやくあまのとまやに旅寝して波のよるひる人ぞ恋しき

紀伊　あふ事をなぎさのをかに宿りしてうら悲しかる恋もするかな
河内　旅衣かへしてこよひ着つれども夢のしるしのなきぞ悲しき

堀川百首は、同時代の同メンバーによる「堀川院艶書合」が、律儀に男女の役割を振り分けていたのとは対照的に、男女歌人に一律に同題を課し、歌人たちは男女の別なく題に応じて男女のうたを詠み分けたのである。

堀川百首で歌題選定などに指導的役割を果たしたとされる源俊頼は、勅撰集「金葉集」においても、代作ではない題詠としての女流による男性恋歌を積極的に入集させている。

実行卿歌合に、恋の心をよみ侍りける　　長実卿母
しるらめや淀の継ぎ橋よとともにつれなき人を恋ひわたるとは（恋一　三七四）
俊忠卿家にて恋歌十首よみけるに誓不遇といふ事をよめる　　皇后宮式部
あひみてののちつらからばよよをへてこれよりまさる恋にまどはん（同　三九八）
皇后宮にて人々恋歌つかうまつりけるに被返文恋といへることをよめる　　美　濃
こふれども人の心のとけぬにはむすばれながらかへる玉章（同　四〇七）
恋の心をよめる　　三宮大進
なぞもかく身にかふばかり思ふらんあひみん事も人のためかは（同　四一〇）

また、だれのための、何のための代作かは分からないが、次の歌なども女性のための代作とは読めないであろう。

恋の心を人にかはりて　　前中宮上総
いしばしる滝の水上はやくより音に聞きつつ恋ひわたるかな（四一九）

皇后宮女別当

たのめをくことの葉だにもなきものをなにかかれる露の命ぞ（四二〇）

あるいは下巻の次の一首なども女の歌とは思えない。

すみかを知らせざる恋といへる心をよめる　前斎院六条

ゆくへなくかきこもるにぞひきまゆのいとふ心の程は知らるる（恋下　四七五）

恋下には、今鏡でも有名な次のようなものもある。

郁芳門院の根合に恋の心をよめる　周防内侍

恋ひわびてながむる空のうき雲やわがしたもえのけぶりなるらん（四三五）

「した燃え」の語を不吉として物議を醸した名歌であるが（俊頼髄脳・今鏡「歌合」）、この語は次のように使う。

篝火に立ち添ふ恋のけぶりこそ世には絶えせぬほのほなりけれ

いつまでとかや。ふすぶるならでも苦しき下燃えなりけり。（源氏物語「篝火」）

その本歌「夏なれば宿にふすぶる蚊遣り火のいつまでわが身下燃えをせむ」（古今　恋　よみ人しらず）とともに、男性恋歌の用語としてよいであろう。

金葉集は同時に、男による女歌をのせる事も忘れない。

俊忠卿家にて恋歌十首人々よみけるに頓来不留といへることをよめる　源俊頼朝臣

おもひぐさ葉ずゑにむすぶしらつゆのたまたま来ては手にもかからず（四一六）

院政期定数歌・歌合で市民権を得たかに見える、女流による男性恋歌は、しかし、次の「詞花集」では受け継がれていない。「詞花集」恋上（つまり恋の始発期を扱う）には女流の歌を見事に一首も載せず、恋下もまた女流の歌は実人生の歌に限られる。そのくせ、男性による女の恋歌を入れている所からすると、この方は古今集以来の伝統として、何の抵抗もなかったと見える。

新院位におはしましし時、雖契不来恋といふ事をよませ給ひけるによみ侍りける　関白前太政大臣
来ぬ人をうらみもはじて契りおきしその言の葉もなさけならずや（恋下　二四八）
関白前太政大臣の家にてよめる　藤原基俊
あさぢふにけさおく露のさむけくにかれにし人のなぞや恋しき（二六四）

堀川百首の「女流による男性恋歌」を恋部劈頭に列ねて見せたのは「千載集」である。巻頭は俊頼であるが、二・三首目を堀川百首の肥後・河内による男性恋歌が占める。さらに四首目に

権中納言俊忠中将に侍りける時、歌合し侍りけるに、はじめの恋の心をよめる　後二条関白家筑前
おもふよりいつしか濡るる袂かな涙ぞ恋のしるべなりける（千載恋一　六四四）

が据えられ、以下、男性恋歌らしきものを拾えば、

あらそいの岩にくだくる波なれやつれなき人にかくる心は（六五三　待賢門院堀河）
いはまゆく山の下水せきわびてもらす心のほどを知らなん（六五四　上西門院兵衛）
いかにせんしのぶの山のしたもみぢしぐるるままに色のまさるを（六九一　二条院前皇后宮常陸）
しのびねの袂は色にいでにけり心にもにぬわが涙かな（六九三　皇嘉門院別当）
恋ひそめし人はかくこそつれなけれわが涙しも色かはるらん（恋二　七〇六　二条太皇太后宮大弐）

衣手に落つる涙の色なくは露とも人にいはましものを（七四〇　二条院内侍三河）
思ふこと忍ぶにいとどそふ物はかずならぬ身の嘆きなりけり（七四一　殷富門院大輔）
袖の色は人の問ふまでなりもせよ深き思ひを君したのまば（七四五　式子内親王）

の如くである。わが式子もまさしくこの新流行の渦中にある。

新古今集以下の勅撰集では無論、女流による男性恋歌は、当然の地歩を占める。

けふもまたかくやいぶきのさしも草さらば我のみ燃えやわたらん（恋一　一〇一二　和泉式部）
わが恋はいはぬばかりぞなにはなるあしのしの屋の下にこそたけ（一〇六三　小弁）
しるべせよ跡なき波に漕ぐ船のゆくへも知らぬやへのしほかぜ（一〇七四　式子内親王）
した燃えに思ひ消えなんけぶりだに跡なきくもの果てぞかなしき（巻二　一〇八一　皇太后宮大夫俊成女）
もらさばや思ふ心をさてのみはえぞ山しろのゐでのしがらみ（一〇八九　殷富門院大輔）
うちはへてくるしき物は人めのみしのぶの浦のあまのたくなは（一〇九六　二条院讃岐）
よそながらあやしとだにも思へかし恋せぬ人の袖の色かは（一一二一　高松院右衛門佐）
夢にても見ゆらんものを嘆きつつうちぬる宵の袖のけしきは（一一二四　式子内親王）
面影のかすめる月ぞやどりける春や昔の袖の涙に（一一三六　皇太后宮大夫俊成女）
あすしらぬ命をぞ思ふおのづからあらばあふよをまつにつけても（殷富門院大輔）
あふことのあけぬ夜ながら明けぬれば我こそかへれ心やは行く（恋三　一一六八　伊勢）

これと見合って、本来女性の恨み歌で占められる筈の巻三以下は、女性に偽装した男性歌人の恨み歌の放列である。

あぢきなくつらき嵐の声も憂しなど夕暮に待ちならひけん（巻三　一一九六　定家）
頼めずは人をまつちの山なりとねなましものをいざよひの月（一一九七　太上天皇）
何故と思ひもいれぬ夕だちにまちいでしものを山の端の月（一一九八　摂政太政大臣）
人は来で風のけしきもふけぬるにあはれに雁のおとづれてゆく（一二〇〇　西行）
たのめおく人もながらの山にだにさよふけぬればまつ風のこゑ（一二〇二　長明）

こうした時代相のなかにあって、式子内親王による「恋一」巻の三首連続の入集歌は、どのように読まれるべきだろうか。

「玉の緒よ」の原像―源氏物語「柏木」の恋―

新古今集恋一の当該箇所は次のようである。

百首歌の中に、忍恋を　式子内親王
玉の緒よ絶えなば絶えねながらへば忍ぶることの弱りもぞする（一〇三四）
忘れてはうち嘆かるるゆふべかなわれのみ知りてすぐる月日を（一〇三五）
わが恋と知る人もなし堰く床の涙もらすなつげの枕（一〇三六）

ただし、一〇三六のみが正治二年院初度百首、他の成立事情は不明で、別々の作品の取り合わせであろうという。最新刊、『新日本古典文学大系』「新古今和歌集」（田中裕・赤瀬信吾氏校注）は、それぞれの歌に次のような本歌を指摘される。

玉の緒の絶えて短き命もて年月長き恋もするかな（後撰恋二　貫之）
おくれゐて何にかはせむ玉の緒のもろともにこそ絶えば絶えなめ（伊勢大輔集）

人知れぬ思ひのみこそわびしけれわが嘆きをばわれのみぞ知る（古今恋二　貫之）

枕よりまた知る人もなき恋をなみだせきあへずもらしつるかな（古今恋三　貞文）

右のうち伊勢大輔集の歌には「我はとく死ぬべし、そこにはいかが、といひたれば」と詞書きする。恋ゆえに命の絶える式子や貫之の発想とは根本的に別であって、「玉の緒—絶える」という歌語の先行例というにすぎない。とするとき、式子の歌の本歌が、すべからく紛れもない男性恋歌であることに、あらためて驚くのである。

式子と男歌との関連はもともと、知られたことであった。式子の歌への源氏物語ほか先行作品の影響を追求される、小田剛氏の一連の作業は、源氏物語なら源氏その人あるいは桐壺帝・夕霧・薫、伊勢物語の男、狭衣物語の主人公大将といった、男性主人公の歌や状況を探り当てることがすくなくない。(5) それは主人公の置かれた客観的情景の描写であることもあるが、主人公その人の状況の捉え直しと読める場合もおおいのである（番号は家集による）。

今は我松の柱のすぎの庵にとづべきものをこけふかき袖（二八八—須磨）

古にたちかへりつつ見ゆるかななほこりずまの浦の波風（八二―須磨）
露はさぞ野原篠原わけ入らば虫の音さへぞ袖にくだくる（一四六―夕霧）
入りしより身をこそ砕け浅からず忍ぶの山の岩のかけ道（一八一―橋姫）
さらずとて暫し忍ばぬ昔かは宿しもわきてかほる橘（二九―花散里）
雨過ぐる花たち花に時鳥をとづれずしてぬるる袖かな（二五―幻）
さびしくも夜半の寝覚めを村雨に山時鳥一こゑぞとふ（一二五―同）
こゑはして雲路にむせぶ時鳥涙やそそく宵のむら雨（二二五―同）

また、高井茂子氏は、式子と同時代男性歌人、とりわけ定家との用語や発想の緊密な関係を析出されている。(6) 生身の女性の体験詠として以前に、本歌・本説を探る方が、式子研究において有効性が高いことも、大方の見る所であろう。

問題を元に戻せば、「玉の緒」詠の本説は何だろうか。「忍ぶる恋」題の約束によるにしても、三奥抄に引く、兼盛や参議等の歌に比して、苦悩が尋常でないのは一見してあきらかである。兼盛の場合、恋の思いは隠しきれずに顕れて、格別窮地に陥った風でもない。隠しきれぬ程、恋の思いの切なる所に歌の力点はあるといっていい。式子の歌では、恋心の露見はなんとしても避けねばならない。露見する前に死を望むほど、禁忌の厳しい恋なのである。恋そのものが社会的な身の破滅につながる、そういう事態に直面している者の叫びである。

藤壺に恋した源氏は、極端に露見を恐れたが、その恐れによって死にまでは思い至らなかった。藤壺との恋において、源氏はつよくしたたかである。柏木はそうではない。露見前に死を望む程、禁欲的でもなかったが、結局、露見が命取りとなった点で、その前に死んだ方が名誉のためにはましだったと後悔される結果になった。いっそ恋を忍んで、忍び死にに死んだ方がよかったのである。式子の歌の尋常でない耐え方は、例えばそういう物語の設定を借りて来ると、私などには理解しやすい。

1強ひてかけ離れなん命かひなく、罪重かるべきことを思ふ心は心として、また、あながちに、この世に離れがたく惜しみとどめまほしき身かは。（柏木）

2神仏をもかこたん方は、これみなさるべきにこそあらめ。誰も千歳の松ならぬ世は、つひにとまるべきにもあらぬを、かく人にもすこしうち偲ばれぬべきほどにて、なげのあはれもかけたまふ人あらむをこそは、一つ思ひに燃えぬるしるしにはせめ。せめてながらへば、おのづから、あるまじき名をも立ち、我も人も安からぬ乱れ出で来るやうもあらんよりは、なめしと心おいたまふらんあたりにも、さりとも思しゆるいてんかし。

3さてもおほけなき心ありて、さるまじき過ちを引き出でて、人の御名をも立て、身をもかへり見ぬたぐひ、昔の世にもなくやはありける、と思ひなほすに、なほけはひわづらはしう、かの御心にかかる咎を知られたてまつりて、世にながらへんこともまばゆくおぼゆるは、げにことなる御光なるべし。深き過ちもなきに、見あはせたてまつりし夕のほどより、やがてかき乱り、まどひそめにし魂の、身にも還らずなりにしを、かの院の内にあくがれ歩かば、結びとどめたまへよ。

1・2は心中思惟、3は乳母子の侍従にかきくどく言葉、それぞれ、やや位相は違うが、事態が悪化しないうちに死んでしまいたいという点では齟齬がない。密通が露見してから、これ以上ひどい結果にならない先にというのだから、式子の歌う、恋心が顕れない先に死にたいというのよりは、はなはだ散文的だが、その心意を詩に凝らせると、式子のような発想と表現をとるほかないであろう。詩人の心は今、女であることを忘れ、直衣姿の貴公子となって、禁忌の恋に懊悩する。男装の内親王に対するのは、これまた、「やくやもしほ」と身をこがす女装の定家。恋歌の長い歴史の上において、新古今の女流をながめる時、生身の女体を捨象して読むことにすると、案外こうした読みも的外れと言えないのではなかろうか。新勅撰に至れば、女流による男性恋歌はもはや常識であって、中世歌人は誰一人それを奇異とはしなかった。近世以前の百人一首注釈史が、式子の恋の対象を格別詮索せずにすませてきたのは、その辺の基本的了解があったからではないかと思われる。

注

（1）ただし『渓雲問答』は、式子の歌が定家への思いをのべたものであるとも、定家に贈られたものであるともいっているわけではない。「此の事俊成卿ほの聞き給ひ、よろしからざることにおもひにける。或時、定家卿の常にすみ給へる所を見給へば、玉の緒よ絶えなば絶えねの歌書きたる内親王の手跡有るを見給ひて、定家の心を尽すもことわりなりと思ひ給ひて、終にいさめ申されざりき」。定家がこれほどの歌を詠む式子に心奪われたといっているのであって、式子の歌が定家への恋情を秘したものであったなどとは、どこにも述べていないのである。現代研究者がいみじくも探り当てた、定家と式子の詠歌手法上の密接な相関を、裏付けるような説話である。

（2）これと別に、「人目に忍ぶ恋」題のあったことを否定するものではない。（奥野陽子「式子内親王の歌―「忍」と「知らる」をめぐって―」『叙説』昭和五四・四）。

（3）C・ラージャーゴーパーラーチャリ『マハーバーラタ（上）』（奈良毅・田中潤玉訳　第三文明社　レグルス文庫一四八　67頁）。

（4）服藤早苗『平安時代の母と子』（中公新書　平成三年）。
（5）小田剛「式子内親王の「山里（山家）、住まい」―本歌、本説取り歌の特徴について―」（『滋賀大国文』一七　昭和五四・一二）・「式子内親王と源氏物語―本説歌の特徴について―」（同誌一八　昭和五五・一二）・「式子内親王歌の本歌と解釈（抄）」（同誌二一　昭和五八・五）。
（6）高井茂子「式子内親王―その新風歌人としての側面―」（お茶の水女子大学『国文』五四　昭和五六・一）。

（関根慶子博士頌賀会編『平安文学論集』一九九二・一〇　風間書房）

あとがき

宿題が何一つ出来ずに金縛りにあっている私を、畏友山口仲美氏が滾々と諭した。「一冊出して終わりにしなさい」。それで申し訳が立つはずもないが、長年学恩を頂いてきた方々への感謝も込めて、拙い論集をまとめることにした次第である。思えば、私どもが出発点に立った当時、古典研究の世界が長い雌伏の時を経て、一気に天井窓が開いたという衝撃があった。卒業論文を書く年、大日本古記録で「御堂関白記」や「小右記」の刊行が始まったし、岩波古典大系の〈山岸源氏〉が刊行中であった。翌年正月に、島原の松平文庫が寄託先の島原公民館の書庫から発見されたというので、調査に当られた代表の今井源衛先生が、早稲田の大隈会館、（と言っても改築前の）その大広間で報告をされた時には、さしもの広間が立錐の余地もなく、興奮に包まれた光景を、今もありありと思い出すことが出来る。

宮内庁書陵部も若い研究者が訪書できる場所になっていたし、その調査室の橋本不美男先生は全国から蝟集する研究者のこまめな相手役をなすって居た所から、自ずと情報の集約場所になって居たこともあって、恐らく右の会なども、とんとん拍子に実現の運びになったのであろう。その方々が中心になって、和歌史研究会が立ち上がったのがちょうど同じころ、右も左も分からない私如きがよくぞ会員に入れていただいたものである。ひそかに「四十歳以下」などという不文律がささやかれていた若い会であった。一方で、秋山虔先生のご指導も頂けることになったものの、源氏は恐れ多いので、自分では「和歌研究者」のつもりになって居た。後年、同僚の斎藤廣信先生（フランス文学）が、ベルナール・フランク博士の『方忌みと方違え―平安時代の方角禁忌に関する研究』（一九八九、岩波書店）の日本語訳をなさるとき、直にお会いする僥倖に恵まれたが、「専門は」というご質問に「平安和歌です」などと答えたので、「陸奥の浮島」を話題になさったのであったろう。有名な歌枕にも拘わらず、ほとんど何も考えたことは無く、遠い国の研究者がわざわざ陸奥に足を運んで実見しようとした、と伺うだけで気が遠くなる思いであった。ちょうどそのころ、古今集研究者の小沢正夫先生がその著『フランスの日本古典研究』（一九八五、ぺりかん社）を送って下さり、つぶさに知ることとなった。それを紫式部学会機関誌『むらさき』に短文を書いたのを、秋山先生が、折から企画の進んでいた『日本の美学』に改稿して出すようにと勧めて下さって、「河原院「塩釜」庭園の命名者」となったのである。この調子で一篇一篇を述べていったのではきりがないので、止めておくが、長年の疑問氷塊もあれば、上記のような思い掛けない耳学問がはずみとなる場合もあり、総じて題号を「謎解き」とつけてみた。かりにも論文とあれば、総て「謎解き」に相違なく、わざわざ言うにも及ばないのだが、解説や概論と違った気持ちをこめたのである。

厳しいご批判を頂いた論もあって、「中川の宿」の空蟬と軒端の荻の寝所の配分については、受領の娘である軒端の荻が母屋で、仮にも上達部の娘である空蟬が北廂はどうだろう、というお叱りも頂きながら、思い切って再掲した。これも、「西面」の女主を軒端の荻（思ひあがれる気色に聞きおき給へるむすめ）と読み解いた吉岡曠氏と、源氏物語の建築、いわゆる寝殿造り研究に御造詣の深い増田繁夫氏に負う所が多い。

それにしても、その時その時の成稿の前後に、様々な場面で下案を聞いて下さった諸賢にはただただ感謝のほか無い。研究会や授業もあれば、講演や講座もあるが、厳しくも温かい学会はもとよりながら、連続講座という場面は、恰好な醸成機関だったのだと改めて思う。母校の図書館友の会月例会（これも閉じてしまったが）、あるいは越前武生の「源氏物語アカデミー」、こちらは年一度なのに、固定の聞き手が全国から集まって、しかも受講者その人が講座の主という専門家が少なくなく、手ごたえは厳しく熱い。歴史学の朧谷壽教授を監修者に据え、二十世紀末の「紫式部越前下向」千年記念行事にも企画段階から加えていただいた興奮が忘れ難い。

最後になったが、少しも神輿を上げない筆者をいたわり励まし、雑事まで一手に引き受けてお世話下さった風間書房主には、なんとお礼申してよいか、同窓のよしみに甘えて、ご面倒をおかけした事を深くお詫び申します。末尾の「式子内親王」論は、『世界へ開く和歌』（勉誠出版）に載せて頂いた縮小版の方が読みやすいと知りつつ、初版でお世話になった先代社主への思い入れもあって、あえて冗長な初版のまま入れさせて頂いた。お許しいただきたい。

二〇一九年九月　羅城門痕跡発見の記事の出た日に

後藤祥子

引用文献著者索引

た行

な行

は行

ま行

や行

わ行

著者略歴

後藤祥子（ごとう　しょうこ）

昭和13年生まれ
昭和36年　日本女子大学文学部国文学科卒業
昭和38年　東京大学大学院人文科学研究科国語国文学専攻修士課程修了
昭和42年　同博士課程単位取得満期退学
日本女子大学文学部助手、助教授、教授を経て
平成13年　日本女子大学学長
平成19年　日本女子大学名誉教授
平成21年　日本女子大学教育文化振興桜楓会理事長

主要図書
＜単著＞『源氏物語の史的空間』昭和61年　東京大学出版会／『私家集注釈叢刊６　元輔集注釈』平成６年　貴重本刊行会
＜共編著＞橋本不美男・後藤祥子著『袖中抄の校本と研究』昭和60年　笠間書院／和歌文学論集編集委員会編『和歌文学論集１～10』平成３年～８年　風間書房／犬養廉・後藤祥子・平野由紀子校注『新日本古典文学大系 28　平安私家集』平成６年　岩波書店／小町谷照彦・後藤祥子校注・訳『新編日本古典文学全集 29、30　狭衣物語１、２』平成11年、13年　小学館／後藤祥子編『王朝和歌を学ぶ人のために』平成９年　世界思想社／後藤祥子編『平安文学と隣接諸学６　王朝文学と斎宮・斎院』平成21年　竹林舎／他

平安文学の謎解き
―物語・日記・和歌―

二〇一九年一〇月三一日　初版第一刷発行

著者　後藤祥子
発行者　風間敬子
発行所　株式会社　風間書房
101-0051　東京都千代田区神田神保町一―三四
電話　〇三―三二九一―五七二九
FAX　〇三―三二九一―五七五七
振替　〇〇一一〇―五―一八五三

印刷　藤原印刷
製本　高地製本所

NDC 分類：910.23
ISBN978-4-7599-2293-6　Printed in Japan